中國語言文字研究輯刊

八　編

許錟輝　主編

第 1 冊

《八編》總目

編輯部編

西周金文地名研究（上）

陳美蘭　著

花木蘭文化出版社

國家圖書館出版品預行編目資料

西周金文地名研究（上）／陳美蘭 著 -- 初版 -- 新北市：花木蘭文化出版社，2015〔民 104〕

目 4+188 面；21×29.7 公分

（中國語言文字研究輯刊 八編：第 1 冊）

ISBN 978-986-322-972-8（精裝）

1. 金文 2. 西周

802.08　　　　　　　　　　　　　　　　103026711

ISBN- 978-986-322-972-8

9 789863 229728

中國語言文字研究輯刊

八 編　　第 一 冊　　　　　　ISBN：978-986-322-972-8

西周金文地名研究（上）

作　　者　陳美蘭

主　　編　許錟輝

總 編 輯　杜潔祥

副總編輯　楊嘉樂

編　　輯　許郁翎

出　　版　花木蘭文化出版社

社　　長　高小娟

聯絡地址　235 新北市中和區中安街七二號十三樓

　　　　　電話：02-2923-1455 ／傳眞：02-2923-1452

網　　址　http://www.huamulan.tw 信箱 hml 810518@gmail.com

印　　刷　普羅文化出版廣告事業

初　　版　2015 年 3 月

定　　價　八編 17 冊（精裝）台幣 42,000 元

《八編》總目

編輯部編

《中國語言文字研究輯刊》八編　書目

《中國語言文字研究輯刊》八編
各書作者簡介・提要・目次

第一、二冊　西周金文地名研究

作者簡介

　　陳美蘭，國立臺灣師範大學國文系學士、碩士、博士。現為國立暨南國際大學中國語文學系專任教師。著有《西周金文地名研究》（碩士論文，1998）、《上海博物館藏戰國楚竹書（二）讀本》（合撰，臺北：萬卷樓圖書公司，2003）、《西周金文複詞研究》（博士論文，2004）、《禮記・孝經──中華經典藏書》（合撰，北京：中華書局，2007）、《戰國竹簡東周人名用字現象研究：以郭店簡、上博簡、清華簡為範圍》（臺北：藝文印書館，2014）等。

提　要

　　本文以目前（1998 年以前）可見的西周金文為基礎材料，探討西周金文中所見的地名。本文所謂的「地名」係指比較狹義的範圍，諸侯方國名不在研究之列。

　　本文對於西周金文中的地名分類方式，配合西周王室由西方往東、往南發展的歷史事實，分為西方地名、東方地名及南方地名三大類。西方地名係以宗周為中心，東方地名則以成周為中心，西方及東方兩區域大抵以陝、晉交界的黃河段為界域，南方地名則主要指成周以南到江漢流域。每個地名依其實際所在歸入其所屬區域中，若所屬區域不可考者，則列入其他地名類以俟考。

　　經過本文初步整理，西周金文中至少有一百五十個左右的地名，就所在地望或區域可考的地名來看，西周金文地名的地理分布，西至甘肅天水，北抵陝

北黑水，南達漢水流域，東臨膠東半島，分布甚廣。

　　西周金文地名的整理研究，可以從幾方面看待它的意義：

　　一、從文獻記載來看，西周金文地名可與文獻互相發明。西周金文所見地名與文獻相同者，可證文獻所載的可靠性，至於未見載於文獻的地名，則適足以補充文獻的不足。

　　二、從西周史實來看，藉由西周金文地名的研究，佐以相關文獻記載，有助於更為全面地瞭解西周王室國力的擴張、國都的變遷、及其與周邊國家的關係。

　　三、從地名學角度來看，藉由分析西周金文地名的構詞，能更進一步一探西周時期自然及人文地名的面貌。

　　時間與空間是任何研究都必須面臨的問題，在西周史研究方面，地理自然是不可或缺的一環，亟盼在本文初步的努力下，能發揮拋磚引玉的作用，引起更多學者共同來關心屬於西周時期的「空間」問題。

目　次

第三、四冊　金文四要素銘文考釋與研究

作者簡介

　　葉正渤，江蘇響水人，教授，文學碩士。1988 年 6 月陝西師範大學中文系漢語史專業碩士研究生畢業，獲文學碩士學位。畢業後赴雲南師範大學中文系任教，現爲江蘇師範大學文學院教授，漢語言文字學、中國古典文獻學專業研究生導師。主要從事古代漢語、中國古文字學、古漢語詞彙學和先秦兩漢文獻教學與研究。中國語言學會、古文字研究會、中國文字學會、江蘇省語言學會會員。國家社科基金項目通訊評審專家、成果鑒定專家，江蘇省社科優秀成果獎評審專家。主持國家社科基金項目一項、後期資助項目一項，教育部人文社科基金項目一項，江蘇省社科基金項目一項，江蘇省高校人文社科基金項目二項，江蘇省高校古籍整理研究項目二項。發表學術論文、譯文 90 餘篇，參加《中國書院辭典》編寫，出版《商周青銅器銘文簡論》（合著、第一作者）、《漢字部首學》、《漢字與中國古代文化》、《金文月相紀時法研究》、《上古漢語辭彙研究》、《葉玉森甲骨學論著整理與研究》、《金文標準器銘文綜合研究》，點校朱駿聲《尚書古注便讀》，以及本書《金文四要素銘文考釋與研究》。多次獲江蘇省哲學社會科學優秀成果獎、江蘇省高校社科優秀成果獎。

提　要

　　《金文四要素銘文考釋與研究》，是葉正渤教授運用古文字知識和對西周曆法研究的成果對四要素紀年銘文進行考釋和歷史斷代取得的成果，同時也是葉教授 2010 年度承擔的國家社科基金項目《金文曆朔研究》的部分前期研究成果。

　　金文四要素紀年銅器銘文，是指王年、月份、月相詞語和干支四項信息俱全的銅器銘文。共有 70 餘篇（異器同銘文者未重複計算在內），主要是西周時期的，2 篇是春秋時期的，其中西周時期的 3 篇銘文疑爲僞銘。

　　本書所做的研究工作包括兩大部分：首先是對這 70 餘篇銘文進行語言文字和歷史文化方面的隸定與考釋，這是本書研究的重點之一。其次是對這 70 餘篇銘文中所反映出來的曆法關係、銅器銘文所屬的王世和絕對歷史年代進行推定，這是本書研究的另一重要內容。推定這些銅器銘文所紀年月的曆朔，以學術界最有影響的比較科學的張培瑜《中國先秦史曆表》（簡稱張表）和董作賓《中國年曆簡譜》（簡稱董譜，含《西周年曆譜》）兩部曆法方面的專著作為比勘驗證的標尺，復原這些紀年銅器銘文的絕對歷史年代和實際曆朔，探討它們所屬的王世。這項研究成果可以為對所有的銅器銘文進行歷史斷代研究提供重要的參照座標。本書在以上兩方面都取得了預期的成果，尤其是對後者提出了許多獨到的經得起檢驗的成果和見解。

　　該書可作為古文字學、歷史學、考古學、博物館學等專業和其他愛好者學習研究參考。

目　次

第五、六、七冊　古楚語詞彙研究

作者簡介

譚步雲，1953 年 9 月出生，廣東南海人，曾用筆名「凌虛」，1979 年 9 月考入廣州中山大學中文系，1983 年 7 月，獲文學學士學位，旋即任教於廣東民族學院中文系，先後擔任「寫作」、「外國文學」等本科課程的教學。1985 年 9 月考入廣州中山大學中文系攻讀古文字學碩士學位課程，導師爲陳煒湛教授，1988 年 7 月憑《甲骨文時間狀語的斷代研究——兼論〈甲骨文合集〉第七冊的甲骨文的時代》一文獲碩士學位。1988 年 7 月任職於廣州中山大學古文獻研究

所，從事古代典籍的整理研究工作。1995 年 9 月免試進入廣州中山大學中文系攻讀古文字學博士學位課程，導師爲曾憲通教授，1998 年 7 月憑《先秦楚語詞彙研究》一文獲博士學位。1998 年初調至廣州中山大學中文系任教，擔任「古漢語」、「漢字之文化研究」、「先秦經典導讀」、「古文字學」、「甲骨文字研究」等本科生和碩士研究生課程的教學，並從事古漢語、古文字、文史、方言、地方文獻等研究工作。合撰、獨撰《清車王府藏曲本子弟書全集》、《車王府曲本菁華》（隋唐宋卷）、《嶺南文學史》、《實用廣州話分類詞典》、《老莊精萃》、《論語精萃》等著作十三部，學術論文三十餘篇。1991 年晉陞爲講師，1997 年晉陞爲副教授。

提 要

論文首先對古楚語詞彙研究的歷史和現狀作了全面的檢討，從而確定了研究的重點。在充分利用楚地傳世典籍、出土文獻和現代漢語方言等材料的基礎上，論文勾勒出古楚語詞彙的概貌和特點。諸如「楚語詞彙構成」、「楚語詞之構造」、「楚語詞詞義之發展與變化」、「楚語詞的同義詞和反義詞」等問題，均作了較爲詳盡的論述。論文選取了三十個楚語詞，析形、釋音、辨義；或發向所未發，或正舊有之謬誤。「楚語詞彙輯錄略解」一章，輯錄了一千五百多個詞條，反映了迄今爲止的楚語詞彙的研究成果，爲日後編撰古楚語詞典奠定了堅實的基礎。

論文附錄由「主要參考文獻」、「引文簡稱表」兩部分組成。以利於未來古楚語詞彙的進一步研究。

論文全文約三十八萬字。

目 次

上 冊

第八冊　漢語字組的語義結構

作者簡介

　　葉文曦，語言學博士，現任中國北京大學中文系副教授。1983 年 9 月至 1996 年 7 月就讀於北京大學中文系，獲學士、碩士和博士學位。博士學位論文題目是《漢語字組的語義結構》。學術興趣爲理論語言學、語義學、語用學、中外語言比較和社會語言學。發表過的主要論文有〈漢語單字格局的語義構造〉（1999）、〈漢語語義範疇的層級結構和構詞的語義問題〉（2004）、〈「手持」類動詞的語義演變和「把」字的語法化〉（2006）、〈諧聲字族和漢語雙字構詞的一項限制條件〉（2011）和〈否定和雙重否定的多維度研究〉（2013）等。

提　要

　　構詞規律的探索是語言學理論的一個基礎問題。在現代漢語言學中，構詞的理論主要有三種，即語法構詞理論、語義構詞理論和語音構詞理論。本書以「字本位」理論爲背景討論了漢語的語義構詞理論。

　　本書首先從說明上古漢語單字格局的語義構造入手，把漢語的語義編碼公式確定爲「1 個字義＝1 個語義特徵×1 個語義類」。在單字格局中，特徵和義類都是隱含的，要確定它們必須比較同源形聲字族或屬於同一語義場的相關子群。特徵和義類儘管數量繁多，但可以分別歸納爲義等和義攝，義等例如「形狀、質料、空間、時間」等，其實質是概念字義平面的語義格，它規定著漢人描寫事物所遵循的特定的若干軌道。義攝例如「人物、動物、植物、姿容」等，它反映的是事物的分類等級。每一個義攝或每一個義類都有自己適用的義等。

　　由於單字結構格局內部存在不平衡性，漢語逐漸向雙字格局過渡。從上古漢語的單字格局演化爲現代漢語的雙字格局，字的功能發生了巨大的變化，但語義編碼的基本特性並未改變，仍是「1 個特徵×1 個義類」。在雙字格局中，特徵和義類分別由不同的具體單字表達，前字功能表特徵，後字功能表義類，由於同一後字一般有若干前字與其組配，所以後字可以定位「核心字」。通過考察「核心字」，本書把漢語雙字格局的語義結構格式歸納爲類別式、描摹式和比喻式等三種。在上述研究的基礎上，本書確立了漢語雙字格局字與字組配的三條基本原則：（1）甲字爲核心字，如果乙字所表示的意義是甲字所表示的義類的一個次類，那甲乙兩字可以組配爲一個雙字字組，乙字充當甲字的前字；（2）甲字爲核心字，如果乙字與甲字某一義等中的某一維度中的若干字存在意義上的對立同一關係，那乙字有可能充當甲字的前字；（3）甲字爲核心字，如果乙

字所表示的意義能夠對甲字所表示的意義做出比喻性的說明，那乙字有可能充當甲字的前字。

最後，本書對漢語構詞研究的方法論做出了評論。

目　次

第九、十、十一冊　漢語共同語語法概論

作者簡介

朱英貴，男，成都大學文學與新聞傳播學院教授。1949 年生於遼寧鐵嶺。1966 年高中一年級時因爆發「文革」而中斷學業 12 年，1978 年恢復高考之後，始入讀西南師範大學漢語言文學專業。1982 年於西師畢業後，一直在高

等學校任教，1998 年評爲成都市優秀教師，2008 年獲成都大學首屆教學名師
榮譽稱號。多年致力於漢語語言學、文字學及中國傳統文化學的教學與研究
工作，曾先後主講過現代漢語、古代漢語、語言學概論、文字學、漢字文化、
對聯藝術、口才藝術等課程。獨自撰著出版有《漢語語法散論》（香港新天出
版社 2002 年版）、《謙辭敬辭辭典》（四川辭書出版社 2005 年版）、《漢字形義
與器物文化》（人民出版社 2009 年版）等著作。曾經參編《中國古代文化知
識詞典》（江西教育出版社 1991 年版）、《同義詞詞典》（四川人民出版社 1994
年版）、《現代漢語規範用法大詞典》（北京學苑出版社 1997 年版）、《學生易
誤詞語辨析詞典》（四川人民出社 2000 年版）等多部語文工具書，發表論文
30 餘篇。

提　要

　　本書所稱的漢語不分古今，以現當代漢語共同語語法爲主體研究對象，兼
涉古代文言語法與今不同之處，尤其重視現存語法論著重視不夠的一些語法現
象。本書所稱的語法不局限於詞法與句法，認爲漢語中只要是有法可依的語言
現象即可以稱之爲語法。因此本書所涉及的內容包括漢語語法的各級構成單
位、構詞方法、詞類劃分、詞性確認、短語結構、短語功能、句型句式以及文
言詞法、文言句法，甚至音節結構、義節構成等。

　　本書的主體內容共有八章 62 節，內含引論一章、本論六章、餘論一章。在
引論部分，主要論及漢語共同語的語言狀貌和語言成分；在本論部分，前四章
從語法結構和語法功能兩個側面分別論及現代漢語的單詞、短語和句子，後兩
章從詞法和句法兩個角度論及漢語文言的特殊語法規律；在餘論部分，主要論
及漢語的書面載體和音義結構。本書或可作爲漢語學習者的入門讀本，或可作
爲漢語研究者的辯駁對象，或可作爲漢語愛好者的思考伴侶，或可作爲漢語教
育者的教學參考。

目　次
上　冊

第十二冊　《白虎通》正文訓詁研究

作者簡介

鄭莉娟，女，1986 年生，新疆石河子人，四川大學文學與新聞學院漢語言文字學專業 2013 級博士研究生，主要從事中古近代漢語方面的詞彙研究，已在西南民族大學學報、內蒙古民族大學學報、現代語文、文教資料等刊物上發表多篇學術論文。

提　要

《白虎通》是班固對白虎觀會議上討論的結果加以總結整理而寫成的一部著作。本書借鑒前人研究的成果和方法，運用已成熟的訓詁學理論，對其中的訓詁問題進行了全面的考察。全書共分六個部分，主要內容包括：

第一章《白虎通》的形成、傳承與研究。通過對白虎觀會議召開的政治和學術背景的分析，可清晰的認識《白虎通》形成的原因。其次，對《白虎通》研究的問題以及研究的現狀的歸納總結，可給我們大致呈現一個《白虎通》研究的面貌。

第二章《白虎通》的特點和歷史地位。從形式、內容、語言三個方面歸納了《白虎通》的特點；並從「專守、會通、致用、求眞」四個方面探討了《白虎通》的歷史地位。

第三章《白虎通》正文訓詁內容。從社會等級制度、宗法制度、教育制度、陰陽五行等十二項內容進行介紹，表現其訓詁內容的豐富。

第四章《白虎通》訓詁體例。主要採用了問答體的訓詁句式和判斷句，兩種方式的結合能更好地解釋經文。

第五章《白虎通》訓詁術語。分爲釋句術語、釋詞術語和引異說術語三個方面。

第六章《白虎通》訓詁方法。分爲釋詞和釋句兩大部分。釋詞主要有因聲求義、義訓、引用典籍和存異說。釋句以解說句意、文意爲主，又具體從解說

原由、總結大意、說明用意等九個方面加以分析。

第七章從五個方面介紹了白虎通正文訓詁的意義與價值。

目 次

第十三冊　斯塔羅斯金與鄭張尚芳上古音系統比較研究

作者簡介

　　林海鷹博士，廈門大學嘉庚學院副教授。主要從事漢語音韻學，中國古典文獻學，公關語言學研究。曾翻譯出版俄羅斯語言學家斯塔羅斯金的俄文著作《古代漢語音系的構擬》（上海教育出版社 2010 版），該譯著被收入《國際漢藏語研究譯叢》。在《古籍整理研究學刊》等刊物發表《〈太平御覽〉引〈釋名・

釋言語〉考》等論文數篇。

提　要

　　斯塔羅斯金與鄭張尙芳的上古擬音體系是近年來上古音研究中引起海內外同行注意的最新成果，此二者與白一平的上古擬音體系並稱爲新起三家。斯氏1989年在莫斯科出版的《古代漢語音系的構擬》一書是其在上古音研究方面的代表作。鄭張尙芳先生的《上古音系》（2003）是其在上古音方面的集大成之作，此書的主要觀點已在先生1981－1995年的論文中陸續發表了。兩位學者的主要觀點不僅發表時間接近，而且在材料運用、研究方法和結論上都有許多相同之處。斯氏在漢藏比較方面眼界開闊，材料豐富，比較的範圍相當廣博。鄭張先生則在國學功底和本語言方言方面更佔優勢，且同樣重視漢藏比較。他們發揮各自特長對前人的擬音系統加以改訂，提出新的構擬系統。

　　本文將對這兩位學者的上古音系統進行全面、細緻的比較研究，辨別異同，判斷是非，以期有助於我們在上古音研究中達成更多共識。

　　一、上古聲母

　　同：

　　1. 二者都構擬了一套清鼻流音聲母，斯氏把它們表示成：m̃、ñ、ŋ̃、l̃、r̃，鄭張先生則表示成 hm、hn、hŋ、hl、hr。

　　2. 都把來母擬爲 r，以母擬爲 l。

　　3. 都把清母的早期上古音擬爲擦音 sh。

　　4. 二者的上古聲母系統中都有一套唇化舌根音、喉音。

　　異：

　　1. 斯氏同某些學者一樣只構擬了一套清鼻流音聲母，鄭張先生則構擬了兩套清鼻流音聲母，另一套爲 mh[m̃ʰ]、nh[ñʰ]、ŋh[ŋ̃ʰ]、rh[r̃ʰ]、lh[l̃ʰ]。

　　2. 斯氏認爲上古濁聲母全部有送氣、不送氣的對立（包括鼻流音、半元音），而鄭張先生濁聲母只擬了一套不送氣聲母。

　　3. 二者所構擬的影、曉、匣、雲的上古形式分歧較大。

　　4. 二者對精組字上古形式的處理不同。

　　5. 二者對上古有無邊塞擦音的看法不同，斯氏擬了一套邊塞擦音：ĉ、ĉh、ʒ̂、ʒ̂h。

　　6. 鄭張先生構擬的複聲母數量更多、種類更豐富些，劃分得也更細膩。

　　二、上古韻母

　　1. 介音

同：

1）上古只有 3 個介音：w、j、r，上古沒有元音性介音。

2）都認爲發展爲中古二等的字全帶介音 r，發展爲中古莊組的三等字和重紐 B 類字也都帶介音 r。r 在二者的上古系統裏分佈大致一致。

異：

1）二者對介音 w 最早出現的時期看法不同。

輔音性的介音 j 在二者的系統裏分佈也有區別，鄭張先生的章系及邪母帶 j，斯氏不帶。

2・元音長短和「等」

同：一、二、四等韻和上古的長元音相對應，三等韻和上古的短元音相對應。

異：證明這一對應關係成立的依據不同。

3・元音系統

同：二者都採用 6 元音系統，一致認爲脂部的主元音是 i，侯部的是 o，幽部的是 u，支部的是 e，魚部的是 a。

異：之部的主元音，鄭張先生認爲ɯ更恰當，斯氏則仍沿用舊說，用的是ə。

4・韻尾和聲調

同：

1）二者都接受了奧德里古、蒲立本的上聲來自-ʔ、去聲來自-s(-h)的仄聲起源於韻尾的說法。

2）二者都擬了四個後來發展爲入聲的塞韻尾，即斯氏：-p、-t、-k、-kʷ；鄭張：-b、-d、-g、-ug<wɢ。

3）二者都擬了三個鼻韻尾，且它們的平聲和上聲形式完全一致，即：平聲 -m、-n、-ŋ，上聲-mʔ、-nʔ、-ŋʔ。

4）陰聲韻尾中二者都擬了-ø、-w，它們的上聲形式分別是-ʔ、-wʔ，去聲形式也都接受-s→-h、-ws→-wh。

異：

1）塞韻尾一清一濁（斯氏：-p、-t、-k；鄭張：-b、-d、-g）。

2）齶化韻尾一有一無（斯氏：-ć、-j、-jʔ、-jh；鄭張：無齶化韻尾）。

3）唇化舌根音尾一新一舊（鄭張：-ug<-wɢ，-ɢ前易生 w；斯氏：-kʷ）。

4）去聲韻尾一今一古（斯氏：-h；鄭張：-s）。

5）斯氏認爲上聲調產生在公元前 5 到公元前 3 世紀，去聲調產生在公元 3

世紀；鄭張先生則認爲四聲都在晉至南北朝之間產生。

　　總之，兩位學者在許多方面的構擬均達成了一致。比如，都是 6 元音系統、以 -r- 表二等、以 r- 表來母、三等古爲短元音，一二四等爲長元音、上聲來自喉塞尾、去聲來自-s→-h 尾，等等。至於兩個體系的不同之處，我們認爲是各有特色。例如，鄭張先生仍從李方桂將章組擬作帶 j 的音未免繁冗；斯氏對章組的構擬簡潔明快，但造成一些字的擬音混同，致使上古聲母系統複雜化了。鄭張先生對複輔音的梳理條理清晰，但有時複輔音的構擬略顯草率；斯氏對複輔音的擬測不成系統，但卻比較謹慎。

目　次

第十四、十五冊　《元曲選‧音釋》音韻問題研究

作者簡介

洪梅馨，1985 年生，臺灣臺中人，天主教輔仁大學中國文學研究所碩士。

提　要

本文以臧懋循《元曲選‧音釋》中，與音讀相關者爲研究範圍。少數與音讀無關之音釋條目，不在本文研究範圍之內。

臧懋循，明萬曆八年進士。其以爲元曲之妙，在不工而工，有「情詞穩稱」、「關目緊湊」與「音律諧」之難。故選雜劇百種，欲盡元曲之妙，又於雜劇每折之末，附音釋若干。其所附音釋，便是本文的研究對象。

前人研究以分析《音釋》中之入聲字爲多。或有欲建構《音釋》之語音系統者，而以系聯爲法，製同音字表；復以音程爲理，論其例外。亦有析其音注根據，以爲皆抄自《中州音韻》者。然《音釋》釋字除入聲外，尚有平、上、去三聲；而論其系統，則當回歸作品本身；究其根據，亦不全與《中州音韻》相合。

是故，本文站在現有研究成果之基礎上，針對前人在研究中所遭遇的問題，從元曲作品爲主要角度出發，進一步將音釋內容與作品的押韻、格律結合，期望藉此爲《音釋》之個別例外現象與入聲字等相關問題找到答案。

本文文分五章：首章緒論，詳述研究之動機與目的、前人研究之成果、研究範圍及步驟。次章論述《元曲選‧音釋》之外圍問題，諸如標音方式、音注根據與被釋字在劇文中相應位置之確立。第三章針對平、上、去聲被釋字之特性與個別問題進行討論。第四章以入聲被釋字爲範圍，依其在劇文中位置分節，復以入派三聲、入讀原調爲別，進行統計分析與個別問題之探討。第五章以《音釋》之價值與缺失作結。文末〈音釋內容與劇文對照表〉，以爲全文持論之本，附錄之以供查考。

目　次

上　冊

第十六冊　江西客贛語的特殊音韻現象與結構的演變

作者簡介

　　彭心怡，中興大學中文博士，就讀東海中文時，被聲韻課堂的音標符號吸引，從此，便走上了方言研究的道路。研究漢語方言，不只是為了探求古音的印痕；尋找新的語音音變，某個部分，我也在索求自己的根。

　　一百七十多年前，因著貧窘，我的祖先由廣東揭西渡海來台，在那之前，他們的駐地是江西宜春。自研究漢語方言來，廣東與江西的語言，總讓我關注。

因我時常在想，若有一天，我能與我的先祖，我身體裡的血脈對話，我會跟他們說些什麼？他們的言語裡，又存在著多少的滄桑與歷史？而我，將窮其一生去追索這個問題的答案。

提　要

本書研究的內容主要鎖定贛語的中心區域－江西省。以江西爲研究範圍，討論贛、客語的音變類型與特殊音韻現象。因聲母、韻母、韻尾與聲調可將內容分爲三大部分。

一、聲母

（一）今濁聲母爲後起濁化

江西贛語與官話型一樣，都是先經歷「全濁聲母清化」，然後再發生「全濁上聲歸去聲」。另，湖口、星子等地的贛語所見的古全濁聲母與古次清聲母讀爲濁音，是先經歷過中古「全濁聲母清化」後，再發生「次清化濁」的「規律逆轉」。

（二）拉鍊式音變

南方漢語方言常見的聲母的拉鍊式音變有三種型態。型態一：幫、端濁化，型態二：兩套平行演變的拉鍊音變，型態三：只有送氣音音類進行拉鍊式音變。江西客贛語屬於型態三。

（三）影、疑、云以母所搭配的ŋ-聲母

鼻音ŋ-聲母的搭配原則：ŋ-聲母與非高的a、o、e元音搭配良好，而與高的i、u、y元音搭配關係差。

（四）日母字的音讀

摒除複雜的止開三日母字後，江西客贛語的日母字有讀爲零聲母ø-的大趨勢。至於止開三日母字在江西客贛語約有十類的音讀形式，第一類到第七類的音讀是捲舌元音ə的不同變體，其餘的三類則是原來日母鼻音聲母的保留。

二、韻母

江西客贛語的元音結構有一個前化、高化的推鍊（push chain）規律，而這項元音前化、高化的推鍊規律也常見於其他的漢語方言。

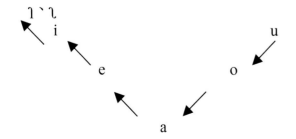

三、韻尾與聲調

　　江西客贛語裡的三個特殊現象：（1）不連續調型（2）韻尾-p、-t、-n前新生一個i元音以及（3）邊音-l韻尾，本書認為這些都是重音在江西客贛語裡的不同表現。

目　次

第十七冊　《山門新語》音韻研究

作者簡介

　　李柏翰，一九八一年生，高雄師範大學學士、碩士，目前就讀清華大學中國文學系博士班。研究領域是漢語音韻學，主要從漢語音韻史探索佛教對於中國古代語言學的影響，方向爲明清等韻學、悉曇學、梵漢對音。主要著作有〈韻圖形制的重現——《音學秘書》的編撰理念及其音韻現象〉、〈從承繼到實踐——梵漢對音研究的開展與成果〉、〈競奇與清麗——大小謝山水詩音韻風格之異同〉等。

提　要

　　《山門新語》成書於清同治年間，爲清人周贇的等韻學著作，作者主張以「琴律」作爲切音分韻之法，故其書又名《周氏琴律切音》。本書所記載的語音材料主要收於書後韻圖〈琴律三十韻母分經緯生聲按序切音圖說〉與依據韻圖收字加以擴大的同音字表〈琴律四聲分部合韻同聲譜〉中，而特別的是在書前更有大篇幅的〈十二圖說〉、〈十音論〉兩個部分，闡述自己的韻學觀點。

　　歷來關於《山門新語》的研究，多著重在本書的音韻特徵上進行探討，然而經過前賢的研究後，對於本書基礎音系的瞭解並沒有一個明確的結論產生，甚而和書中某些音韻特點是相互排斥的。另外，書中除了記載語音材料的韻圖、同音字表以外，更是大篇幅的援引了易理象數與樂律概念，作爲全書音韻體系的說明，而前賢研究中也大多摒除不談。因此，本文嘗試融合書中所言易理象數與樂律等概念，勾勒出作者主觀的音韻體系，解析韻圖形制的由來，並逐一整理韻圖收字與配合同音字表之大量例字，對本書的音韻特徵進行說明，最後更將所得之音韻特徵與皖南各方言相互比對，目的在於探討《山門新語》一書的音系性質究竟爲何。

　　全文共分爲八章，本文進行的程序，首先瞭解作者生平與此書的背景條件，並闡述其撰寫的動機與目的；其次梳理書中所援引的易理象數與樂律等概念，歸納出音學理論和韻圖體例，藉此說明「琴律切音」的概念，並闡釋此一現象對該書韻圖形制的影響；第三則透過統計歸納，逐一論述書中聲母、韻母、聲調的音韻特點，也進而構擬其讀音；最後則將所得的音韻特點與皖南各方言相互比對，詳細分析其基礎音系爲何。

目　次

西周金文地名研究（上）

陳美蘭　著

作者簡介

陳美蘭，國立臺灣師範大學國文系學士、碩士、博士。現為國立暨南國際大學中國語文學系專任教師。著有《西周金文地名研究》（碩士論文，1998）、《上海博物館藏戰國楚竹書（二）讀本》（合撰，臺北：萬卷樓圖書公司，2003）、《西周金文複詞研究》（博士論文，2004）、《禮記‧孝經——中華經典藏書》（合撰，北京：中華書局，2007）、《戰國竹簡東周人名用字現象研究：以郭店簡、上博簡、清華簡為範圍》（臺北：藝文印書館，2014）等。

提　要

　　本文以目前（1998 年以前）可見的西周金文為基礎材料，探討西周金文中所見的地名。本文所謂的「地名」係指比較狹義的範圍，諸侯方國名不在研究之列。

　　本文對於西周金文中的地名分類方式，配合西周王室由西方往東、往南發展的歷史事實，分為西方地名、東方地名及南方地名三大類。西方地名係以宗周為中心，東方地名則以成周為中心，西方及東方兩區域大抵以陝、晉交界的黃河段為界域，南方地名則主要指成周以南到江漢流域。每個地名依其實際所在歸入其所屬區域中，若所屬區域不可考者，則列入其他地名類以俟考。

　　經過本文初步整理，西周金文中至少有一百五十個左右的地名，就所在地望或區域可考的地名來看，西周金文地名的地理分布，西至甘肅天水，北抵陝北黑水，南達漢水流域，東臨膠東半島，分布甚廣。

　　西周金文地名的整理研究，可以從幾方面看待它的意義：

　　一、從文獻記載來看，西周金文地名可與文獻互相發明。西周金文所見地名與文獻相同者，可證文獻所載的可靠性，至於未見載於文獻的地名，則適足以補充文獻的不足。

　　二、從西周史實來看，藉由西周金文地名的研究，佐以相關文獻記載，有助於更為全面地瞭解西周王室國力的擴張、國都的變遷、及其與周邊國家的關係。

　　三、從地名學角度來看，藉由分析西周金文地名的構詞，能更進一步一探西周時期自然及人文地名的面貌。

　　時間與空間是任何研究都必須面臨的問題，在西周史研究方面，地理自然是不可或缺的一環，亟盼在本文初步的努力下，能發揮拋磚引玉的作用，引起更多學者共同來關心屬於西周時期的「空間」問題。

自　序

　　《西周金文地名研究》是我的碩士學位論文，完成於 1998 年。十多年來，先秦出土文獻材料與研究成果日新月異，這本舊作待增補修訂之處勢必不少，幾年前總想著增訂修補後再考慮出版事宜，故遲遲不敢回覆花木蘭文化出版社的邀約。拖延若干年後，自覺「增訂修補後」應是遙遙無期了。本書只訂正錯漏字、補上電腦缺字，取材與論述均保留當年寫作的原貌，謹作爲入門古文字學領域的學習印記。

　　本書引用的古文字字形甚多，當年的電腦設備與研究資源不比今日，從前在電腦內建系統所造的字形，到了今天也已無法使用，光是補入電腦缺字就是令人相當頭疼的問題。所幸中央研究院資訊科學研究所與歷史語言研究所研發了「漢字構形資料庫」、「小學堂文字學資料庫」（http://xiaoxue.iis.sinica.edu.tw/），收錄並新造大量的古文字字形——包括原形與隸定，解決了本書大部分的缺字問題。此外，我央請國立暨南國際大學中國語文學系碩士班廖堉汝同學協助處理缺字，同時校稿，助我良多。謹此一併致謝。

陳美蘭　2015 年 1 月於山城埔里

目　次

第一章　緒　論

第一節　西周金文地名研究的動機

地名，是具體而微的文化縮影，它與我們的民族文化休戚相關。古往今來的地名包羅萬象，其間每每透露著古今文化生活的點滴訊息。牛汝辰說：

> 作為人類文化的一個組成部分，地名實際上是顯性式樣和隱性式樣的綜合體。地名的物質材料——語言文字形式及地名的結構模式等，均屬於地名與文化的顯性形態；而地名的形式和結構背後所反映的信仰、習俗、道德觀、價值觀、文化心理、美學觀念等等，則是其隱性內涵。顯性形態是隱性內涵的外化，受隱性內涵的種種影響和規約；通過顯性形態的描寫、分析，可以比較準確地把握隱藏在其背後的種種觀念，從而揭示出地名與文化的種種深刻內涵。〔註1〕

這段話將地名的性質、內涵與文化之間的關係說明得很清楚，地名是研究古今文化的主要途徑之一。

「地名」一詞首見於《周禮・夏官司馬》：

〔註1〕　牛汝辰：《中國地名文化》（北京：中國華僑出版社，1993），頁2。

形方氏，掌制邦國之地域，而正其封疆，無有華離之地，使小國
事大國，大國比小國。山師掌山林之名，……。川師掌川澤之
名，……。邍師掌四方之地名，辨其丘陵墳衍邍隰之名，物之可
以封邑者。〔註2〕

《周禮》記載邍師所掌管的「地名」是比較狹義的，包含了「丘、陵、墳、衍、
邍、隰」等自然地理形勢，實際上，從後世對地名的觀點來看，形方氏、山師、
川師等職掌的範圍，自然形勢如山林水澤，人文形態如方國、都城、行政區劃
等，也都涵括在「地名」範疇內的。從《周禮》這段記載來看，足見先秦對地
名管理的重視，也為後來中國地名學研究提供相當的啟示。

由於先秦傳世文獻的大量保存，為中國傳統地名學提供了豐富的研究資
源。地名研究在東周時期萌芽，如《穀梁傳》僖公二十八年有「水北為陽，
山南為陽」〔註3〕的地名命名原則，對於後代研究傳統地名有極大的參考價值。
到了漢唐時代，地名學研究有了相當穩固的發展，舉其大要者，從漢朝的班
固《漢書‧地理志》到晉朝京相璠《春秋土地名》、杜預《春秋釋例‧土地名》、
南北朝酈道元《水經注》、唐朝李吉甫《元和郡縣圖志》等，對於歷來地名的
源流演變、古今沿革、義涵、命名時的地理條件等，均有或多或少的闡述，
至於各朝正史仿《漢書‧地理志》的體例，處理古往今來的眾多地名，更是
不在話下。發展到了清朝，由於樸學盛行，間接促進了地名的研究盛況，以
顧祖禹的《讀史方輿紀要》為例，該書首先述及各代州域形勢，其次再分省
考證，各省之下先說封域，再敘以山川險要，其次再依府、州、縣等級，循
序考證所屬的都城、山林川澤、關隘、古蹟等，尤力於古今郡縣沿革及山川
地勢的考訂，是一部研究歷史地理的煌煌巨著。不過，歷來學者雖然對於傳
統地名的研究不遺餘力，但是地名研究仍有不少無法突破的困境，早在晉代
的杜預就已看出這個問題，他說：

然書契以來，歷代七百餘年，數千其名號處所，因緣改變。加以四
方之語，音聲有楚夏，文字有異同，或一地二名，或二地一名，或
他國之人錯得他國田邑，縣以為己屬，既難綜練，且多繆誤疑闕。

〔註2〕 鄭玄注、賈公彥疏：《周禮正義》（臺北：藝文印書館，1989），頁504。

〔註3〕 范甯集解、楊士勛疏：《穀梁傳注疏》，（臺北：藝文印書館，1989），頁93。

自〈禹貢〉之經，猶與輿地實相錯，豈況傳記雜書而可必據？異同端跡，似是而非，似非而是者甚眾，非精敏兼通，不能淹濟其始終，以獨見于千載之表也。〔註4〕

杜預這番體驗深刻的文字，道出了歷來地名研究學者的共同心聲。

　　近百年來，考古之風大盛，使埋藏在地下千年的第一手史料陸續面世。以古文字材料來說，除了早在宋代就研究頗為興盛的金石學之外，殷墟甲骨文的發現是考古與文史學界的一大盛事，後來又出土了周原甲骨，再加上不斷出土的大量西周青銅器銘文（以下簡稱金文），為商周史實的研究邁進一大步。此外，東周的古文字材料也不讓甲金文專美於前，王國維在〈桐鄉徐氏印譜序〉一文提到：「然則兵器、陶器、璽印、貨幣四者，正今日研究六國文字之惟一材料，其為重要，實與甲骨、彝器同」。〔註5〕其實不只於此，近幾十年來，楚地出土了不少戰國秦漢之際的簡帛文字，內容之豐富也不亞於上述的幾種材料。

　　面對如此豐富的先秦古文字材料，再加上傳統地名學研究蔚然有成，提供了今人研究古文字地名極大的方便。在甲骨文方面，對卜辭地名作系統性研究的著作不少，首開先河的應是孫詒讓《契文舉例》的第七篇〈釋地〉。〔註6〕其後，學者踵繼而出，如王國維的〈殷虛卜辭中所見地名考〉、〔註7〕陳夢家《殷虛卜辭綜述》之「方國地理」一章、李學勤《殷代地理簡論》、業師鍾柏生先生《殷商卜辭地理論叢》、鄭杰祥《商代地理概論》等，另有日人林泰輔《甲骨文地名考》、島邦男《殷墟卜辭研究》之「殷的地域」及「殷的方國」二章、松丸道雄《殷墟卜辭中的田獵地理》等著作，至於其他的單篇討論地名的文章更是不在少數了，卜辭地名（地理）專題研究受到相當的重視。東周時期，可見的出土材料種類增多，相對地也提供了學者更多的研究領域，研究簡牘、貨幣、

〔註4〕　杜預《春秋釋例》（臺北：臺灣中華書局，1980）卷五，頁1～2。

〔註5〕　王國維《觀堂集林》卷六，收入《海寧王靜安先生遺書（一）》（臺北：臺灣商務印書館，1979），頁291。

〔註6〕　《契文舉例》第七篇本來是〈方國〉，如藝文印書館《孫籀廎先生集》所錄的版本即是；後來孫詒讓又將〈方國〉改為〈釋地〉，如齊魯書社出版，現藏於杭州大學圖書館的《孫仲容先生契文舉例稿本》即是。詳見孫詒讓著，樓學禮校點《契文舉例・校點記》（濟南：齊魯書社，1993），頁1～5。

〔註7〕　王國維《觀堂別集》卷一，收入《海寧王靜安先生遺書（三）》，頁1246～1247。

璽印、陶器等地名的單篇論文，數量相當可觀，姑且不論；另一方面，也有學者注意到整批出土材料的地名研究，如民國八十五年臺北文史哲出版社出版的《古幣叢攷》一書，作者是何琳儀，該書雖然不以「地名」二字爲名，但是由於先秦貨幣上往往鑄有地名，因此所收錄的文章大部分都與地名考釋相關，加以該書編纂各篇文章，首以國別爲序，一國之內再按幣制編排，使讀者得以對東周時期各國的地名一目瞭然，也可以算是考釋先秦貨幣文字地名的專著。又顏世鉉《包山楚簡地名研究》，是民國八十六學年度國立臺灣大學中國文學研究所的碩士論文，該書以戰國時期湖北荊門包山二號楚墓出土的竹簡文字作爲研究對象，考證二百五十四個包山楚簡地名，依地名性質分類討論，是一部相當專門的古文字地名研究著作。

　　有關殷商及東周時期的古文字地名研究，不乏學者進行系統性的歸納整理，但是對於西周金文的地名研究方面，卻是罕見。除了極少數學者，以單篇文章的形式，對當時所見的西周金文地名略爲整理之外（見本章第二節），目前爲止並沒有比較專門的西周金文地名研究專著出現，以致學者在譔述中國古代地名學史時，對於西周金文地名方面的敘述總是闕如，[註8] 顯然這是一個亟待耕耘的園地。加上早年研究西周金文地名，多半只能取材於傳世器及零星的出土器，但是近幾十年來，考古之風興盛，出土了一批又一批商周青銅器，其中更是不乏有地名的銘文，因此有必要全面性的整理西周金文地名。再者，我們目前對西周時期的地名研究，也多半僅止於少數文獻資料，而事實上，傳世文獻經過幾千年的輾轉傳鈔，一直保留至今，其間總不免人爲的疏失，故歷來學者對於文獻的可信度，總是要再三斟酌方能確定，而西周金文正爲這個難以避

[註8] 如牛汝辰《中國古代地名文化》（頁 68）在「中國古代地名學史略」一節中，在略及殷商甲骨文的地名約數之後，便直接談到春秋戰國時代以後，文獻地名方面的研究概況，整個西周時期未提及隻字半語。近年來學者華林甫系列討論我國古代地名學的特點，在先秦時期部分，也是先論述殷商甲骨文的大致地名現象，然後就接著討論《詩》、《書》等先秦文獻的地名現象，並未提及兩周古文字地名的研究成果，見華林甫〈論先秦時期我國地名學的特點〉，《湖北大學學報》1996 年 4 期，頁 104～110。其他談中國地名發展源流的通論性文章也莫不如此，如李傳永〈我國地名的起源和演變〉（《四川師範學報學報》1993 年 1 期，頁 101～105）、韓光輝〈論中國地名學發展的三個階段〉（《北京社會科學》1995 年 4 期，頁 95～100）等。

免的盲點，提供了絕佳的解決之道，展現了研究西周地名的第一手材料，除了可以與傳世文獻互相發明之外，更可以彌補文獻的不足。西周金文地名研究的意義與重要性，由此可見。

第二節　西周金文地名研究的回顧

本節所謂的研究回顧，係指以金文地名研究為主的著作，至於單獨考釋個別地名的篇章，將在拙文各個地名條目下討論，茲不贅述。

金石之學興起於宋代，元明呈現衰態，到了清代復以興盛。有清以來，學者對於西周金文地名的研究，往往只是隨文附見，也就是在考釋各篇銘文時，偶有涉及地名者則略微疏通，只就地名作個別的考釋，而沒有全盤的歸納分析。就民國以來具有相當影響力的《兩周金文辭大系攷釋》（以下簡稱《大系》）為例，《大系》分為上下編，上編即西周金文之屬，下編則屬東周，據郭沫若在1934年增訂本《大系》總目標注，西周青銅器凡一百六十二件，後來日本學者白川靜以《大系》為準，條列出書中的地名，白川靜將方國名（如虢、鄶、井、楚荊等）、夷名（如南淮夷）、族徽（如𢦏）等及一般地名均列入其中，得二百八十四個地名，其中西周部分有二百零九個，不過扣除上述方國、夷、族徽等名，及地名重出者，實際上只剩下一百個地名左右。〔註9〕

王國維〈周時天子行幸征伐考〉一文，〔註10〕應該可以視為首開系統性研究西周金文地名之路者，王氏收錄周天子親自行幸征伐的銘文凡二十五篇，其中有地名十九個，從篇題可知，王氏是以周天子巡幸征伐之事為研究對象，可見王氏已經注意到了地名的分類問題。而真正比較大規模研究西周金文地名者，當以余永梁〈金文地名考〉（以下簡稱〈地名考〉）為代表作，為了便於說明，茲不憚其煩地引錄余文如下：（只引正文地名部分，注文略之。引文

〔註9〕 白川靜《甲骨金文學論叢・五集・金文索引——地名》，日本昭和三十二年九月。後來白川靜在編纂《金文通釋》的地名索引時，更是將宮室太廟列於其中，再扣除東周部分的地名，實際上屬西周金文地名的部分，與《大系》收錄相去不遠，見白川靜《金文通釋》五六「本文篇索引——地名」，《白鶴美術館誌》第五六輯，頁302～306。

〔註10〕 王國維《觀堂別集》卷一，收入《海寧王靜安先生遺書（五）》（臺北：臺灣商務印書館，1979），頁1247～1248。

括號【　】中之標示爲引者所加，以便參閱）

【都】金文言周東西二都，皆釐然不混，稱鎬京曰宗周，或簡稱周，
　　稱雒邑爲周。

【陝西・國名】金文中國名之在今陝西省者曰虢，曰畢，曰召，曰
　　毛，曰鄭，曰戲，曰梁，曰散，曰矢，曰微，曰芮，曰邰，曰
　　汪，曰夷。其國名之在陝西，今略知其地望，而不能實指其
　　地者，曰豆，曰量，曰井，曰南，曰輔，曰亳。【陝西・地名】
　　金文地名之在渭南者曰濾，曰沽，曰周道，曰淮。無考者曰
　　邊柳，曰𩇢，曰陝，曰敤城，曰楮木，曰若遼，曰若衙，曰若，
　　曰厂潦，曰柈，曰原道，曰𤄷莫，曰同道，曰州，曰棫。其在
　　渭北者曰高陵，曰𣊫廬。曰垫，曰渾，曰㝎，曰屋，曰寒山。
　　紀川名者曰洛，曰涇。無考者曰西艅。

【甘肅・國名】國名之在今甘肅者曰羌，曰秦。【甘肅・地名】地名
　　之在甘肅者，曰塼原。

【山西・國名】國名之在今山西省曰虞，曰筍，曰晉，曰邵。【山西・
　　地名】地名之在山西者曰𦥏，曰楊，曰茲。

【河南・國名】國名之在今河南者曰蘇，曰衛，曰宋，曰應，曰䜌，
　　曰許，曰雍，曰鄧，曰郜，曰申，曰樊，曰蔡，曰相，曰鄀。
　　【河南・地名】其地名之在河南者曰圃，曰坏，曰叶，曰彭，
　　曰祭，曰龍，曰黃。

【直隸・國名】國名之在今直隸者曰邶，曰索，曰弭，曰匡，曰邲。

【山東・國名】國名之在山東者曰魯，曰齊，曰紀，曰杞，曰邾，
　　曰鑄，曰滕，曰薛，曰郳，曰鄟，曰邦，曰郜，曰莒，曰寒，
　　曰鐘，曰諸，曰鄆。

【江蘇・國名】國名之在今江蘇者，曰郯，曰吳。【江蘇・地名】地
　　名之在今江蘇者曰取慮。

【浙江・國名】國名之在今浙江者曰越。

【安徽・國名】其在今安徽者曰舒。

【湖北・國名】國名之在今湖北者曰楚。

【未詳・國名】其國名未詳者曰茾，曰宾，曰番，曰夔，曰噗，曰可，

曰格，曰堇，曰戲，曰狁，曰囂，曰麓，曰彔，曰椕，曰贅，

曰𢆶，曰貉，曰嘱，曰叚，其餘無考者約無慮數十，不備舉。

【未詳・地名】地名之無考者曰螯𠂤，曰昏塚，曰禓𠂤，曰呂敼，

曰隓𢀚，曰謀田，曰零谷，其餘無考者如智鼎及他器所載無慮

十數，不具舉。〔註11〕

從上文可以看出，余氏所謂的「地名」主要包含了都城、國名、一般地名三種，除了都城之外，其他國、地名均以今日所見各省為類，在各省之下又先列以國名，國名先後又以可考地望者為先，地望不確定者次之；國名之後，列以一般地名，地名排列原則同於國名；若有山川之名，則又列於地名之後。余氏對於地名的分類方法與王國維有別，余氏的地名分類顯然比較近於《漢書・地理志》分域方式，除了以分域方式類聚地名之外，也可看出粗略的行政區劃——國都名、方國名、一般地名，姑且不論其所考地望是否正確，在古地名研究方面，相較於歷來隨文附見的地名考釋情形，無疑是一大進步。此後，又有謝彥華〈古代地理研究〉一文，該文只是以余氏〈地名考〉為準，製成簡略的表格而已，最多就在文末說明，該表所列「國名九十三、都名二、地名四十六、水名二」，而無論在方法或材料上，與余氏實無二致。〔註12〕

在余永梁之後，只有幾篇小範圍討論西周金文地名的著作，如孫海波〈周金地名小記〉，孫氏將內容分為「周建都」、「周征伐」兩大類，第一類底下又分為「豐」、「宗周」、「成周」三條都城地名，第二類則分為「克商」、「征東夷」、「伐楚」、「伐曾」、「伐㢓」、「伐南國」、「伐玁狁」等七項，將相關地名列入各項之下討論，其地名也是包含都城、方國名、一般地名等。〔註13〕

近來，則有王輝的〈西周畿內地名小記〉，〔註14〕文中地名包含方國及一般地名，而所謂的「畿內」，王氏謂主要是「以陝西關中西部，屬於西周王畿

〔註11〕余永梁〈金文地名考〉，《國立中山大學語言歷史研究所週刊》第五集第五十三、五十四期合刊（1928），頁 2017～2045。

〔註12〕謝彥華〈古代地理研究〉，《國立中山大學語言歷史研究所週刊》第七集第八十一期（1929），頁 3279～3287。

〔註13〕孫海波〈周金地名小記〉，《禹貢》半月刊第七卷第六七合期（1937），頁 109～124。

〔註14〕王輝〈西周畿內地名小記〉，《考古與文物》1985 年 3 期，頁 26～31。

的一部分」，討論地名數有十八個。王氏篇題名爲「畿內」，其中顯然也有分域的地名分類觀念，只是王氏對於「畿內」範圍如何界定，並未進一步詳細探討。〔註15〕

在前輩學者研究的基礎上，我們可以得到豐富的地名考證經驗，其中最值得一提的當然就是──王國維所提倡的「二重證據法」，以地下出土的地名資料與文獻相印證。除此之外，其實考古學、古地理學、地名學等領域的研究成果，對於考證地名也是十分有助益的。例如：早年石璋如先生曾以文獻對於宗周鎬京的記載爲準，就可能的所在地逐一進行考古勘察，以求確定西周鎬京的確實位址，經過了一番考察，石先生認爲鎬京遺址應在今斗門鎮北五里處的豐鎬村一帶〔註16〕，這正是結合了文獻、考古學、古地理學等方法，使得地名考證更信而有徵，這些都是值得後來學者加以運用的方法。

〔註15〕關於西周王畿的範圍，呂文郁結合文獻記載，如《詩·商頌·玄鳥》：「邦畿千里」，《周禮·夏官司馬·職方氏》：「方千里曰王畿」，《說文》畿篆下云：「畿，天子千里地，以逮近言之則言畿」，段注：「謂畿最近天子，故稱畿」，顏師古注《漢書·地理志》云：「宗周，鎬京也，方八百里，八八六十四，爲方百里者六十四也。洛邑，成周也，方六百里，六六三十六，爲方百里者三十六，都得方百里者，方千里也。故《詩》云『邦畿千里』」，呂氏認爲：「西都王畿以宗周爲中心，南抵漢水之陽，西達甘肅天水一帶。北鄰獫狁，東與成周王畿相接。全部渭水流域、涇水流域、西洛水下游以及漢水以北地區都在王畿之內」，見呂文郁《周代采邑制度研究》（臺北：文津出版社，1992），頁 17。從呂氏所引的文獻記載可知，古人在考量王畿大小時，似乎忽略了一個現實因素，由於每時期的文治武功不同，敵國外患入侵的範圍也各自有別，王畿大小應非一成不變的，如《史記·匈奴列傳》：「公劉⋯⋯邑于豳。其後三百有餘歲，戎狄攻大王亶父，亶父走岐下，⋯⋯。後十有餘年，武王伐紂而營雒邑，復居于酆鄗，放逐戎狄涇、洛之北，以時入貢。⋯⋯穆王之後，二百有餘年，周幽王用寵姬褒姒之故，與申侯有卻，申侯怒，而與犬戎共攻殺周幽王于驪山之下，遂取周之焦穫，而居于涇、渭之間，侵暴中國」，從《史記》這段文字可以明顯看出，以戎族爲例，戎人對於周王室的侵伐範圍，是隨著周室武功強弱而定的，因此在考證西周王畿大小時，可能要結合相關因素，予以分期討論比較合適。由於西周王畿牽涉層面甚廣，筆者擬另文處理。

〔註16〕石璋如〈傳說中周都的實地考察〉，《中央研究院歷史語言研究所集刊》第二十本下冊（1948），頁 115～117。

第三節　西周金文地名研究的範圍

在殷商晚期的甲骨文中，已經有爲數不少的地名。早年王國維曾指出，卜辭所見的地名約有二百多個。〔註17〕後來陳夢家又提出，殷墟卜辭有五百個以上的地名。〔註18〕從《綜述》一書來看，陳夢家所謂的「地名」，並不包含方國名、部族名，〔註19〕陳氏認定的地名主要有商王朝王都、泉名、京名、邑名、鄙名、山水名等類。〔註20〕其實這些地名類型可以簡約地用自然及人文兩大類涵蓋，茲引述學者有關中國地名區劃的一段文字：

> 漢語地名的命名基本上可以概括爲反映自然地理景觀的地名與反映
> 人文地理景觀的地名，這兩種地名亦稱爲自然地名和人文地名。以
> 自然命名的地名有以下幾類：以地形、山水、動植物、礦物、氣象、
> 方位爲名的，以顏色、數字爲名的，以金木水火土五行爲名的，以
> 景觀突出特徵或功用爲名的。以人文或文化命名的地名有以下幾
> 類：以姓氏爲名的，以官兵爲名的，以行政區劃爲名的，以宗教、
> 民族爲名的，以歷史、神話傳說或年代爲名的，以建築爲名的，以
> 詩詞爲名的，以美好祝願語義爲名的。由此可見，漢語地名的命名
> 和發展都具有其客觀規律。〔註21〕

〔註17〕王國維〈殷虛卜辭中所見地名考〉：「殷虛卜辭中所見古地名，多至二百餘，其字大抵不可識，其可識者亦罕見於古籍」，見《觀堂別集》卷一，頁1246。

〔註18〕陳夢家《殷虛卜辭綜述》（北京：中華書局，1992）：「卜辭所記載的地名約在五百名以上」，頁249。以下簡稱《綜述》。

〔註19〕陳氏云：「卜辭的地名，最容易混淆的是（1）方國名……，（2）宗廟或居室名……，（3）山水之神名……」（頁253）、「至於字形的正讀，地名與族名、國名的區別，尚在其次」（頁249）、「這些地名、邦族名、諸侯名、方國名之區分，是比較困難的」（頁313）。

〔註20〕參見陳夢家《綜述》第八章「方國地理」、第九章「政治區域」。

〔註21〕盧忠、甘華蓉〈中國地名區劃初探〉，《西南師範大學學報》1995年1期，頁85。有關漢語地名分類的方式，中國大百科全書出版社編輯部編《中國地大百科全書·地理學》（北京：中國大百科全書出版社，1994）「地名的種類」條下所列舉的分類法，可以爲盧、甘二氏之文作補充說明：「①按地理屬性劃分，有自然地理實體名稱和人文地理實體名稱。前者又可分爲水名、山名等，後者又可分爲聚落名、政區名、建築物名等。②按政區劃分，有國名、省名、縣名等。③按語別劃分，

這段文字是從中國歷來的地名所歸納出的大致原則。上引卜辭裏的山水名、泉名、京名等，即是因地貌而命名的地名，可以歸入自然地名；王都鄙邑之名則屬於行政區劃方面的地名，故可歸入人文地名。其實，如果參考古人對於「地名」的認定，卜辭裏方國、部族名也屬於廣義的「地名」，如杜預統計《春秋》地名數云：

地名大凡一千二百一十三[其五百六十闕]

其百七十周及大小國[附庸其三十一闕]　八百九十九地名[其四百八十一闕]

四十一四夷[其二十一闕]　四十一山[其十闕]　五十八水[其十三闕]〔註22〕

杜預所謂的「地名」，其實也將方國（即「其百七十周及大小國」之類）、部族名（即「四夷」之類）納入其中。〔註23〕

　　西周金文所見的地名，大體也適用於上述的自然與人文兩種地名分類，自然地名，如洛、涇、南山等；人文地名如宗周、成周（都邑）、魯、井（諸侯國）、斤、冀（一般地名）等。不過，由於諸侯方國名所牽涉的層面甚廣，無論在學力及時間上，恐怕都不是碩士班階段能夠全面處理的，因此拙文擬先處理諸侯方國名以外的地名。爲避免有所遺漏，有幾種情形例外：一·如果是學者間有爭議，或以爲國名，或以爲一般地名者，則列目處理，以供參考；二·若某地在後世是諸侯方國名，但是某地出現時代（指銘文所屬時代）早於該國始封時，由於無法確定是否當時已是國名，故亦列目處理。

　　至於西周金文材料範圍，以《集成》爲主，加以《集成》漏收，見於其他

有漢語地名、英語地名、阿拉伯語地名等。④按社會交際功劃分，有今稱、舊稱、別稱、自稱、他稱、全稱、簡稱、雅稱、俗稱等。⑤按照通行的時間劃分，有今地名和歷史地名，歷史地名即古地名。⑥按照構詞的關係劃分，有原生地名和派生地名。⑦按照命名的緣由劃分，有描述地名（反映當地某一自然或人文特徵的地名，如形態、色澤、音響、方位、物產等），記事地名（反映發生過的事件或以故國、部族、人物名字命名的地名），意願地名（反映人們的意志、願望、忌諱、宗教、信仰的地名）以及訛傳地名等」，頁 90。

〔註22〕杜預《春秋地名》，微波榭叢書。

〔註23〕將國名以下的各類地名數字減去闕數的總和〔（170－31）＋（899－481）＋（41－21）＋（41－10）＋（58－13）＝653〕，等於杜預統計的地名總數減去其闕數（1213－560＝653）。

著錄書，及《集成》出版之後新出之西周青銅器銘文。至於斷代依據，參酌《集成》及各家說法，作爲斷代的憑據。若有疑問，傳世器部分，則結合參考銘文內容、銅器風格等，並參考各家說法，斟酌去取；新出土器部分，除了前述依據之外，更可酌依相關的考古出土文物等線索判斷。

第四節　西周金文地名研究的原則

研究地下出土文字所見的地名，有一些共同的基本方法與原則仍是不能省略的，本節即試就研究西周金文地名的幾項重要原則，略爲論述。

一、地名判定

要確認一篇銘文中有沒有地名，首先要正確地解讀銘文中的文字，並通讀整篇銘文，這是利用金文材料作任何專題研究的基本步驟，地名研究也不例外。文義未安，無法判斷地名；文字不明，不能考證出地名所在的正確地望。在通讀全篇文義之後，方能利用語法、訓詁、文例等知識，確認地名。

歸納西周金文地名出現在銘文中的形式，可以有助於地名的確認。西周金文地名出現在銘文中的形式有：

（一）單獨出現的地名

這種地名大多出現在一些固定的句式裏，最常見的是「在＋地名」的句型，通常是說明某人在某地（或在某地做某事），如井鼎「王在蒡京」、獻侯鼎「唯成王大奉在宗周」。其次是「動詞＋（受詞）＋（自、于）＋地名」的句型，這類句型的動詞可以略分爲下列幾種：

甲、征伐動詞：如噩侯馭方鼎「伐角、遹」、晉侯穌鐘「敦伐夙夷」、不嬰簋「女叾我車宕伐玁狁于高陶」。

乙、祭祀動詞：如保卣「祓于周」。

丙、一般行爲動詞（如追、返、步等）：敔簋「追鄧于上洛」、晉侯穌鐘「王步自宗周」、保員簋「公返自周」。

此類用以判斷是否屬地名的確定性比較高。

（二）用來指稱對象的地名。此式又可分為幾種：

甲、「地名＋縣鄙」，如「奠還（縣）」（免臣，參第二章「奠」條目下）、「直

邑」（恆簋蓋，參第五章「直啚（鄙）」條目下）。

乙、「地名＋官名」，如「成周走亞」（訇簋）。

丙、「地名＋軍隊」，如「成周八師」（曶壺）。

丁、「地名＋人」，如「州人」、「原人」（散氏盤，參第二章「州」、「原」條
目下）。

戊、「地名＋貝」，如「斤貝」（天君鼎，參第五章「斤」條目下）。

由於此類用以指稱對象的部分，往往國名、地名難分，因此本文將此類列於相
關地名條目下作爲佐證，不別立一目考證。

在西周金文中，也存在著地名與人名淆混的情況，若不仔細推敲斷讀，往
往會得出不同的答案，如一九二九年河南洛陽馬坡出土的西周初期青銅器——
矢令方彝，後半段銘文中的「王」字，究竟是指王城抑或周王，學者猶爭議未
已，而主要的關鍵就在於斷讀的差異，以下先摘錄這段銘文內容，斷句有異議
的部分則以〔　〕標出：

甲申，明公用牲于京宮。乙酉，用牲于康宮。〔咸既用牲于王〕，明
公歸自王。〔註24〕〔圖一〕

這段銘文中的兩個「王」字，唐蘭並釋爲王城，〔咸既用牲于王〕則斷句爲「咸
既，用牲于王」；〔註25〕陳夢家贊同唐蘭的說法，只是將「咸既用牲于王」讀爲
一句，而且進一步從語法方面說明，這兩個「王」字應該都是地名。〔註26〕陳
邦懷則是斷句爲「咸既用牲，于王」，解釋二「王」字並是王室之義；〔註27〕王
人聰同意陳邦懷的斷句，只是他認爲全篇銘文所出現的三個「王」字，應該都是
指周王。〔註28〕（詳參第三章「成周」條目下）同一段文字，釋讀歧異若此，這
是考證金文地名時無法避免的問題。

另外，由於本文擬不處理西周金文中的方國名，方國名僅用以論證，因此

〔註24〕《殷周金文集成》（以下簡稱《集成》）9901 號。

〔註25〕唐蘭：〈作冊令尊及作冊令彝銘文考釋〉，《唐蘭先生金文論集》（北京：紫禁城出
版社，1995），頁 11。

〔註26〕陳夢家〈西周銅器斷代（二）〉。

〔註27〕陳邦懷《嗣樸齋金文跋》（香港：吳多泰中國語文研究中心，1993），頁 85～86。

〔註28〕王人聰〈令彝銘文釋讀與王城問題〉，《文物》1997 年第 6 期，頁 39～42。

會衍生一般地名與方國名究竟如何區別的問題。本文所採取的原則是，若文獻有徵，而且在西周時期已經立國者，則視爲方國名；若於史無徵，然而從其他旁證可證明是文獻未見的方國名者，亦入方國名之列；此外則皆列爲本文研究的地名對象。

二、文字識讀

　　古文字釋讀的正確與否，往往直接地影響到地名的考證，以同簋的「**侻**」地爲例。同簋銘云：

　　王令同左右吳大父嗣昜（場）、林、吳（虞）、牧，自**侻**東至于河，

　　厥逆至于玄水。〔圖二〕

簋銘的「**侻**」爲地名，應是毋庸置疑的，但是學者對「**侻**」字的解釋卻有相當的出入，以下茲簡列各種說法及主張該說的代表學者：（各家論述及詳細出處請參第二章「**侻**」條目下）

　　（一）釋「淲」——如強運開《說文古籀三補》卷十一、郭沫若《大系》
　　　　　　　　　　　（頁 86），王輝〈𢔶 𣪊鼎通讀及其相關問題〉、馬承源
　　　　　　　　　　　《銘文選（三）》233 號、楊樹達《積微居金文說》（頁
　　　　　　　　　　　233）。

　　（二）釋「佫」——如吳闓生《吉金文錄》三・十三。

　　（三）釋「虤」——如于省吾《雙劍誃吉金文選》上三・九。

　　（四）釋「虒」——如容庚《金文編》（四訂）0777 號。

　　（五）釋「虓」——如唐蘭〈同敦地理考〉、林澐〈新版《金文編》正文部
　　　　　　　　　　　份釋字商榷〉〔76〕。

　　（六）釋「諕」——主此說者如張世超〈金文考釋二則〉。

細審字形，可知釋讀該字的主要關鍵在於：虎字左方的偏旁究竟是什麼字？由於各家解讀的差異，以致出現了至少有六家的說法，聚訟不已，而這些說法自然地就會影響學者對於地名的考證，目前爲止，由於在字形上缺少更爲有力的證明，因而尚未定讞，而在字形還無法確定的情形下，地名考訂自然無法有可靠無疑的基礎，文字釋讀的重要，可見一斑。

　　上面是針對字形的確認而言，其實縱使在字形確認之後，還有另一層問

題，那就是文字通假的運用問題。我們知道，地名總是少不了同音通假字，同一個地名，在不同的時空裏，可能會有不同的寫法，這是所謂的「異名同地」的現象；或者同樣的地名用字，卻代表了不同的地名，這就是所謂的「同名異地」的情形。因此，往往由於學者對於地名用字的通讀不同，而產生各自考證的地名地望所在南轅北轍，此間的一個重要關鍵，就在於文字通假的運用。試以晉侯穌編鐘的「蕫」地爲例，學者大致同意「蕫」字爲從蛬從串，而串即爲《說文》「橐」字的聲符，也就是從弓得聲，不過在這個讀音的基礎上，目前就有兩家不同的說法，一是李學勤先生主張的「闞」地說，一是裘錫圭先生主張的「范」地說，從文字通假的關係來看，二說都有成立的可能，不過若再結合鐘銘所提到的相關地理方位，似乎以裘先生的范地說比較合理。（詳參第三章「蕫」條目下）

　　由上述兩個釋形及通假的例證可知，西周金文地名的考證，必須建立在正確無誤的文字釋讀基礎上，方能進一步作詳實的地望考證。

三、銘文斷代

　　銘文的斷代，一直是金文研究學者的一大課題，研究金文地名，自然也不能忽視斷代的重要性。在銘文中出現的地名，有的只集中在西周某一時期，例如庠地，就目前所見的金文材料來說，它出現在西周早期（請參看第四章「庠」條目下）；或者在同一個地方，早期稱爲甲地，後來又改稱爲乙地，陳夢家在〈西周銅器斷代（一）〉談到關於銘文內部與斷代研究的關係時，其中有一條即是以地名爲例：

> 同地名　在一定條件下表示或長或短的一個時期。如新邑是成王初
> 的一個地名，成王及其後稱爲成周，則凡有新邑之稱者當屬成王時。
> 凡有宗周及鎬京之稱者，都屬西周。

同一個地方，因時代不同而有不同的名稱，可見地名研究與銘文斷代之間的關係是密不可分的。

四、地望考證

　　考證地望是研究先秦地名的一大任務，不過，由於古文字材料中的地名有

不少是文獻所未備，因此更增加了考證地望時的困難度。在考證西周金文地名的地望時，有三個主要參考方向，分別是出土古文字資料、文獻及考古發掘。在出土古文字資料方面，除了銘文之外，上自甲骨文，下至貨幣簡帛等古文字材料，都是考證地望的重要參考資料；在文獻方面，除了可靠的先秦典籍外，《漢書‧地理志》、《水經注》、《讀史方輿紀要》等書，對於考證地望及地名源流都是不可或缺的資料；至於結合現代考古發掘的成果、古地理、古環境之變遷等學問來研究地名地望，更應該是先秦地理研究的發展方向，例如宗周、成周之類的都城地名，作爲西周王朝的所在地，它必定有相當的規模，隨著考古學的興盛，地不愛寶，許多先秦遺址、墓葬都陸續面世，這對於研究西周王朝都城地望所在有相當的影響。不過，由於金文裏也存在著不少於史無徵的地名，相對也增加了地望考證時的困難，因此除了可以確指地望者之外，還有僅能根據相關線索判斷該地名所屬的區域範圍，這類地名將依其所在，劃歸所屬區域；倘若連所在區域都無法判斷者，則暫時歸入其他地名類以俟考。

　　至於拙文對西周金文地名的分類標準，特別在此說明，如果以第三節提到的自然、人文兩類，作爲西周金文地名的分類標準，在執行上有實際的困難。以人文地名來說，雖然《周禮‧地官‧大司徒》有邦國都鄙、鄉黨族閭設置的原則，但是，一則西周時期的行政區劃是否果眞如《周禮》記載的那麼較然分明。再者，目前所見的西周金文地名，不若後世對於行政區劃有明白的稱謂，[註29] 難以判別其所屬行政區劃，除了部分都邑及諸侯國名之外，其他大部分的西周金文地名都不易歸類。此外，在自然地名方面，除了與文獻得以印證的少數地名之外，西周金文裏也存在可能是自然地名，但是可能由於史所闕如，或是光從字面上仍無法判斷該地名屬性，故而不敢遽定其是非。[註30] 因此，拙文對於西周金文地名的處理方式，配合西周王室由岐西往東發展的歷史事實，分爲西方、東方及南方三大區域，[註31] 西方地名主要是以西周王朝的西

〔註29〕如包山楚簡所見的州、里、邑等較然劃分的行政區劃地名，參顏世鉉《包山楚簡地名研究》，臺灣大學中文所碩士論文，1997。

〔註30〕如元年師𧽊𣪘的「淢」，學者或以爲淢水、或以爲棫山，難以論斷，參第二章「淢」地條下。

〔註31〕《左傳》昭公九年記載周大夫詹桓伯回憶周初疆域所及的範圍：「我自夏以后稷，魏、駘、芮、岐、畢，吾西土也；及武王克商，蒲姑、商奄，吾東土也；巴、濮、

方政治中心——宗周爲主，範圍涵蓋整個渭水流域，含涇水、洛水流域，東至陝晉交界的黃河段等；東方地名則是相對於西方而言，東、西方地名的分域，權以陝晉交界的黃河段爲界，主要以洛陽盆地的成周爲中心，包含伊洛流域，再往東至齊魯一帶；南方地名則是指成周以南，包括南陽盆地、淮河中上游（含汝水、潁水）至江漢流域。〔註32〕至於無法判斷所屬的大區域者，則暫且先歸入其他類地名。

最後，茲就拙文章節安排及相關體例略作說明。第一章「緒論」，主要就西周金文地名研究的動機、歷來研究回顧、範圍及原則等四項論述。第二章「西周金文中的西方地名」，本章是討論西周金文中屬於西方的地名，每個地名列一條目，地名的排列方式，原則上以小塊區域爲序：以周王室都城及其附近的地名爲中心，先列周王室的都城名，次列都城附近的地名，其次則依西、北、東、南分別列之，一件青銅器銘文上若出現兩個以上的地名，其地名所在位置又是相近，則以銘文爲單位，將同篇銘文出現的地名排列在一起，以便參閱；各個小區域的地名中若有自然地名，則列在各小區域地名之末，不過若是與上列情形一樣，一件銘文出現兩個以上的地名，其地名又互有關係，同屬一個小區域者，爲便於參閱，此類自然地名仍與同篇銘文的地名放在一起，不列在此小區域地名之末。第三章「西周金文中的東方地名」，本章是討論西周金文中屬於東

鄧，吾南土也；肅慎、燕、亳，吾北土也」，這段文字將西周分爲西、東、南、北四土。結合周人自西岐往東發展的歷史事實，加上從西周文獻及金文來看，在在顯示南方是西周王室的經營重點，如「南國」（《詩・小雅・四月》、〈大雅・常武〉、〈崧高〉、中方鼎、禹鼎、馘鐘、晉侯穌鐘、靜方鼎）、「南邦」、「南土」（〈崧高〉）、「南者（諸）侯」（駒父盨）等，不乏與南國有關的記載，故拙文茲就西周金文地名實際分布的範疇，分爲西方、東方、南方三大區域。

〔註32〕關於南方地名所涵蓋的範圍，《國語・鄭語》有一段記載：「當成周者，南有荊蠻、申、呂、應、鄧、陳、蔡、隨、唐」，這些國家所在正涵蓋了南陽盆地、淮水中上游、江漢流域的範圍，故拙文將南方地名劃歸在此範圍內。此外，徐少華《周代南土歷史地理與文化》（武漢大學出版社，1994）一書，對於「周代南土」的範疇，參酌古今，包含了：「南陽盆地、淮河中下游兩個地區，西起秦嶺南坡的漢水支流丹江流域，東至淮河中游今安徽壽春一帶，南以漢水和桐柏、大別山爲限，北抵汝、潁、渦諸水上游的今河南汝陽、禹縣、太康、永城一線」（頁1），界限十分清楚，可以參看。

方的地名，原則與上述大致相同。第四章「西周金文中的南方地名」，本章是討論西周金文中屬於南方的地名，地名排列原則乃由北往南敘述。第五章「西周金文中的其他地名」，本章主要分爲三類：一是地名所在區域不明者，此類是指從相關線索仍無法判斷該地屬西方、東方或南方三大區域者；一是地名斷讀待考者，此類是指從語法上可以定其爲地名，但是對於該地名在銘文中的斷句，尚無法有一個比較確定的見解者；一是地名確認待商者，此類是指或以爲是地名，或以爲不是地名，而目前還無法完全肯定者；本章的地名排列方式，以《集成》的號碼爲序，未見於《集成》者列於其後，未見於《集成》之地名又以著錄時代先後爲序。第六章「結論」，本章主要是歸納西周金文地名的地理分布，並就西周金文地名的構詞及相關現象進行討論，最後並敘述西周金文地名研究在西周歷史、地理上的意義。

以上是各章的大要，此外第二至五章每條地名下都有【出處】一項，內容是交代地名所出的銘文，各條銘文排列序以《集成》編號爲序，先列器名，次列《集成》編號，若該銘文只存摹本，則在器名之後標以「*」號，次引與地名相關的銘文內容，若銘文內容與判斷地名的關係密切，或者同篇銘文出現兩個以上的地名，而該地名又有關係者，則於第一次出現的地名條目下，不憚其煩地引錄銘文內容，以資參考。至於不見於《集成》的銘文，則依著錄時代的先後爲序，排列於後。

第二章　西周金文中的西方地名

〔1〕周

【出處】

應侯見工鐘 00107：「隹（唯）正二月初吉，王歸自成周，雁侯見工遺王于
<u>周</u>。辛未，王各于康，燊白內右雁侯見工，易（錫）彤一、矜百、馬
四匹。……」

敔簋 04166：「隹（唯）四月初吉丁亥，王才（在）<u>周</u>，各于大室。王穋敔曆，
易（錫）玄衣赤袞。……」

穆公簋蓋 04191：「隹（唯）王初如鄲，迺自商自復還，至于周。王夕卿（饗）
醴于大室，穆公友□，王乎（呼）宰□易（錫）穆公貝廿朋，穆公對
王休，用乍（作）寶皇簋。」

師遽簋蓋 04214：「隹（唯）王三祀四月既生霸辛酉，王才（在）<u>周</u>，客（各）
新宮。王征足師氏，王乎（呼）師朕易（錫）師遽貝十朋。……」

兔簋 04240：「隹（唯）十又二月初吉，王才（在）<u>周</u>。昧爽，王各于大廟。
井弔（叔）有（右）兔即令，王受（授）乍（作）冊尹者（書），卑
（俾）冊令兔曰：令女（汝）足周師嗣歔，易（錫）女（汝）赤⊗市，

用事。……」

走簋 04244、：「隹（唯）王十又二年三月既望庚寅，王才（在）周，各大室，即立，嗣馬井白□右走，王乎乍冊尹□□走，飘足𤝔（？），易（錫）女（汝）赤□□□旂，用事。……」

裘衛簋 04256：「隹（唯）廿又七年三月既生霸戊戌，王才（在）周，各大室，即立（位）。南白（伯）入右裘衛，入門，立中廷，北卿（嚮），王乎（呼）內史易（錫）衛䩔市、朱黃、䜌。……」

元年師兌簋 04274-04275：「隹（唯）元年五月初吉甲寅，王才（在）周，各康廟，即立（位）。同中（仲）右師兌，入門，立中廷，王乎（呼）內史尹冊令師兌：足師龢父嗣𠂇（左）右走馬、五邑走馬，易（錫）女（汝）乃且（祖）巾五黃、赤鳥。……」

三年師兌簋 04318-04319：「隹（唯）三年二月初吉丁亥，王才（在）周，各大廟，即立（位）。郎白（伯）右師兌，入門，立中廷，王乎（呼）內史尹冊令師兌：余既令女（汝）正師龢父嗣𠂇（左）右走馬，今余隹（唯）䲙臺乃令，令女（汝）飘嗣走馬，易（錫）女（汝）㫚𥬳一卣、金車、朱虢……」

師嫠簋 04324-04325：「隹（唯）十又一年九月初吉丁亥，王才（在）周，各于大室，即立（位）。宰琱生內（入）右師嫠，王乎（呼）尹氏冊令師嫠，王曰：師嫠，才（哉）昔先王小學，女（汝）敏可事，既令女（汝）更乃且（祖）考嗣小輔。今余唯䲙臺乃令，令女（汝）嗣乃且（祖）舊官小輔眔鼓鐘。……」

牧簋 *04343：「隹（唯）王七年十又三月既生霸甲寅，王才（在）周，才（在）師汓父宮，各大室，即立（位）。公尸郎入右牧，立中廷，王乎（呼）內史吳冊令牧，王若曰：牧，昔先王既令女（汝）乍（作）嗣士，今余唯或𤔲𢆶令女（汝）辟百寮……」

免匜 04626：「隹（唯）三月既生霸乙卯，王才（在）周，令免乍（作）嗣土，嗣奠還歔眔吳眔牧，易（錫）戠衣、䜌，對揚王休，用乍（作）旅齍彝，免其萬年永寶用。」

保卣 05415：「乙卯，王令保及殷東或五侯，征（誕）兄（貺）六品，蔑曆于保，易賓，用乍文父癸宗寶𣄼彝，遘于四方，迨王大祀，祓于**周**，在二月既望。」（保尊 06003 銘文同）

高卣 05431：「隹（唯）十又二月，王初鄉旁，唯還在**周**，辰才（在）庚申，王飲西宮，蕉，咸。」

趞觶 06516：「隹（唯）三月初吉乙卯，王才（在）**周**，各大室，咸。井弔（叔）入右趞。王乎（呼）內史冊令趞：更乓且（祖）考服，易（錫）趞𢧍衣、載市、冋黃、旂。……隹（唯）王二祀。」

免盤 10161：「隹（唯）五月初吉，王才（在）**周**，令乍（作）冊內史易（錫）免鹵百隓，免穚。……」

守宮盤 10168：「隹（唯）正月既生霸乙未，王才（在）**周**。周師光守宮事，鄩周師，不（丕）杯。……」

史牆盤 10175：「曰古文王，初戩龢于政，上帝降懿德，大甹，匍有上下，迨受萬邦。𩛥圉武王，遹征四方，達殷畯民，永不巩，狄虘髟，伐尸童。甹聖成王，ナ（左）右綬緐剛鯀，用肇徹周邦。淵悊康王，㧑尹奮彊。宏魯卲王，廣𢻹楚刑，隹奐南行。祗覯穆王，井帥宇誨，𩱫盨天子，天子䪅屖文武長刺，天子䚞無匃，糵邢上下，亟獄逗慕，昊炤亡昊（斁），上帝、司𤔲分保，受天子綰令厚福豐年，方䜌亡不親見。青幽高且，才𢼸霝處。雩武王既戈殷，𢼸史剌且迺來見[註1]武王，武王則令周公舍㝢，于**周**卑處。𩛥甹乙且（祖），遟匹乓（厥）辟，遠猷腹心，子㐸誖明。亞且且（祖）辛，䘏毓子孫，繁猵多孷，橋角㰈光，義其䘏祀。……」

保員簋[註2]：「唯王既寮（燎），乓（厥）伐東尸（夷）。才（在）十又一月，公反（返）自**周**。己卯，公才（在）䖏，保員邁，龍公易（錫）

〔註1〕 盤銘的「見」字，裘錫圭先生以為應釋為「視」，而非「見」字的異體，見裘先生〈甲骨文中的見與視〉，《甲骨文發現一百周年學術研討會論文集》（臺北：文史哲出版社，1998），頁4。

〔註2〕 著錄於張光裕〈新見保員簋銘試釋〉，《考古》1991年7期，頁649～652。此器現藏上海博物館。

保員金車，曰：用事。隊于寶籃＝，用卿公逆泝/事。」

趞盨蓋〔註3〕：「隹（唯）三年五月既生霸壬寅，王才（在）周。執駒于渦匝，
王乎（呼）嚣趨召趞，王易（錫）趞駒，趞拜頴首，對揚王休，用乍
（作）旅盨。」

【考證】

　　西周王都向來是西周史研究的一大課題，歷來投入研究的學者不計其數。
隨著西周王室政治中心的擴展，無論是西方的豐、鎬、周、宗周、蒡京或是東
方的成周洛邑，在西周時期都具有舉足輕重的地位。

　　西周金文中的「周」，早期學者以爲可能是宗周或成周的省稱，主張周爲宗
周之省者，如吳其昌《金文厤朔疏證》卷八「王在王格」中明白標示：「宗周即
周」；主張周爲成周之省者，如郭沫若《大系》（頁8）云：「彝銘凡稱周均指成
周，以康宮在成周，而屢見『王在周康宮』知之」。陳夢家〈斷代（二）〉「六、
西周金文中的都邑」一節則認爲：「武王時之周爲宗周，當時未營成周，故宗周
應指岐周。……宗周既非豐、鎬二邑，又爲宗廟所在，于此冊命諸侯，疑即徙
都豐、鎬以前的舊都岐周」，陳氏並歸納同一銘文出現不同都邑名的現象，提出
成王以後的「周」，既非宗周、亦非成周，陳夢家的取材與見解顯然比吳、郭二
氏來得深入。

　　有關西周金文中的「周」、「宗周」、「成周」三地的關係，尹盛平認爲：

　　……成王五年以後金文中的「周」是岐周。……成周和宗周出現
　　後，金文中成周、宗周和周，三者之間的關係是互相排斥的。頌
　　鼎銘：「王在周康邵宮……王呼史虢生冊命頌。王曰：『頌，命汝
　　官司成周』」。應侯鐘銘：「王歸自成周，應侯見工遺（逆）王于周」。
　　遺是逆的同音假借字，王從成周歸來，應侯見工在「周」迎接。
　　成周非周。史頌鼎銘：「王在宗周，命頌……帥塌盩于周」。宗周
　　非「周」。士上盉銘：「唯王大龠于宗周……王命士上逮史寅殷于
　　成周」。小克鼎銘：「王在宗周，王命善夫克舍令于成周遹正八自之

〔註3〕 著錄於張長壽〈論井叔銅器——1983~1986 年灃西發掘資料之二〉，《文物》1990
　　年7期，頁32～35。

年」。<u>宗周非成周。</u>〔註4〕

尹氏以爲周即岐周，近來廣爲學界所接受。就目前所見的西周金文及文獻材料看來，〔註5〕成王營建成周之後，的確存在著「周」與「宗周」、「成周」三個不同的都城。〔註6〕

文獻記載了「周」邑之名的緣起，《史記・周本紀》裴駰《集解》：「皇甫謐云：『邑于周地，故改國號曰周』」，張守節《正義》：「因太王所居周原，因號曰周」。其地望所在，即《詩・大雅・皇矣》提到周太王「居岐山之陽，在渭之將」，岐山之南到渭水沿岸，正是古周原所在。〔註7〕隨著周原考古的大量發現，學界漸漸傾向相信，宗周就是鎬京，而周則是指岐周，也就是岐山下的周原。盧連成曾對西周都城進行系列的探討，盧氏總結歷來研究，並結合科學考古的成果，提出證據說明「周」就是岐周，其地在今周原遺址，茲以其文爲例，先摘引文中之要者：

〔註4〕　尹盛平〈試論金文中的「周」〉，《考古與文物叢刊》第三號（1983），頁34。

〔註5〕　有關西周文獻的記載，上引尹文舉證綦詳，可以參見。

〔註6〕　此處有一個可能性必須考慮，即西周金文中的「周」是否可能是「宗周」或「成周」的省稱？這牽涉到西周金文中所見的某些宮的所在問題。上文提到，郭沫若《大系》（頁8）主要根據令彝所見的「康宮」位於成周，再加上西周金文習見「周某宮」的語例，故據此判定周即成周，郭氏的推論固然過於武斷，然而這些爲數不少的「周某宮」之周究竟何指，的確是不容忽視的問題。若依郭氏之說，則所有的宮室名之前冠以「周」者，莫不屬於成周，如此一來，幾乎所有的宮室都在成周了，宗周的宮室卻只有極少數者，如善鼎銘：「王在宗周，王各大師宮」。而實際上，西周金文也有在「成周」之後直接加上宮名者，如「成周嗣土虚宮」（十三年癲壺）、「成周嗣□淲宮」（鮮鐘）等，「宗周」則未見「宗周某宮」的文例。上引尹盛平之文已經提到，西周初年鎬京也稱周，因此後來「周某宮」的「周」是否有可能指「宗周」，目前尚不敢斷定，這部分材料應該再進一步深入分析才是。雖然如此，尹氏提出西周時期的周、宗周、成周有別，從周原甲骨「祠自蒿于周」（見尹文所引）來看，再加上西周金文有部分「王在周」的文例，以及周王有燎祭于「宗周」（章伯嚴簋）及「周」（保員簋）的記載，至少可確定，「周」的確是獨立存在的一個都邑。

〔註7〕　有關古周原的所在，史念海考證其範圍在陝西關中平原的西部，北倚岐山，南臨渭水，東至漆水，西濱千河（即汧水），包括了鳳翔、岐山、扶風、武功四縣的大部分，並兼含了寶雞、郿縣、乾縣、永壽四縣的小部分，見史念海〈周原的變遷〉，《河山集（二）》，頁214。

周原遺址即是西周銅器銘文和甲骨刻辭中屢屢出現的「周」，有以下科學的證據：

（1）1976 年，在周原遺址的莊白村發現一批西周微氏家族窖藏青銅……。這批銅器中最重要的器物當推史墻盤。……史墻盤銘文表明，武王時的岐邑，銅器銘文就已經稱「周」。

（2）1976 年 2 月，在周原遺址範圍內岐山鳳雛村一座西周時期的大型建築基址內，發現大批西周甲骨殘片。其中 H11：17（美蘭案：應是「H11：117」）有刻辭：「祠，自蒿于周」。這片卜辭時代被認爲是武王時期，此時的蒿京並未改稱爲「宗周」，周武王自鎬京往「周」（岐周）舉行春祭。更早時期，相當于文王時代的甲骨卜辭 H11：82 和 H11：84，其內容都談到「冊周方伯」的史實，此時的周，正如皇甫謐所云：「邑于周地，故始改國曰周」。國名和都邑名已合而爲一。

（3）李學勤已明確指出，周原範圍內，多次出土𠐌（周）氏青銅器，……。金文中的𠐌（周）氏用爲氏名，指周公的周氏；周爲地名，則指周公的采地周城。……

……「周」即是今天位於扶風、岐山兩縣交界處的周原遺址，典籍文獻或稱作「岐周」、「岐陽」。毫無疑問，西周銅器銘文和甲骨刻辭中所見的周與宗周鎬京、成周洛邑是三處不同的都邑，不能混爲一談。〔註8〕

上文的論據主要是根據地下出土文字及考古遺址立論，文中列舉三條證據，茲依序補充說明。

首先看盧文的第一條。近世紀出土的西周青銅器中，陝西扶風縣莊白村所發現的一號窖藏青銅器，是爲數最可觀的，面世的一百零三件青銅器裏，有銘文者就有七十四件，尤其以史牆盤最爲學界重視，其銘文有二百八十四字之多，

〔註8〕 詳見盧連成〈西周金文所見蒿京及相關都邑討論〉，《中國歷史地理論叢》1995 年 3 期，頁 106～108。盧氏早先在〈論商代、西周都城形態〉（《中國歷史地理論叢》1990 年 3 期，頁 149）一文已有論述。又尹盛平〈試論金文中的「周」〉見解相同，文獻部分的討論較盧文詳細，可以參看。

內容的重要性更是首屈一指的。[註9] 盤銘有一段史牆追述先祖事跡的文字：

　　　雩武王既戈殷，散史剌（烈）且（祖）廼（乃）來見武王，武王則令

　　　周公舍圖（宇），于周卑（俾）處。[圖三]

史牆的剌祖（散史）在武王伐商後來朝覲武王，武王命令周公「舍圖于周」，「舍圖」一詞，唐蘭謂：「圖即寓，《說文》宇字籀文作寓，舍宇是給住處」，[註10] 學者對這個解釋大抵沒有異議，[註11]「舍圖于周」是指武王命周公賞給微史剌祖居處，使其居住在「周」，而由史牆的後世子孫——癲所鑄造的鐘銘，也有一段與盤銘相似的記載：「雩武王既戈殷，散史剌（烈）且（祖）廼（乃）來見武王，武王則令周公舍圖（宇）」，只是盤銘更明白指出「于周卑（俾）處」，也就是周公給散史的居處就在「周」。李學勤認爲從盤銘與出土地可知，周原遺址就是周公的采邑，而周公分給微氏家族居地，因此微史家族窖藏的青銅器也出現於周原遺址。[註12] 這是微氏家族銅器銘文及出土地爲「周」地提供的科學證據。

　　次看盧文的第二條。西元一九七六年，在陝西岐山縣鳳雛村發現了西周宮殿的建築基址，次年，在基址中發現了目前考古界習稱的十一號窖穴（簡稱 H11）及三十一號窖穴（簡稱 H31），二穴都挖掘到有字的西周甲骨，提供我們另一個考證西周信史的第一手材料。[註13] 周原甲骨有幾條可能與「周」地有關的刻辭：（刻辭摹本可參見徐錫臺《周原甲骨綜述》一書）

　　　H11：31　　于密（正面）　　　　周（反面）

　　　H11：82　　☐文武☐王其卯帝☐天☐𠭯曹周方白☐由正亡㞢☐受又=

　　　H11：84　　貞：王其衆又大甲，曹周方白𧰼，由正不㞢于受又=

　　　H11：104　　周

　　　H11：117　　祠自蒿于周

［註9］詳參尹盛平主編《西周微氏家族青銅器群研究》，北京：文物出版社，1992。

［註10］唐蘭〈略論西周微史家族窖藏銅器群的重要意義〉，《唐蘭先生金文論集》，頁221。

［註11］各家說法，請參見《金文詁林補》第四冊卷七 0959A「宇」字頭下。

［註12］李學勤〈青銅器與周原遺址〉，《新出青銅器研究》（北京：文物出版社，1990），頁229。

［註13］參徐錫臺《周原甲骨文綜述》（西安：三秦出版社，1987）第一章第二節「周原出土甲骨簡況」，頁3～10。

H11：191　　周王☑□

H11：31、H11：104、H11：117所出現的「周」字，陳全方認爲即岐周。〔註14〕前舉三條文例中，以H11：117「祠自蒿于周」一辭的語意最顯明，「蒿」即德方鼎的「葦」，也就是文獻所見的鎬京、宗周，西周金文所載的宗周，其地在渭南豐水東岸。（參本章「宗周」條目下）而卜辭的內容即說明周王從蒿到周去進行祠祭，這裏所謂的「周」，極有可能就是岐周。而H11：82、H11：84出現的「周方白」及陝西岐山縣鳳雛村周原宮殿基址的發現，更說明了周人以「周」爲國而且邑於「周」的事實。

　　次看盧文第三條。該條主要以李學勤〈青銅器與周原遺址〉一文爲據〔註15〕，李氏認爲「周原遺址即周公采地周城」，該文主要的論據有三點：一是扶風莊白一號窖藏發現的史牆盤與癲鐘；一是扶風強家村窖藏發現的即簋；一是遺址若干地點所發現的周氏器物。第一點上文已經說明，茲不贅述。〔註16〕第二點所說的即簋，也是出土於扶風強家村虢季家族窖藏，簋銘記載「即」受周王之命，管理「珋」的宮人，李氏以爲「珋」爲地名，專指周公封邑，珋字加上偏旁「玉」字，可能是爲了與周王朝的周區別。第三點所說的「周氏器物」，則是指西元一九三三年扶風康家村窖藏出土的函皇父爲珋妘所作的器群、一九六一年扶風齊家村窖藏出土的珋我父簋、以及也是出土於扶風的珋生鬲，這幾件青銅器也出現「珋」字，李氏認爲即周公的周氏。整體說來，李氏以爲，西周金文的「珋（周）」作爲氏名時，是指周公的周氏；作爲地名時，則是指周公的采邑周城。

　　從上文引述的周原甲骨、西周青銅器銘及其所出土的地點（周原）等證據來看，西周金文中的「周」，指的是周人發祥地——岐周，應是可以成立的。而「周」（岐周）的地望所在，結合文獻與考古發掘，都指明了是以岐山爲標的。藉由文獻的記載，甲骨金文的輔證，加上豐富的考古遺存發現，岐周故地位於

〔註14〕陳全方〈陝西岐山鳳雛村西周甲骨文概論〉，《古文字研究論文集》（成都：四川人民出版社，1982）。

〔註15〕見李學勤《新出青銅器研究》，頁227～233。

〔註16〕李學勤在文中提到，史牆盤所說的「于周俾處」之「周」，是已然分給周公的周城，而西周晚期的癲鐘沿用盤銘的敘述，再加上二器並出於周原遺址，更說明當地就是周公的采邑。

今陝西扶風、岐山二縣交界的周原遺址，應是信而有徵的。

〔2〕宗周（藁）

【出處】

獻侯鼎 02626-02627：「隹（唯）成王大奉才（在）宗周，商（賞）獻侯䍘貝，
用乍（作）丁侯隣彝。」

匽侯旨鼎 02628：「匽侯旨初見事于宗周，王賞旨貝廿朋，用乍（作）妣寶隣
彝。」

德方鼎 02661：「隹（唯）三月，王才（在）成周，祉珷福自藁，咸。王易
（錫）德貝廿朋，用乍（作）寶尊彝。」

菫鼎 02703：「匽侯令菫飴大保于宗周，庚申，大保賞菫貝，用乍（作）大
子癸寶隣彝🐂。」

龏䵼方鼎 02729：「隹（唯）二月初吉庚寅，才（在）宗周，橋中賞乎（厥）
龏䵼逑毛兩、馬匹，對揚尹休，用乍（作）己公寶隣彝。」

史頌鼎 02787-02788：「隹（唯）三年五月丁巳，王才（在）宗周，令史頌䙴穌，
濁友里君、百生（姓），帥䵼（堣）敦于成周，休又成事，穌賓章、
馬四匹、吉金，用乍（作）䵼彝。頌其萬年無疆，日遟天子覜令，子
子孫孫永寶用。」（史頌簋 04229-04236 同〔註17〕）

敔綾鼎 02790：「隹（唯）王廿又三年九月，王才（在）宗周，王令敔綾繛剩嗣
九陂，綾乍（作）朕皇考䵼彝隣鼎……」

小克鼎 02796-2802：「隹（唯）王廿又三年九月，王才（在）宗周，王令善夫
克舍令于成周遹正八㠯之年，克乍（作）朕皇且（祖）釐季寶宗彝，
克其日用䵼朕辟魯休，……」

善鼎 02820：「唯十又一月初吉，辰才（在）丁亥，王才（在）宗周，王各
大師宮。王曰：善，昔先王既令女（汝）ナ（佐）足彙侯，今余唯肇
䵼先王令，令女（汝）ナ（佐）足彙侯，監夒師戍。易（錫）女（汝）

〔註17〕史頌鼎、簋銘文相同，惟少數字形寫法有別，如鼎銘「敦」字，簋銘作「堻」。

乃且（祖）旂，用事。」

大克鼎 02836：「王才（在）<u>宗周</u>，旦，王各穆廟，即立（位），䚕季右善夫
克入門，立中廷，北卿（嚮），王乎（呼）尹氏冊令善夫克，王若曰：
克，昔余既女（汝）出入朕令，今余隹（唯）䚕憂乃令，易（錫）女
（汝）叔市參冋、萰悤，……」

大盂鼎 02837：「隹（九）月，王才（在）<u>宗周</u>，令盂。王若曰：盂，不（丕）
顯玟王，受天有大令，在珷王嗣玟乍（作）邦，闢氒（厥）匿，匍有
四方，畯正氒（厥）民，在雩御事，……」

章伯取簋 04169：「隹（唯）王伐遬魚，徙伐淖黑，至，寮于<u>宗周</u>。易（錫）
章白（伯）取貝十朋，敢對揚王休，用乍（作）朕文考寶噂簋，其萬
年子子孫孫永寶用。」

趞簋 04266：「唯三月，王才（在）<u>宗周</u>，戊寅，王各于大朝（廟）。密弔（叔）
右趞，即立（位）。內史即命。王若曰：趞，命女（汝）乍（作）䜌啚
冢嗣馬，啻官僕、射、士、訊、小大右、隣，取遺五孚，易（錫）女
（汝）赤市、幽亢、䜌旂，用事。」

同簋 04270-04271：「隹（唯）十又二月初吉丁丑，王才（在）<u>宗周</u>，各于
大廟。榮白（伯）右同，立中廷，北卿（嚮）。王令同左右吳大父嗣
易（場）、林、吳（虞）、牧，自𤔲東至于河，氒（厥）逆至于玄水。」

班簋 04341：「隹（唯）八月初吉，才（在）<u>宗周</u>。甲戌，王令毛白（伯）
更虢䫞公服，雫王立（位），乍（作）四方亟，秉緐、蜀、巢令。易
（錫）鈴、䵼，咸。王令毛白（伯）以邦冢君、土（徒）馭、戜人伐
東或疛戎，咸。……」

士上卣 05421-05422：「隹（唯）王大龠于<u>宗周</u>，徙饗荅京年，才（在）五月
既望辛酉，王令士上眔史寅殷于成周，瞀百生豚眔賞卣鬯貝，用乍
（作）父癸寶噂彝。」（士上尊 05999、士上盂 09454 同）

作冊魍卣 05432：「隹（唯）公大史見服于<u>宗周</u>年，才（在）二月既望乙
亥，公大史咸見服于辟王，辨于多正。雫四月既生霸庚午，王遣公
大史，公大史在豐，賞乍（作）冊魍馬，揚公休，用乍（作）日己

　　旅隨彝。」

隘尊 05986：「隹（唯）公［　］于宗周，隘從。公亥（？）匜洛（各）于官，商（賞）冪，用乍（作）父乙寶隘彝。」

麥方尊 06015：「王令辟井侯出秋，侯于井。雪若二月，侯見于宗周，亡尤。迨王饗荐京，彭祀。雪若翊日，才（在）璧雝，王于乘舟，為大豐，王射大龏，禽。……」

犴作父辛器 10581：「隹（唯）八月甲申，公中才（在）宗周，易（錫）犴貝五朋，用乍（作）父辛隘彝。」

晉侯穌編鐘〔註18〕：「隹（唯）王卅又三年，王覝（親）遹省東或、南或。正月既生霸戊午，王步自宗周。二月既望癸卯，王入各成周。二月既死霸壬寅，王儥往東。三月方死霸，王至于薁，分行。……」

靜方鼎〔註19〕：「隹（唯）十月甲子，王才（在）宗周，令師中眔靜省南或。靜剋匜，八月初吉庚申至，告于成周。月既望丁丑，王才（在）成周大室，令靜曰：嗣女（汝）采，嗣才（在）曾匴自。……」

【考證】

　　宗周，西周金文及文獻習見，歷來學者都大致同意，「宗周」是西周主要都邑之一，「宗周」即文獻所見的「鎬京」。從銘文內容來看，周王時常在「宗周」進行重要活動，如國之大事——祭祀，見獻侯鼎「唯成王大奉在宗周」、章伯馭簋「唯王伐逨魚，徣伐潮黑，至，寮于宗周」、士上盉「唯王大龠于宗周」（尊、卣銘同）、弔卣「唯王奉于宗周」等，至於冊命、封賞等事更是不勝枚舉，足徵「宗周」的重要性；至於文獻上的「宗周」，《詩》、《書》均有之，如《書‧多方》「王來自奄，至于宗周」、《詩‧小雅‧雨無正》「赫赫宗周，褒姒滅之」，毛《傳》及鄭《箋》皆謂宗周即鎬京，應是可信的。

　　需要說明的一點是，文獻所謂的「鎬京」何以不見於西周金文？有關這個問題以及「鎬京」得名的始末，前輩學者已多有論述，〔註20〕以下茲引盧連成

〔註18〕馬承源〈晉侯穌編鐘〉，《上海博物館集刊》第七集，1995 年 9 月。

〔註19〕此器藏在日本出光美術館，著錄於該館出版的《館藏名品選》第三集 67 號。引自李學勤〈靜方鼎考釋〉，《第三屆國際中國古文字學研討會論文集》（1997）。

〔註20〕如孫海波〈周金地名小記〉（《禹貢》第七卷第六七合期，1937，頁 110）、張懋鎔

的論述爲據：

> 鎬京，甲骨文作「蒿」，从艸，高聲。陝西周原鳳雛村西周甲組建築
> 基址的灰坑中，出土兩片卜甲的刻辭上提到蒿：
>
> 祠自蒿于壴　　（卜甲 H11：20）
>
> 祠自蒿于周　　（卜甲 H11：117）
>
> ……蒿即指鎬京。蒿字本意原指豐水岸區長滿蓬萊草木的一片高
> 地，即高陽原崗地，周人在這裏披荊斬棘，建造家園，辟爲宮室，
> 遂成爲西周都邑蒿。先秦籍多稱作鎬京。蒿爲鎬京之本字，甲骨卜
> 辭、西周金文資料都有證明。……鎬京作「蒿」，也見于西周成王銅
> 器德方鼎銘文。……武王初治鎬，一直到成王之時，早期甲骨文卜
> 辭和西周銅器銘文都將鎬京稱作「蒿」。鎬京在西周銅器銘文中被稱
> 爲「宗周」，是成王時期開始的。……成王後期，鎬京已經稱作「宗
> 周」。……蒿改稱爲宗周，有深刻的政治含義。皇甫謐《帝王世紀》
> 指出：「武王自豐居鎬，諸侯宗之，是爲宗周」。……宗周，是西周
> 王朝統治權力的象徵，宗周鐘銘文「我惟司配皇天，王對作宗周寶
> 鐘」，這裏所指的宗周，應該是指以周天子爲代表的西周王朝。宗周
> 在西周金文中作爲地名出現，則是專指行使這種政治權力的都邑
> 「蒿」，又稱鎬京。〔註21〕

盧文對於宗周及鎬京異名同地的緣故交代甚詳，應可從。

不過，鎬京的鎬字，除了从金作「鎬」之外（如《詩·小雅·魚藻》「王在
在鎬」、〈大雅·文王有聲〉「鎬京辟廱」、「宅是鎬京」），又或作「滈」（《荀子·
議兵》「武王以滈」）、「鄗」（《荀子·王霸》「武王以鄗」），再加上周原甲骨及德
方鼎的「蒿」（〔圖四〕，鼎銘蒿字作「䕆」，从𡴭與从艸通，可視爲一字），一共
有四種不同的寫法，這幾種寫法究竟應如何看待呢？黃盛璋云：

> 鎬京之名，「鄗」字从邑，表爲城邑之名；「滈」从水，當和滈水、

〈鎬京新考〉（《中華文史論叢》1981 年 4 期，頁 209～212）、劉雨〈金文薔京考〉
（《考古與文物》1982 年 3 期，頁 69～75）等。

〔註21〕盧連成〈西周豐鎬兩京考〉，《中國歷史地理論叢》1988 年 3 期，頁 138～139。

滈池有關。居民必須飲水、用水，因此古代聚落形成，多靠近河流，城邑常因水取名，至今仍大量沿用。鎬京有滈水、滈池，而滈池亦必引自滈水，所以鎬京得名來自滈水，最合乎地名得名的常見規律。至於其字又從「金」作「鎬」，或從「艸」作「蒿」，則並無所取義，或不能確知。作爲地名，本無定字，主要憑音叫名，字則隨音，所以所從形旁，可以不同，未必盡皆有義，「鎬、滈、鄗、蒿」所從有「金」、「水」、「邑」、「艸」之異，而皆高聲，地名之音不變，形則可以變換，其道理就在於此。〔註22〕

黃氏論字從邑、從水的緣故，大抵可從，但謂「從『艸』作『蒿』，則並無所取義」，則恐百密一疏。「鎬、滈、鄗、蒿（薅）」數形中，「蒿」（周原甲骨）、「薅」（德方鼎）二形寫法顯然是較早出現的，張懋鎔認爲：

> 蒿（薅）字，從艸（茻）從高，高亦聲（非從艸〔茻〕高聲）。高者，《說文》云：「崇也，象臺觀高之形。」按高金文象臺上築閣，格外高大，以後遂用來形容一切高物。蒿（薅）之造字，正形象寫出文王、武王率領周族在豐鎬一帶斬荊披棘，建造家園的圖景。〔註23〕

結合「蒿」、「薅」二字出現的時代來看，加上周原一帶素以水草豐美見稱，張說不失爲值得參考的意見。至於「鄗」、「滈」、「鎬」三種寫法，目前不見於西周金文，〔註24〕僅見於傳世文獻，從邑、從水的由來可參見上引黃文，至於從金的鎬字，恐怕只能以純粹的通假字解釋了。

　　宗周鎬京的地望所在，古今學者多有論述，早年石璋如先生以歷代文獻記載爲基礎，親自實地勘察鎬京的位址，認爲鎬京遺址應在今斗門鎮北五里處的豐鎬村一帶。〔註25〕後來學者根據出土的西周遺址，陸續提出不同的看法，主

〔註22〕黃盛璋〈關于金文中的「薅京（薅）、蒿、豐、邦」問題辨正〉，《中華文史論叢》1981 年 4 期，頁 187。

〔註23〕上引盧連成說蒿（蒿）字之意，與張氏大致相同，以張文發表年代早於盧氏數年，故仍引張說爲據，見張懋鎔〈鎬京新考〉，頁 212。

〔註24〕金文有「鎬」字（參《金文編》2232 號「鎬」字頭下），但是都作爲器名之用，與鎬京之字無涉。

〔註25〕石璋如〈傳說中周都的實地考察〉，《中央研究院歷史語言研究所集刊》第二十本下冊（1948），頁 115～117。黃盛璋也大體同意此說，不過石先生認爲鎬京遺址中

要在於鎬京遺址中心點的認知有所差異，不過大抵不出今陝西灃河東岸古昆明
池遺址一帶。〔註26〕

〔3〕豐

【出處】

癲鼎*02742：「唯三年四月庚午，王才（在）豐，王乎（呼）虢弔（叔）召癲，
賜駒兩。」

小臣宅簋 04201：「隹（唯）五月壬辰，同公才（在）豐，令宅事白（伯）
懋父，白（伯）易（錫）小臣宅畫毌、戈九、易金車馬兩，揚公白
（伯）休，用乍（作）乙公障彝，子子孫永寶，其萬年用卿王出入。」

作冊䰧卣 05432：「雩四月既生霸庚午，王遣公大史，公大史才（在）豐，
賞乍（作）冊䰧馬，揚公休，用乍（作）日己旅障彝。」

裘衛盉 09456：「隹（唯）三年三月既生霸壬寅，王爯旂于豐。矩白（伯）
庶人取堇章于裘衛，才（裁）八十朋，厥（厥）賈，其舍田十田。……」

【考證】

豐，除了見於西周金文之外，清光緒年間出土的太保玉戈也有「王在豐」
的記載，可以參見。〔註27〕〔參本頁附圖，圖版出處同本注〕陳夢家〈斷代（二）〉
釋小臣宅簋及作冊䰧卣，皆認為二器的豐即豐邑，地近鎬京，也就是《詩·大
雅·文王有聲》「作邑于豐」之豐，此外，《書·召誥》「惟二月既望，越六日乙

心應在豐鎬村偏北的鎬京觀附近，這也是當地父老相傳武王都城所在，黃盛璋則
主張鎬京中心應在豐鎬村西南，與石說略異，見黃盛璋〈周都豐鎬與金文中的䓍
京〉，《歷史研究》1956 年 10 期，頁 63～81。

〔註26〕如胡謙盈認為鎬京中心應在昆明池西北，即洛水村、上泉村北、普渡村、花園村、
斗門鎮一帶的西周遺址範圍之內，見胡謙盈〈豐鎬地區諸水道的踏察——兼論周
都豐鎬位置〉，《考古》1963 年 4 期，頁 194～195；後來徐錫臺、盧連成等看法
與胡氏大抵相同，見徐氏〈論周都鎬京的位置〉，《陝西師範大學學報》1982 年 3
期，頁 98～102；盧氏〈西周豐鎬兩京考〉，頁 142～143。

〔註27〕參徐錫臺，李自智〈太保玉戈銘補釋〉，《考古與文物》1993 年 3 期，頁 73～75。

未，王朝步自周，則至于豐」，與金文的豐邑也是一事，這個
說法後來並沒有太大的歧出。特別要說明的是，有學者認為西
周金文的蒡京即文獻所見的豐，如黃盛璋早年寫作〈周都豐鎬
與金文中的蒡京〉時，就力主蒡京即豐京說，後來黃氏又略作
修正，改云：

> 金文中蒡京不論地理位置、自然環境、政治地位、宮廟
> 建築，都和文獻記載之豐京相合，但「蒡」字不是「豐」。
> 豐為文王所立之邑，滅殷以後，因其狹小，遷都于鎬。……
> 蒡京應該就是利用豐邑之已經開闢經營之地，包括辟
> 雍、大池等而擴展新建為王離宮別館之處，與豐同處一
> 個地區，彼此相近，但還不是同一個地方。〔註28〕

黃文以為蒡京乃利用豐邑原已開發之地再擴建之離宮別館，可
能有待商榷，但提出蒡京與豐不是一回事，則是可信的。

有關豐邑的地望，漢唐以降，學者大致認為豐京應位於豐
水西，與鎬京隔豐水相望，如《詩·大雅·文王有聲》「豐水東注」鄭《箋》：「豐
邑在豐水之西，鎬京在豐水之東」，《史記·魯周公世家》「王朝步自周至豐」，
司馬貞《索隱》云：「按豐在鄠縣東，臨豐水，東去鎬二十五里」。學者結合歷
來文獻的記載，先考證文獻記載豐鎬之間的水道——豐水、鄗水、滈池、昆明
池的大概位置，再結合考古發掘有關西周時期的遺址分布，因而對於西周時期
的豐邑有了初步的輪廓。〔註29〕盧連成曾對豐鎬二都作過系列的研究，茲引其
文為據，盧氏云：

> 豐京位于豐水中游西岸，東界緊傍豐水，西至靈沼河，北極郿鄗嶺
> 崗地北緣，即今客省莊至張村坡一帶，南到石榴村，方圓大約 6-7
> 平方公里。……豐京的中心區域可能在客省莊、馬王村一帶。1977
> 年至今，中國社會科學院考古研究所先後在這裏發現十餘處大型夯
> 土基址。……以三號、四號夯土基址為主體，在客省莊、馬王村一
> 帶分布了大大小小十幾座夯土建築，它們參差錯落，組成了有一定

〔註28〕黃盛璋〈關于金文中的「蒡京（蒡）、蒿、半、邦」問題辨正〉，頁198。
〔註29〕胡謙盈〈豐鎬地區諸水道的踏察——兼論周都豐鎬位置〉，頁188～197。

【大保玉戈銘文摹本】

布局的西周建築群體。在建築群體內有較爲完善的地下排水道。豐
鎬地區已經發現的其他房屋多是土窯式或半地穴式的簡陋住所，了
無規模。其和客省莊、馬王村西周夯土建築之間形成顯明對照。……
這組建築只有西周高級貴族才能夠享用。客省莊、馬王村一帶應是
豐京範圍內的中心區域。〔註30〕

從上列的文獻記載可知，「豐」邑之名與豐水關係密切，而盧氏文中所引述的科
學考古發掘結果，說明了在豐水西岸有一片「西周高級貴族才能享用」的建築，
這與史籍記載的豐邑所在正是若合符節，從這二重證據來看，豐邑位於豐水中
游西岸，應是可信。

〔4〕蒡京（蒡、旁）

【出處】

戒鬲 00566：「戒乍（作）蒡官明陮彝。」

井鼎 02720：「隹（唯）十月，王才（在）蒡京。辛卯，王漁于𢓊池，井從
漁，攸易（錫）漁。對揚王休，用乍（作）寶障鼎。」

歸夨方鼎〔註31〕 02725-02726：「隹（唯）八月，辰才（在）乙亥，王才（在）
蒡京，王易（錫）歸夨進金，肆夫，對揚王休，用乍（作）父辛寶鬳。」

寓鼎 02756：「隹（唯）二月既生霸丁丑，王才（在）蒡京，眞□，戊寅，
王蔑寓曆。……」

伯姜鼎 02791：「隹（唯）正月既生霸庚申，王才（在）蒡京溼宮，天子波茍
白（伯）姜，易（錫）貝百朋，白（伯）姜對揚又子休，用乍（作）
寶障彝，……」

奓簋 04088：「隹（唯）十又初吉辛巳，公姒易（錫）奓貝，才（在）蒡京。」

〔註30〕盧連成〈西周豐鎬兩京考〉，頁136～137。

〔註31〕《集成》收錄的兩件歸夨方鼎，出土於長安普渡村花園15號墓。此外，同地17號
墓也出土一件歸夨方鼎，銘文內容、字數與前者並同，唯字體略有差異，《集成》
未收錄，可以參見，見陝西省文物管理委員會〈西周鎬京附近部分墓葬發掘簡報〉，
《文物》1986年1期，頁10～11。

小臣傳簋 04206：「隹（唯）五月既望甲子，王 才 蒡京，令師田父殷成周 年 。
師田父令小臣傳非余，傳□朕考𠅫，師田父令余□□官白衡賞小臣傳
□□白休，用乍（作）朕考日甲寶。」

遹簋　04207：「隹（唯）六月既生霸，穆穆王才（在）蒡京，乎（呼）漁于
大池。王卿（饗）酉（酒），遹御亡遣。穆穆王覞（親）易（錫）遹韠。
遹拜首頴首，敢對揚穆穆王休，用乍（作）文考父乙障彝。其孫孫子
子永寶。」

楚簋　04246-04247：「隹（唯）正月初吉丁亥，王各于康宮。中倗父內又楚，
立中廷，內史尹氏冊命楚赤⊗市、縊旂，取遣五孚，嗣蒡啚官內師舟。
楚敢拜手頴首，疐揚天子不（丕）顯休，用乍（作）障簋，其子子孫
孫萬年永寶用。」

弭弔師𥝩簋 04253-04254：「隹（唯）五月初吉甲戌，王才（在）蒡，各于大
室，即立中廷。井弔（叔）內右師𥝩，王乎（呼）尹氏冊命師𥝩：易
（錫）女（汝）赤舄、攸勒，用楚弭白（伯）。師𥝩拜頴首，敢對揚
天子休，用乍（作）朕文且（祖）寶簋，弭弔（叔）其萬年子子孫孫
永寶用。」

靜簋　04273：「隹（唯）六月初吉，王才（在）蒡京。丁卯，王令靜嗣射學
宮，小子眔服眔小臣尸僕學射。」

六年琱生簋 04293：「隹（唯）六年四月甲子，王才（在）蒡京。召白伯虎
告曰：余告慶曰，公，氒（厥）稟貝，用獄諫（？），為白伯又祇又
成，亦我考幽白（伯）、幽姜令。……琱生對揚朕宗周其休，用乍（作）
朕剌且（祖）召公嘗簋，其萬年子子孫孫寶用亯（享）于宗。」

卯簋　04327：「隹（唯）王十又一月既生霸丁亥，焂季入右卯，立中廷，焂
白（伯）乎（呼）令卯曰：䚄乃先祖考死嗣焂公室，昔乃祖亦既令乃
父死嗣蒡人。……今余隹（唯）令女（汝）死嗣蒡宮蒡人，女（汝）
母（毋）敢不善。……。易（錫）女（汝）馬十匹，牛十。賜于𡥝（亡）
一田，賜于𡧛一田，賜于隊一田，賜于戜一田。」

靜卣　05408：「隹（唯）四月初吉丙寅，王才（在）蒡京，王易（錫）靜弓，

靜拜頵首，敢對揚王休，用乍（作）宗彝，其子子孫孫永寶用。」

士上卣 05421-05422：「隹（唯）王大龠于宗周，徣饗蒡京年，才（在）五月
既望辛酉，王令士上眔史寅殷于成周，琶百生豚眔賞卣鬯貝，用乍（作）
父癸寶障彝。」（士上尊 05999、士上盃 09454 同）

高卣 05431：「隹（唯）十又二月，王初饗旁，唯還在周，辰才（在）庚申，
王飲西宮，蓥，咸。」

麥方尊 06015：「王令辟井侯出矺，侯于井。雩若二月，侯見于宗周，亡尤。
迨王饗蒡京，彭祀。雩若翊日，才（在）璧雝，王于乘舟，爲大豐，
王射大龏，禽。……」

史懋壺 09714：「隹（唯）八月既死霸戊寅，王才（在）蒡京溼京，親（親）
令史懋路筮，咸。王乎（呼）伊白（伯）易（錫）懋貝，懋拜頵首，
對王休，用乍（作）父丁寶壺。」

鮮簋〔註32〕10166：「隹（唯）王卅又四祀，唯五月既望戊午，王才（在）蒡
京，啻于卲王，鮮穧曆，鄩，王魝（賞）鄩玉三品、貝廿朋，對王休，
用乍（作）子孫其永寶。」

儥匜 10285：「隹（唯）三月既死霸甲申，王才（在）蒡上宮，白揚父迺成賢，
曰：牧牛，叕，乃可湛，女（汝）敢以乃師訟，女（汝）上卬先誓，
今女（汝）亦既又卬誓，尃各嗇覿儥，甸亦茲五夫，亦既卬乃誓，女
（汝）亦既從辭從誓，……」

小臣靜簋*〔註33〕：「隹（唯）十又三月，王宛（饗）蒡京，小臣靜即事，
王易（錫）貝五十朋，揚天子休，用乍（作）父丁寶障彝。」

〔註32〕鮮盤當作鮮簋，《集成》10166 號下備注：「據不列顛博物館提供資料證實，此器是
簋，彙編誤作盤，茲暫附于此。」此器現藏英國倫敦埃斯肯納齊古物行，其器經過
證實，的確是簋，見李學勤、艾蘭《歐洲所藏中國青銅器遺珠》（北京：文物出版
社，1995），第 108 號，該書除了刊登鮮簋的照片之外，同時附上銘文拓片，極爲
清楚，可與《集成》互相參見。

〔註33〕阮元《積古齋鐘鼎彝器款識》卷五頁三十一定器名爲小臣繼彝，方濬益《綴遺齋
彝器考釋》卷十二頁一、陳夢家〈斷代（三）〉並名爲小臣靜卣，唐蘭《史徵》（頁
362）則名爲小臣靜簋，暫從唐説。

伯唐父鼎〔註34〕：「乙卯，王饗蒡京，王奉，奇舟臨舟龍，咸奉，白（伯）
　　唐父告蒪。王各，乘奇舟，臨奉白旂，用射兕，柲虎、貉、白鹿、白
　　狐（？）于辟池，咸。☐薎曆，易（錫）䵺一卣、貝五朋。對揚王休，
　　用乍（作）安公☐寶隋彝。」

王盂〔註35〕：「王乍（作）蒡京中帚歸盂。」

【考證】

　　蒡京，在西周金文中屢次出現，學者觀察出現「蒡京（蒡、旁）」的相關銘
文，對於蒡京的內涵與性質有初步的認識。從銘文內容看來，蒡京範圍裏有中
寢（王盂）、學宮（靜簋）、辟雍〔註36〕（麥尊）、大池（靜簋、遹簋）、宮室（史
懋壺、伯姜鼎有「蒡京濕宮」，卯簋有「蒡宮」，弭弔師絭簋有「大室」）等，周
王同時也在此進行漁獵（井鼎、遹簋、伯唐父鼎）、習射藝（靜簋）、祭祀（麥
方尊、士上諸器、鮮簋）、饗酒（遹簋）等活動，足見蒡京的地位舉足輕重，對
於蒡京在西周金文中呈顯的重要性，學者並沒有太多的歧見，主要的問題是在
於蒡京的地望。

　　歷來討論蒡京地望的文章不計其數，以盧連成〈西周金文所見蒡京及相關
都邑討論〉一文統計目前所見的說法，大致有八種，茲參酌盧文所述，並補充
其未備者，簡列如下：

　　一、鎬京說：吳大澂《說文古籀補》（附錄，頁十二）首先提出，後來羅振
　　　　玉、陳夢家等人從之。

　　二、蒲坂說：王國維〈周蒡京考〉（《觀堂集林》卷十二）。

〔註34〕伯唐父鼎著錄於：中國社會科學院考古研究所灃西發掘隊〈長安張家坡M183西周
　　　　洞室墓發掘簡報〉，《考古》1989年6期。

〔註35〕王盂最早在盧連成〈西周金文所見蒡京及相關都邑討論〉一文中已經提到，不過並
　　　　未刊登拓片。後來王輝〈周初王盂考跋〉（《第三屆國際中國古文字學研討會論文
　　　　集》，1997）引述羅西章未刊稿（〈西周王盂考──兼論蒡京地望〉）有關王盂的形
　　　　制，並刊出王盂銘文拓片。羅文後來發表在《考古與文物》1998年1期。二文所
　　　　附拓片筆劃小有差異，可以參看，不知是否不同時候所拓之故，不過並不影響釋
　　　　讀。

〔註36〕辟雍，《禮記・王制》：「天子命之教，然後為學。小學在公宮南之左，大學在郊。
　　　　天子曰辟雍，諸侯曰頖宮。」

三、闗地說：唐蘭〈蒡京新考〉（《史學論叢》第一期，1934）。後來唐氏在
《史徵》（頁133）修改前說，謂蒡京乃鎬京的一部分，則又與吳大澂
的鎬京說略同。

四、范宮說：溫廷敬〈蒡京考〉（《中山大學史學專刊》一卷四期）。

五、豐京說：郭沫若《大系》（頁32）首倡，早年黃盛璋〈周都豐鎬與金
文中蒡京〉一文力主蒡京即豐京，後來在〈關於金文中的「蒡京（蒡）、
蒿、豐、邦」問題辨正〉一文中又修正前說，謂蒡京乃位於鎬京附近，
此與下列劉雨的說法類似。

六、鎬京附近說：劉雨〈金文蒡京考〉，主張蒡京既非鎬京，亦非豐京，而
是近於鎬京的另一座都城。

七、秦阿房宮附近說：王玉哲〈西周蒡京地望的再探討〉（《歷史研究》1994
年1期）、王輝〈金文「蒡京」即秦之「阿房」說〉（《陝西歷史博物館
館刊》第三輯，1996）。

八、旁于岐周說：李仲操〈蒡京考〉（《人文雜志》1983年5期）首先提出，
後來盧連成〈西周金文所見蒡京及相關都邑討論〉（《中國歷史地理論
叢》1995年3期）、羅西章〈西周王盂考〉（《考古與文物》1998年1
期）均輔以近年出土於扶風劉家村的西周早期器──王盂為證，支持
李氏「旁于岐周」的說法，只是對於蒡京涵蓋範圍稍有差異。唯一不
同的是，李氏主張蒡京的性質應是宮室，〔註37〕與一般認為蒡京為都邑
的說法不同。

蒡京不是宗周（鎬京），學者已從銘文尋繹出內證。〔註38〕蒡京與豐京的關係，
從西周金文別有「豐」地看來（參本章「豐」條目下），將蒡京釋為豐京恐怕也
是不妥的。王國維的蒲坂說，李仲操在〈蒡京考〉一文已提出質疑，雖然蒡、
浦聲近，韻又屬陰陽對轉，但秦漢的蒲坂所在位於陝、晉交界的黃河邊，這與
金文呈現蒡京距離宗周不遠的現象不甚符合，故亦不可輕信。至於唐蘭主張的

〔註37〕李氏最近的著作更明白說明：「蒡，即旁字。京，為地名。蒡京是旁于京地之西周
王宮專名。……蒡京是西周時的主要宮室之一」，見李仲操〈王作歸盂銘文簡釋〉，
《考古與文物》1998年1期，頁82。

〔註38〕參盧連成〈西周金文所見蒡京及相關都邑討論〉，頁118。

豳地說，豳地處北陲，近玁狁活動區域，與宗周相去亦遠，唐蘭後來也放棄此說了。

在排除可能性不大的說法之後，主要剩下三種說法：近於鎬京、近於秦阿房宮、旁于岐周。這幾種說法其實都有一個共性：均主張葊京應是位於宗周附近的另一個主要都邑（或王宮），而且其地望不是在宗周附近，就是在岐周附近，都是距西周的重要都邑不遠。不過，這三種說法也或多或少存在著一些問題。先說劉雨的近於鎬京說，劉氏主要是根據麥方尊推斷，葊京與宗周相距不到一日的路程，誠如盧連成在〈西周金文所見葊京及相關都邑討論〉所說，從尊銘很難看出周王第一天在宗周，而第二天就來到了葊京的意思，〔註39〕若據此就說葊京與宗周距離不到一日的路程，的確是稍微流於主觀。次言「阿房」說，阿房宮建於秦代，王輝援引《史記・秦始皇本紀》「於是始皇以爲咸陽人多，先王之宮庭小，吾聞周文王都豐，武王都鎬，豐鎬之間，帝王之都也，乃營作朝宮渭南上林苑中，先作前殿阿房……」，阿房得名之由眾說紛紜，王輝採馬非百《秦集史・宮苑志》之說，認爲「阿房」爲地名，〈秦始皇本紀〉又有「阿房宮未成，成，欲更擇令名名之，作宮阿房，故天下謂之阿房宮」，馬氏釋爲地名應是可從，然而王氏以阿字爲名詞詞頭、房則可能取義於星宿名房星，張守節《史記正義》引《括地志》云：「秦阿房宮，亦曰阿城」，若阿字果爲詞頭，則似乎不宜又名阿城，至於房星之名，是否在西周時期即如此命名，目前還沒有確切的證據，此說還有討論的餘地。次言李仲操的「旁于岐周」說，李說是建立在「葊京即旁京」的基礎上，李氏認爲旁即取義於《釋名》「在邊曰旁」，京則是位於岐山之陽的專有地名，故謂葊京乃是「旁于岐周」的一座主要宮室。葊字不見於後世文獻，其音義一直沒有定論，學者由葊字又作旁的現象看來，大致都認爲它可能是從方得聲的字，但是除了目前獨見的旁字（高卣）之外，方字上半所從倒口之形（與命、令所從形近）是必定出現的偏旁，如楚簋的葊字雖然從䒑之形譌變爲從収，但是從倒口從方之形則不變，這是如今還無法解釋的問題，若據此就認爲葊字有旁邊之義，似乎有點不妥，高卣書作「旁」字，極有

〔註39〕麥方尊：「王令辟井侯出秒，侯于井。霍若二月，侯見于宗周，亡尤。迨王饗葊京，酻祀。霍若翌日，在璧雝，王乘于舟，爲大豐，……」，尊銘的「霍若翌日」只是說周王到了葊京進行酻祀後的次日，與上文「侯見于宗周」並無直接關係。

可能只是記音而已，無論葊京是否在岐周附近，從取義於旁來解釋葊字，可能還有待商榷。至於盧連成、羅西章則是主要根據王盉出土於周原範圍的扶風劉家村，故而推斷葊京所在應近於岐周，據羅文敘述，隸屬西周早期的王盉出土於一西周青銅器窖藏中，而窖藏的埋藏時間大約在西周末，也就是周室東遷之時，不過目前同窖藏並未出現其他青銅器，對於這個現象，盧連成認為可能是西周末年時，犬戎入侵，居住在豐、宗周、岐邑內的王公貴族匆匆將重器掩埋在居家院內或附近，而劉家村出土的王盉殘片可能就是這個緣故，盧氏並進一步說明：

> 窖藏銅器往往和宮室、居址相連，這已經成為一種規律，並被若干起窖藏青銅器出土資料所證實。扶風莊白微氏家族窖藏銅器，岐山董家村裘衛家族窖藏銅器，扶風強家村虢季家族窖藏銅器都是和西周建築基址連系在一起的。王盉銘文：……。劉家村所在地應是西周葊京範圍，當無疑問。〔註40〕

盧氏提到窖藏青銅器與建築基址的關係密切，自然是可以理解，但是盧文引述的幾組出土窖藏青銅器數量並不少，〔註41〕而劉家村出土的有銘青銅器目前只有一件王盉，其數量遠不如前述幾組窖藏，因此王盉在劉家村西周晚期窖藏出現的原因，可能有待日後更多的據證方能說明。雖然這幾種說法都各有不太完足的部分，但目前為止，它們仍然都有成立的可能。而且至少可以確定的一點是，歸納二十幾件銘文來看，葊京不會位於成周洛邑附近，而應是位於西方的宗周這一帶，至於其地望所，有待更確切的證明。

最後附記一點，李仲操認為葊京應屬於宮室性質，主要的根據是西周都城如周、鎬、豐等都沒有稱「京」的例字，「周京」、「豐京」、「鎬京」之名是後來才在文獻上出現的，因此李氏認為不能用都城之名來比附葊京。〔註42〕不過我們在第一段已經提到，從相關的銘文裏可以看出葊京所呈現的內涵與性質，葊京

〔註40〕參盧連成〈西周金文所見葊京及相關都邑討論〉，頁122～123。

〔註41〕如莊白村一號窖藏，光是有銘文的青銅器就有七十多件，見陝西周原考古隊〈陝西扶風莊白一號西周青銅器窖藏發掘簡報〉，《文物》1978年3期；而少者如強家村窖藏，也有七件，見吳鎮烽，雒忠如〈陝西省扶風縣強家村出土的西周銅器〉，《文物》1975年8期。

〔註42〕同注37。

包含了學宮、濕宮、大室、辟雍、大池等建築，周王室也時常在此進行活動，倘如李氏所言，那麼葊京這個「王宮」的規模恐怕也不亞於宗周、成周等都邑。再者，如果葊京是西周王宮的專名，在西周金文裏也有單稱葊的例子，以李氏葊京為旁於京地之義度之，那麼單稱「葊」字只有「旁」的意義，如何能表示「旁於京地」之義。可見大多數學者將葊京視為西周的另一個重要都城，並非無稽之談，至於李氏以葊京為宮室名，恐怕有待商榷。

〔5〕奠

【出處】

大簋 04165：「唯六月初吉丁巳，王在奠，穆大曆，賜𢏚羍犅，曰：用嗇于乃考。大拜頴首，對揚王休，用乍（作）朕皇考大中隩簋。」

免𣪕 04626：「隹（唯）三月既生霸乙卯，王才（在）圊，令免乍（作）嗣土，嗣奠還散眔吳眔牧，易（錫）戠衣、䜌，對揚王休，用乍（作）旅𣪕彝，免其萬年永寶用。」

免卣 05418：「隹（唯）六月初吉，王才（在）奠。丁亥，王各大室，井弔右免，王蔑免曆，令史懋易（錫）免載市同黃，乍（作）嗣工。對揚王休，用乍（作）隩彝，其萬年永寶用。」（免尊 06006 同）

三年瘨壺 09726-09727：「隹（唯）三年九月丁巳，王才（在）奠，卿（饗）醴，乎（呼）虢弔（叔）召瘨，易（錫）羔俎。己丑，王才（在）句陵，卿（饗）逆酒，乎（呼）師壽召瘨，易（錫）㲋俎。拜頴首，敢對揚天子休，用乍（作）皇且（祖）文考尊壺，瘨其萬年永寶。」

【考證】

奠，與鄭國的鄭一字，由於文獻所見的姬姓鄭國始封於西周晚期，[註43]而上列諸器均屬西周中期，是否在桓公始封於鄭之前，尚有另一個鄭國，[註44]

〔註43〕鄭國始封諸說，詳參陳槃先生《譔異（壹）》，頁104～142。

〔註44〕卜辭有「𢀛」地，羅振玉釋為奠，可從，見羅振玉《增訂殷虛書契考釋》（臺北：藝文印書館，1981），卷中頁七十三。屈萬里以為「殷時已有鄭國，周時之姬鄭，蓋承襲其名也。」見屈萬里《殷虛文字甲編考釋》（臺北：中央研究院歷史語言研

史籍闕如，無法確定，因此拙文仍將此奠地歸入一般地名之列，以供參考。〔註45〕

從幾件記載奠地的銘文內容看來，奠地有大室（如免卣、尊），周王在奠（大室）誇美臣下的事功，〔註46〕並有所賞賜（如大簋、免卣、免尊），也在此進行饗醴（見三年癲壺），並命免任職嗣土（即司土）一職，掌管奠還（縣）地區的戲（林？廩？）、吳（虞）、牧等職事（見免匜），〔註47〕顯然周王相當重視奠地

究所，1992），頁 433。鄭杰祥整理歷來對於卜辭所見「奠」地的討論，認爲作爲地名或族名的奠，應該位於河南新鄭縣境內，加上該地發現商代遺址及西周時期的貴族墓地及車馬坑，鄭氏認爲，據此可知河南新鄭在商周時期已有獨立的方國存在，也就是卜辭中的鄭地，見鄭杰祥《商代地理概論》，頁 256～260。卜辭所見的奠地在河南新鄭一帶，從文獻與商王的活動範圍來看，是極有可能的，但是這與文獻所見的「西奠」，或是銘文的「奠」，未必是一處，姑存參之。

〔註45〕 關於奠地與鄭國之別，陳夢家〈斷代（六）〉87 器釋免簋時有詳辨：「凡系『鄭』之井叔諸器不早于共王，是先有井氏而後食邑于鄭而改稱奠井，由奠井而省稱奠，此與姬姓之鄭不同。……西周中期當穆、共之時東西土有兩鄭：一爲東土的鄭或虢鄭，……地在河南新鄭、成皋一帶，即東周的鄭國。一爲西土的鄭或西鄭，大毀、免尊『王在奠』和鄭井氏諸器之奠。……關于西鄭或鄭的地望，班固、臣瓚、鄭玄、郭璞等俱以爲漢京兆尹之雍縣，……此鄭可能最初在雍縣。」

〔註46〕 西周金文「蔑曆」一語，歷來說者甚多，唐蘭結合銘文與文獻材料，認爲「蔑曆」乃誇美一個人的家庭出身、本身經歷（含功績）的意思，其說可通讀金文辭例，可從。見唐蘭〈「蔑曆」新詁〉，《唐蘭先生金文論集》（北京：紫禁城出版社，1995），頁 224～235。

〔註47〕 有關「奠還」的還字，陳夢家〈斷代（六）〉88 器考釋免簋，謂：「同毀曰『左右吳大父司易、林、吳、牧』與此同，是『還』相當于『易』。易、林、吳、牧相當于《周禮》司徒之場人、林衡、澤虞、牧人。此器『還林』即園林或苑林。還假作園：《說文》曰『園所以樹果也』，《周禮·載師》『以場圃任園地』，注云『樊圃謂之園』，是園即園。《詩·七月》『九月築場圃』，而《周禮》『場人掌國之場圃而樹之果蓏珍異之物』，是司還即場人。」陳氏論據歷歷，結合文獻，自是不無可能。李家浩則認爲免匜「還」字應讀爲「縣」，意謂縣鄙之縣，「指王畿以內國都以外的地區或城邑四周的地區」，後來演變爲郡縣之縣，免匜記周王命免任嗣土一職，掌管鄭縣地區的林、虞、牧諸事，見李家浩〈先秦文字中的「縣」〉，《文史》第二十八輯（1987），頁 49～51。其實將「還」字讀爲「縣」，孫詒讓在《古籀拾遺》中釋「免簋」時已經指出，孫氏云：「還通寰，寰，古縣字」，只是孫氏認爲「奠還」之「奠」乃奠定之義，與一般對奠字的理解不同，特此說明。學者論述金文假借

的管理，並在奠地進行冊命饗醴等活動，奠地的重要性是可以想見的。

　　由於上列幾件銘文的時代都在西周中期，因此學者討論奠的地望時，多結合文獻有關穆王居鄭（西鄭）一事。舊說以爲鄭（西鄭）在漢京兆尹鄭縣，如《穆天子傳》卷四：「天子入于西鄭」，〔註48〕郭璞注：「今京兆鄭縣也」，在今陝西華縣一帶；〔註49〕或以爲在陝西扶風到寶雞一帶，如唐蘭〈用青銅器銘文來研究西周史——綜論寶雞近年發現的一批青銅器的重要歷史價值〉（《文物》1976 年 6 期）、盧連成〈周都淢鄭考〉（《考古與文物》叢刊第二輯《古文字論集》，1983）等，〔註50〕以盧說爲例：

　　　　爲園或苑的還字，通常引據的是免匜「奠還」及元年師旂簋「豐還」二條材料，試
　　　　以「園（苑）」、「縣」二說來檢驗兩件銘文，對免匜而言，二說均有可能成立；至
　　　　於元年師旂簋，銘曰：「王呼作冊尹克冊命師旂曰：備于大左，官嗣豐還左右師氏」，
　　　　周王命師旂管理左右師氏，師氏在金文中的含義不盡相同，張亞初、劉雨《西周金
　　　　文官制研究》（北京：中華書局，1986）云：「師氏之稱在金文中有不同的含義。
　　　　一種是指師的領導……師旂毀甲『左右師氏』即是；一種是泛稱軍隊的各級負責人
　　　　及其所屬士兵」（頁 6），似乎以李氏縣鄙之說來解釋簋銘比較合宜，因爲若「豐還」
　　　　解釋爲「豐園（或苑）」，依陳氏對園字的理解，官司「豐園」者應是屬於司徒一
　　　　類的職官較適宜，當然我們也不排除兼職的可能性，拙文姑從李說。

〔註48〕　有關穆王都鄭的文獻材料，陳夢家〈斷代（六）〉（87 器·免簋）有詳盡的舉證，
　　　　茲不贅述。舊說雖然只是討論文獻的西鄭或鄭地，不過由於與本條奠地或有關係，
　　　　因此列爲一說。《穆天子傳》「南鄭」爲「西鄭」之誤（陳夢家〈斷代（六）〉已經
　　　　提出），《漢書·地理志》京兆尹鄭縣：「周宣王弟鄭桓公邑，有鐵宮」，顏注：「應
　　　　劭曰：宣王母弟友所封也，其子與平王東遷，更稱新鄭。」臣瓚駁曰：「周自穆王
　　　　以下都于西鄭，不得以封桓公也。」然據《史記·鄭世家》「宣公二十二年，友初
　　　　封于鄭」，則桓公初封京兆鄭縣，即今陝西華縣。此說雖未于見載於〈鄭語〉，不
　　　　過史公所記，當非無據，故備一說。

〔註49〕　顧祖禹《讀史方輿紀要》卷五十四西安府華州鄭城下云：「在州城北，即鄭桓公所
　　　　封邑。戰國時屬魏，魏文侯十七年，西攻秦，至鄭而還，後入於秦。武公十一年，
　　　　初置鄭縣。漢屬京兆。」頁 2364。

〔註50〕　唐、盧二氏對於鄭（西鄭）的地望看法一致。不過，對於鄭桓公始封鄭的地望，
　　　　則有異議，唐氏主張桓公始封之鄭在涇西的棫林，後來遷到京兆鄭縣，東周後又
　　　　遷到新鄭，見唐蘭〈用青銅器銘文來研究西周史〉，《唐蘭先生金文論集》，頁 507
　　　　～508；盧氏則認爲桓公始封的鄭在今陝西鳳翔雍水附近，鄭國也因封于鄭地而得
　　　　名，見盧連成〈周都淢鄭考〉，《古文字論集》，頁 10。

關於鄭、西鄭（實為一地）的地望，班固、臣瓚、鄭玄、郭璞等人均以為在漢京兆尹鄭縣，……。西鄭、鄭，絕不會在岐周——周和鎬京——宗周以東，……。古本《竹書紀年》、《穆天子傳》等古籍所說之「鄭」、「西鄭」，即是西周銅器免盋、大毁、三年癲壺銘文中的「奠」，奠（鄭）地最初地望應在漢右扶風郡雍縣，即今鳳翔雍水北岸一帶，典籍所言西鄭，當指鄭地在周、宗周二都以西，西指方位而言。

從盧文可知，盧氏以為鄭絕不會在岐周、宗周以東的主要理由是西鄭的「西」字，不過這個根據有幾點要考慮之處：一是，陳夢家〈斷代（六）〉根據《漢書・地理志》臣瓚注，將《穆天子傳》郭璞注引《竹書紀年》的南鄭改為西鄭，但是在版本上似乎沒有充分的證據；一是，縱使「南鄭」確為「西鄭」之誤，然而所謂「西鄭」是否如盧氏所言，必是在周、宗周之西故謂之「西鄭」？由於學者所引據的文獻如《穆天子傳》、古本《竹書紀年》等，均是後人述古之作，其「西鄭」也有可能是相對於後來東周時遷到河南的新鄭，如此則舊說以為漢京兆鄭縣者未必不能成立。因此，上述兩說目前尚無法定其是非，陳夢家在〈斷代（六）〉云：

> 所可知者，據金文西周二鄭，奠井在陝西省，奠虢在河南省；據《竹書紀年》鄭桓公于東周初滅虢、會而居于鄭父之丘，因號鄭；據《世本》和《詩譜》西周最初之鄭在京兆鄭縣，或在雍縣。

所據史料互異，陳氏的處理方式應是比較客觀的。目前，奠地所在有兩個可能成立的說法，一是在渭南的陝西華縣一帶，一是在渭北的陝西鳳翔一帶。

〔6〕句陵

【出處】

三年癲壺 09726-09727：「隹（唯）三年九月丁巳，王才（在）奠，卿（饗）醴，乎（呼）虢弔（叔）召癲，易（錫）羔俎。已丑，王才（在）**句陵**，卿（饗）逆酒，乎（呼）師壽召癲，易（錫）麂俎。拜頴首，敢對揚天子休，用乍（作）皇且（祖）文考尊壺，癲其萬年永寶。」〔圖五〕

【考證】

句陵，周王在此舉行饗酒禮，並賞賜癇飯俎。

「某陵」的地名文獻習見，《爾雅‧釋地》：「廣平曰原，高平曰陸，大阜曰陵」，陵字本義爲高起的土山，例如：

> 《詩‧小雅‧天保》：「如山如阜，如岡如陵。」

> 《詩‧小雅‧正月》：「謂山蓋卑，爲岡爲陵。」

> 《詩‧大雅‧皇矣》：「陟我高岡，無矢我陵。」

> 《詩‧魯頌‧閟宮》：「三壽作朋，如岡如陵。」

後來逕以山陵爲地名者不乏其例，如：

> 《書‧禹貢》：「岷山導江，東別爲沱，又東至于澧，過九江，至于
> 東陵，東迆北會于匯。」〔註51〕

> 《左傳》僖公三十年：「晉軍函陵。」〔註52〕

> 《左傳》襄公十八年：「楚師伐鄭，次於魚陵」，杜注：「魚陵，魚齒
> 山也，在南陽酈縣北，鄭地。」

在文獻中，地名綴以「陵」字者，除了可表示丘陵地形之外，又可指稱墳冢，酈道元《水經‧渭水注》：

> 又東逕長陵南，亦曰長山也。《三秦記》曰：……秦名天子冢曰（長）
> 山，漢曰陵，故通曰山陵矣。《風俗通》曰：陵者，天生自然者也，
> 今王公墳壠稱陵。《春秋左傳》（美蘭案：僖公三十年）曰：南陵，夏后
> 皋之墓也。〔註53〕

其實後世以陵稱王公墳壠，也是肇始於陵字本就有地形高起之義，《水經注》引應劭《風俗通》正說明此義。

〔註51〕陳懷荃認爲：「在今貴池、青陽一帶，有以九華山爲中心的一片峰巒起伏的低山丘
　　　　陵地帶。這片陵阜地帶，正與《禹貢》東陵的地理位置相符」，陳懷荃〈東陵考釋〉，
　　　　《楚文化研究論集》第一集，頁275。

〔註52〕程發軔《春秋左氏傳地名圖攷》第二篇「春秋地名今釋」僖公三十年「函陵」條
　　　　下引《河南通志》云：「在今河南新鄭縣北十三里，山形如函，故名函陵。」

〔註53〕楊守敬，熊會貞疏《水經注疏》，頁1624～1625。

　　美蘭案：疑癲壺的「句陵」即「高陵」，句的古音屬見紐侯部，高屬見紐宵部，二字聲紐並同，韻母則爲旁轉，音近可通。〔註54〕「高陵」置縣於秦，有關「高陵」的記載，如〈蘇秦列傳〉：「令涇陽君、高陵君先於燕趙」，〈穰侯列傳〉：「昭王同母弟曰高陵君、涇陽君」（〈范雎列傳〉所記略同），其地望所在，歷來學者多有記載，如裴駰《史記集解》：「徐廣曰：高陵，馮翊高陵縣」，班固《漢書・地理志》左馮翊下：「高陵，左輔都尉治，莽曰千春」，李吉甫《元和郡縣圖志》：「高陵縣，本秦舊縣，孝公置。漢屬左馮翊。魏文帝改爲高陸，屬京兆郡。隋大業二年，復爲高陵」〔註55〕，鄭樵《通志・氏族略第三》云：「高陵氏。嬴姓。秦昭王弟封高陵君，因氏焉。漢有諫大夫高陵顯」，〔註56〕顧祖禹《讀史方輿紀要》卷五十三陝西西安府高陵縣下云：「府北八十里，西至涇陽縣五十里，本秦縣，爲左輔都尉治所」，〔註57〕高陵故城在今陝西高陵縣西南。〔註58〕再結合上文從一系列與陵字相關的地名特色看來，我們可以合理地推論，「句陵」所在的地勢可能是壟起的高地，而魏文帝改「高陵」爲「高陸」，或可作爲「高陵」屬較高地形的旁證。〔註59〕而且陝西高陵一帶也的確是原陵地形，〔註60〕與「高陵」（或「句陵」）的地形特徵正合，高陵位於涇東渭北，與宗周相去不遠，周王在此活動，也是合理的事。〔註61〕

〔註54〕侯、宵旁轉例，參見業師陳新雄先生《古音學發微》，頁1053。

〔註55〕李吉甫《元和郡縣圖志》（北京：中華書局，1995），頁26。

〔註56〕鄭樵《通志二十略・氏族略第三》（北京：中華書局，1995），頁94。

〔註57〕顧祖禹《讀史方輿紀要》，頁2353。

〔註58〕錢穆《史記地名考》，頁625。特別說明一點，《史記・項羽本紀》有「齊使者高陵君顯」，此「高陵君」之前冠以「齊使者」，恐怕與今陝西高陵非一地，又〈高祖功臣侯年表〉有「高陵侯」，錢氏將此二條記載別出，不與陝西高陵列爲一地，此或是異地同名之例。

〔註59〕《説文》：「陸，高平地。」

〔註60〕馬非百《秦集史》引《通志》郭子章云：「南有奉政原，高四五丈，名所由昉也」，頁569。

〔註61〕在此説明兩點：一是，王輝結合散氏盤的「陵」及夌伯觶、夌叔鼎、夌姬高等夌氏器，認爲：「癲爲微氏家族成員，居周地。王在陵及奠兩次召癲，陵距微、奠甚近。……其地殆在岐山、鳳翔交界」，見王輝〈西周畿內地名小記〉，《考古與文物》

〔7〕减

【出處】

元年師旋簋 04280：「隹（唯）王元年四月既生霸，王才（在）减匥。甲寅，王各廟，即立（位），遟公入，右師旋即立中廷，王乎（呼）乍（作）冊尹冊命師旋曰：備于大ナ，官辭豐還（縣），ナ（左）又（右）師氏，易（錫）女（汝）赤市同黄、麗般，敬夙夕用事。旋拜頴首，敢對揚又子不（丕）顯魯休命，用乍（作）朕文且（祖）益中尊簋，其邁（萬）年子子孫孫永寶用。」〔圖六〕

蔡簋 *04340：「隹（唯）元年既望〔註62〕亥，王在减〔註63〕匥，日，〔註64〕王各廟，既立（位），宰旨入右蔡立中廷，王乎（呼）史年冊令蔡，王若曰：蔡，昔先王既令女（汝）乍（作）宰，嗣王家。今余隹（唯）癰臺乃令，令女（汝）眔旨齓足對各從，嗣王家外內，母（毋）敢

1985 年 3 期，頁 28。揣王氏之意，殆以為「句陵」之陵即夌氏諸器之夌，然則「句」字不知如何理解，其考證地望是否正確不敢論定，但是以「句陵」即夌氏器之夌，恐怕有待商榷。一是，早期學者討論不嬰簋的「高陶」一地，由於字形誤釋，多以為即「高陵」，核其字形應以釋「高陶」為是，參第二章「高陶」條目下。

〔註62〕目前流傳的蔡簋銘文，主要是郭沫若《大系》（頁 102）轉錄的石刻殘本，該拓本在「望」字之後、「亥」字之前應是漏刻了一個紀日的天干，郭沫若逕書釋文為「丁亥」，可能是根據「亥」字上的一小黑點而定，姑記於此以備考。

〔註63〕蔡簋拓片已不得見，只著錄於薛尚功《法帖》14，132-133，後來郭沫若《大系》（頁 102）所錄為石刻殘本。减字，宋人釋為雍，郭氏隸定為雝，即離字，吳閩生《吉金文錄》三・十二、于省吾《雙劍誃吉金文選》上三・八並同。陳夢家〈斷代（六）〉98 器釋蔡簋，最早提出該字與長由盉「下减」的「减」字同，後來盧連成〈周都减鄭考〉（《古文字論集》，頁 8）、尚志儒〈鄭、棫林之故地及其源流探討〉（《古文字研究》第十三輯，頁 440）等亦主此說。核郭氏所錄殘石拓片，當以釋减字為是。

〔註64〕從拓本看來，此字應該隸定為「日」，但是「日」字放在銘文此處無法通讀，郭沫若《大系》（頁 102）逕隸定為「旦」，當是有鑑於此，由於蔡簋僅傳石刻殘本，原器的拓片內容如何不得而知，郭氏隸定為「旦」字是極有可能成立的。不過，由於銘文首句紀日干支已有漏刻的現象，因此我們也不能排除「日」字之前可能漏書文字——如「望」字的可能性。

又（有）不聞，嗣百工，出入姜□令，异（厥）又見又即令，……」

〔圖七〕

【考證】

元年師旋簋有「減」地，學者多謂與長由盉的「下減」爲一地。〔註65〕從這兩件銘文看來，「減」、「下減」雖然都是周王的行宮所在，但是「減」與長由盉的「下減」並不具備必定是一地的理由（說見本章「下減」條目下），故姑且將二地分別處理。減地地名的源起及地望，目前有幾種說法，或以爲減即圊，此爲黃盛璋討論長由盉「下減」之主張，參本章「下減」條目下；或以爲減起於棫山；或以爲減水等說，以下分別述論。

主棫山說者，如尹盛平云：

《山海經・西山經》說：「又西七十里，曰榆次之山，漆水出焉，北流注於渭，其上多棫橿……」。郭璞注：「棫，白桵也，音域。」《水經注》說「漆水出扶風杜陽縣俞山東，北入於渭。」俞山即《山海經》中的榆次之山。漢代的杜陽縣在今麟游縣，漆水發源於麟游縣西部山區，其上游又叫杜水。麟游西部、汧陽東南部、鳳翔北部的山脈古代叫俞山無疑，因爲山上生長棫橿，故叫棫山。榆、俞與棫同音，可以通假。……鳳翔發現「棫陽」瓦當，棫陽宮在鳳翔，遺址猶存。此宮因建於棫山之陽，故名棫陽宮。………（美蘭案：此段引蔡簋、元年師旋簋、長由盉諸銘，略之）棫與減通，从水爲減，从木爲

〔註65〕如張筱衡〈『井伯盉』考釋〉、盧連成〈周都減鄭考〉、王輝〈西周畿內地名小記〉、尚志儒〈鄭、棫林之故地及其源流探討〉、馬承源《銘文選（三）》275 號等。早期只見張筱衡提出減與下減爲一地的理由，張氏云：「原、皆有階層，所以關中常說有頭層原、二層原的區別。……因爲地在原的下層，所以又說爲『下減』」，見張筱衡遺著〈『井伯盉』考釋〉，《人文雜誌》1957 年 1 期，頁 25。有關張文所說的「頭層原」、「二層原」，史念海有比較清楚的描述：「在像渭河這漾的河谷兩旁，有的河段就分爲幾級臺階，陝西扶風、武功、咸陽一帶有所謂頭、二、三道原。最高一級爲三道原，以下按高低順序稱爲二道原或頭道原。」見史念海〈論兩周時期黃河流域的地理特徵〉，《河山集（二集）》（北京：三聯書店，1981），頁 325。在張氏之後，王輝也對長由盉「下減」之「下」有所解說，王氏謂下乃取意於低下潮濕，見王文，頁 27。

械，淢水必是發源於械山，在鳳翔境北。〔註66〕

尹氏結合文獻，並從山水、地物考淢之故地，本是考證古地理的好方法，但是尹氏援用《山海經》及《水經注》，進而考證淢地地望在「鳳翔境北」，恐怕是有待商榷的。先言《山海經》，〈西山經〉云：「又西七十里，曰羭次之山，漆水出焉，北流注于渭」，〔註67〕而在「羭次之山」前後的幾座山，也都有河流「北流注于渭」的記載，〔註68〕顯然〈西山經〉的漆水應是在渭南，所以有「北流注于渭」的記載，那麼羭次之山也理應不在渭北，酈道元《水經·漆水注》引《山海經》此文，而逕自解釋北流「蓋自北而南矣」，顯然不符〈西山經〉「北流」（自南向北流）的記載。〔註69〕而且〈西山經〉所記的漆水，未必與出於渭北岐山的漆水相同，以〈西山經〉例之，同樣是丹水，一則出於竹山，東南流注於洛水，一則出於南山，北流注於渭。次言《水經注》，尹氏引《水經·漆水注》「漆水出扶風杜陽縣俞山東，北入於渭」（美蘭案：段熙仲點校本作「漆水出扶風杜陽縣俞山，東北入於渭」〔註70〕），楊守敬對於《水經注》這段有關漆水源流記載有詳細的辨證：

> 守敬按：漆水在三代時最著，讀《詩》、《書》皆稱之。自秦、漢已多變遷。故《漢志》但言在漆縣西。《說文》云，出杜陽岐山者，當得之古《尚書》家舊說。鄭箋《毛詩》，已不能詳，蓋堙滅殆盡矣。作《水經》者，其時已無漆水，但雜采《山海經》、《說文》成之。

〔註66〕尹盛平〈試論金文中的「周」〉，《考古與文物叢刊》第三號（1983），頁 38。又尚志儒〈鄭、械林之故地及其源流探討〉亦從此說，尚氏後來編寫《秦物質文化史》（西安：三秦出版社，1994）第三章「都邑」，一仍前說，參該書頁 77。

〔註67〕袁珂《山海經校注·西山經》（臺北：里仁書局，1982），頁 26。

〔註68〕袁珂《山海經校注·西山經》：「西四十五里，曰松果之山。濩水出焉，北流注于渭。……又西八十里，曰符禺之山，……符禺之水出焉，而北流注于渭。……又西五十二里，曰竹山，……竹水出焉，北流注于渭。……丹水出焉，東南流注于洛水。……又西七十里，曰羭次之山，漆山出焉，北流注于渭。……又西百五十里，曰時山，……逐水出焉，北流注于渭。……又西百七十里，曰南山，……，丹水出焉，北流注于渭。」頁 22～27。

〔註69〕楊守敬在《水經注疏》中已經指出酈氏解《山海經》之非，見楊守敬、熊會貞疏《水經注疏》卷十六（臺北：莊嚴出版社，1991），頁 1446。

〔註70〕楊守敬、熊會貞《水經注疏》卷十六，頁 1445。

其云出扶風杜陽者,本《說文》也。其云俞山者,即《山海經》 翰
次之山也。其云東北入於渭者,東據《說文》,北據《山海經》也。
然二說水地皆異,不可合爲一。且杜陽在渭北,安得漆水東北入渭?
至酈道元時更無從實驗,⋯⋯。〔註71〕

由此看來,《山海經》、《水經注》所提到的翰次之山(俞山)及漆水恐怕未必在
渭北的鳳翔一帶。尹氏認爲棫陽宮一名乃緣於棫山之陽(美蘭案:此棫山乃專指尹
文所引的「榆次之山」、「俞山」),可能也無法成立。

至於主張淢水說(雍水)者,以盧連成爲代表:

長由盉銘文中之「下淢」,蔡簋、師旋簋銘文中之「淢」,彧簋銘文
中之「馘林」,散氏盤銘文中之「棫」,鳳翔縣馬家莊西漢棫陽宮瓦
當之「棫陽」以及《左傳》襄公十四年「棫林」,均取義于淢,它們
的地望都在「淢」地範圍以內。(淢字)多從水,知淢地近水。「棫
陽」(美蘭案:指西漢「棫陽」瓦當),或即淢水之北,淢水可能就是流
經鳳翔縣境內的一條主要河流雍水。秦之雍地,西周時可能爲淢地、
棫地。秦德公都雍,沿襲周人歸地,雍城具體位置在今鳳翔縣境內
雍水北岸。⋯⋯考古資料證明,秦都雍城遺址附近有早于春秋秦的
西周早、中、晚三個時期的遺跡和墓葬,這可以作爲周人都淢、居
奠之旁證。淢,應指雍水流域較爲廣闊的地方。〔註72〕

王輝在盧說的基礎上舉證說明,金文的「淢」及「下淢」是取義於低下、潮
濕的地理環境,淢或下淢古地望應在今陝西鳳翔南部一帶。〔註73〕盧氏謂彧簋

〔註71〕楊守敬、熊會貞《水經注疏》卷十六,頁1445~1446。

〔註72〕盧連成〈周都淢鄭考〉,頁9~10。

〔註73〕王輝說:「古音雍屬影母,淢屬匣母,影、匣俱喉音。淢爲城溝,乃水積聚之處,
《詩·大雅·文王有聲》:『築城伊淢』,毛傳:『淢,城溝也』(美蘭案:十三經注
疏本作『成』)。長由盉稱『下淢匠』,下,低下也,可見該地低下、潮濕。《說文》:
『邕,四方有水自邕成池者。⋯⋯』徐灝曰:『邕雝古字通。雝隸作雍。戴氏侗曰:
「凡水之蓄聚爲邕。」』《說文》:『廱,天子饗飲辟廱。』凡此都說明淢、棫、雍相
通。鳳翔南部古稱雍,可能取義于低下潮濕。今鳳翔城南七、八里地之河北里、
八旗屯一帶,南北均爲土塬,雍河自中流過,是一谷地,兩岸多爲沼澤,蘆葦叢生,
水草豐茂,同周圍的黃土塬形成鮮明的對比。」見王輝〈西周畿內地名小記〉,《考
古與文物》1985年3期,頁27。王輝同時針對盧氏「都淢」的說法提出質疑,謂

「鹹林」與減或下減爲一地，恐不可從（參第三章「鹹林」條目下）。盧氏以爲減地之名乃緣於減水，減水即雍水，地名因自然山川而起，本是十分可取，但是盧氏所謂的減水與雍水能否視爲一地，又二水是否爲周秦的異名，則有待更確切的證明。〔註74〕盧、王對於減（下減）地的源起，均主張與水文有關，可備一說。

實際上，散氏盤的「棫」地及《左傳》襄公十四年的「棫林」也提供了地名源起的另一個思考方向。張筱衡在考釋散氏盤「棫」地時已經提到：

> 《毛詩‧大雅‧皇矣》：「柞棫斯拔。」則今岐山、鳳翔、寶雞一帶
> 多棫可知。以地多棫，故以嘅名。近日出土井伯盉（美蘭案：即長由盉）
> 銘文云：「穆王在下減居。」以地南臨汧渭，在水之濱，故寫棫——
> 嘅作減；以其在州原之下層，故又謂之下減。〔註75〕

除了〈皇矣〉之外，《詩經》還有〈緜〉、〈棫樸〉、〈旱麓〉等篇提到棫木，吳厚炎考證棫木應與柞木同屬叢木，即鐵橡樹，其在陝西的北界是隴縣官山，〔註76〕從《詩》文看來，棫木生長茂密，周人得伐而燎之（如〈棫樸〉「芃芃棫樸，薪之槱之」、〈旱麓〉「瑟彼柞棫，民所燎矣」），甚至必須拔除柞棫等木，才能使松柏條達茂盛（如〈皇矣〉「柞棫斯拔，松柏兌矣」）、道路暢通無阻（如〈緜〉「柞棫拔矣，行道兌矣」）。顯然當時生長茂盛的棫木應是周畿習見的景觀，故《左傳》襄公十四年的「棫林」，唐蘭考證其地在涇水之西，也就是在今扶風、寶雞一帶，應是可信。〔註77〕而張氏主張減地應是源起於其地多棫之故，又地在水之濱，故又有从木或从水的異名。其實，張氏考證減地地望與上述盧文相去不遠，都在渭北的鳳翔、扶風、寶雞一帶，然而結合文獻所敘述的地貌多棫木來

減地應「只是王之行宮，而非都城」（頁 27），結合金文其他周王設置行宮（金文中的「𠨘」）的材料看來，王氏對「都減」的質疑是合理的。

〔註74〕盧文並未說明減、雍二字的關係，王輝雖然從聲母方面提出減、雍二字音義相近（見上注），不過減字屬職部，雍字屬東部，韻母並不相近，如此是否可以通假，有待商榷。

〔註75〕張筱衡〈散盤考釋（下）〉，《人文雜志》1958 年 4 期，頁 94。

〔註76〕吳厚炎《詩經草木匯考》（貴陽：貴州人民出版社，1992），頁 287。

〔註77〕唐蘭〈用青銅器銘文來研究西周史——附錄　伯威三器銘文的譯文和考釋〉，《唐蘭先生金文論集》，頁 507。

看，加上汧、渭等水道縱橫其間，張氏討論淢地的源起，似乎也不無道理。

　　從兩件設行宮於淢地的銘文看來，周王曾在該地處理政務，如冊命賞賜。上述盧連成、張筱衡等人已經對淢地作了相當深入的探討，若能輔以西周考古遺存發現，則更能爲地望的考證增添證明，雖然盧文提到在秦都雍城附近曾發現西周的遺跡與墓葬，但是由於資料不明確，無法推論。尙志儒則在這方面提出一個有力的證明，〔註78〕尙氏提到在鳳翔縣境田家莊西勸讀村西南，有一處占地廣大，文化堆積十分豐富的西周遺址，其中又以西周中期以後的文化遺存最豐富，這廣達十五萬平方公尺的遺址位於縣境北山的南麓原地上，南臨橫水北岸，有類似宮室、廟寢的建築基礎，並有重器伴隨出土。〔註79〕此西周遺址的發現，也許爲周王行宮所在的淢地提供了一點旁證，因爲這一帶地理位置處於宗周、岐周之西，正可作爲王室西控方國、屏藩都城的據點，也是關中平原通往西北、西南的咽喉，應是具有重要的政治軍事意義，〔註80〕若周王室在此設置行宮，是合乎情理的。

〔8〕下淢

【出處】

　　長由盉 09455：「隹（唯）三月初吉丁亥，穆王才（在）下淢匠，穆王卿（饗）豐（醴），即井白（伯）大祝射。穆王蔑長由，以遘即井白（伯），井白（伯）氏強不姦。長由蔑曆，敢對揚天子不（丕）杯休，用肇乍（作）障彝。」〔圖八〕

【考證】

　　長由盉是學界公認爲穆王時期的標準器，盉銘中的「下淢」，顯然是周穆王

〔註78〕尙氏從尹盛平之說，主張金文的淢（下淢）地與棫山（榆次之山、俞山）有關，雖然此說不能成立，不過鳳翔北部山嶺仍在棫木生長範圍之內，我們不能完全排除古人以多棫木之故稱該山的可能，只是尹、尙二氏引《山海經》、《水經注》的翰次之山、俞山以證之，是拙文所不敢同意的。

〔註79〕尙志儒〈鄭、棫林之故地及其源流探討〉，頁 445～446。

〔註80〕盧連成〈周都淢鄭考〉，頁 10。

的行宮所在，由於元年師旋簋與蔡簋的「淢」地也是周王行宮所在，因此學者大多認爲下淢與淢指同一個地點，〔註81〕二簋的時代都在穆王時期的長由盉之後，〔註82〕就目前的資料看來，是先有「下淢」，才有「淢」，這兩者之間是否存在必然的關係，應是值得深思的，故拙文且將「下淢」、「淢」分別處理。

黃盛璋對「下淢」的見解與大多數學者不同（參本章「淢」條目下），黃氏云：

> 「淢」字見于《詩經・文王有聲》：「築城伊淢，作豐伊辟」，《傳》：「淢成溝也」，《箋》：「方十里曰成，淢其溝也」，此「淢」即豐京城外之濠，王何以居于城濠之上，「下淢」當與城濠無涉，今謂長由盉之「淢」即「囿」字，古「囿」、「域」互假，《毛傳》：「囿所以域養禽獸也」，《孔疏》云：「囿者築牆爲界域，而禽獸在其中，故云囿所以域養禽獸也」，囿必有界域，靈囿範圍既大，孔謂築牆，恐非古代能力所及，最合理當是以水域之。下淢即下囿（當與上囿相對）。〔註83〕

黃氏將淢釋讀爲囿，從聲韻來看自是可行，不能視無據之談，不過黃氏謂「下淢」與上囿相對，這點目前尚無法從西周金文中證實，恐怕是有待商榷。

「下淢」與「淢」的出現都是作爲周王的行宮所在地，因此二者之間可能是有關聯的。上文「淢」地條目提到，目前學者對淢地的看法主要有：棫山說、淢水說，「下淢」與「淢」二地的淢字均從水，顯然若不是水名，也極可能是近水之地，這點學者在討論「淢」地時都已指出（參本章「淢」條目下）。美蘭案：

〔註81〕如盧連成〈周都淢鄭考〉、尚志儒〈鄭、棫林之故地及其源流探討〉等。

〔註82〕「淢」地見元年師旋簋及蔡簋，二器時代說法不一：如元年師旋簋的時代，郭沫若〈長安縣張家坡銅器群銘文彙釋〉（《考古學報》1962 年 1 期，頁 4）以爲屬王；唐蘭《史徵》（頁 477）以爲懿王；尚志儒〈鄭、棫林之故地及其源流探討〉（頁 440）、盧連成〈周都淢鄭考〉（頁 8）以爲夷厲之世；馬承源《銘文選》275 號以爲孝王；唐復年〈師旋毀新釋〉（《古文字論集》，頁34）。蔡簋的時代，郭沫若《大系》（頁 102）、馬承源《銘文選》385 號斷爲夷王；尚志儒斷爲孝王（與前文同）；盧連成斷爲懿王（同前）。各家見解遍及西周中、晚期，歧異若此，難以遽定是非，姑存參之。

〔註83〕黃盛璋〈周都豐鎬與金文中的蒡京〉，頁 77。

「減」與「下減」的關係，可能與「上洛」（敔簋）及「洛」（虢季子白盤）的情形類似，敔簋的「上洛」一地，它是由於位在洛水（南洛水）上游而得名，但是與洛水或洛邑所指的地點或區域概念並不相同。也就是說，如果「減」是水名或是因近於某水而得名的地名，那麼「下減」所在位置可能位於該水的下游地帶。

〔9〕亡

【出處】

卯簋 04327：「隹（唯）王十又一月既生霸丁亥，榮季入右卯，立中廷，榮白（伯）乎（呼）令卯曰：『訊乃先祖考死嗣榮公室，昔乃祖亦既令乃父死嗣莽人。……今余隹（唯）令女（汝）死嗣莽宮莽人，女（汝）母（毋）敢不善。……。易（錫）女（汝）馬十匹，牛十。賜于屮（亡）一田，賜于宲一田，賜于隊一田，賜于戜一田』。」〔圖九〕

【考證】

屮，學者多釋「乍（作）」，〔註84〕郭沫若《大系》（頁 85）則依形隸定。郭氏依形隸定的作法，十分謹慎，因為若釋為「乍」字，銘文則缺書一短橫劃，與乍字有別。細審拓片，竊疑屮可能是「亡」字，卯簋銘後有「用乍尊簋」，「乍」字與金文習見字形一般，不省上面的一短橫劃，然而拓片上的屮字與「亡」字寫法卻幾乎無別，只是「入」形下的左右兩斜筆似乎寫得直些，與師遽方彝蓋「萬年亡彊（疆）」的「亡」字書法略同，因此釋為亡字也應可行。

亡地，周王賞賜卯田地的所在。參考卯簋內容，亡地極可能就在莽京附近。從簋銘看來，卯的祖考應該都是榮氏的臣屬，他們世代為榮氏分勞解憂，既協助處理榮公室家的事務，也管理莽人，顯然是榮伯的股肱之臣，到了卯的時代，榮伯希望卯賡續前命，為榮伯管理莽宮及莽人。莽宮，金文習見莽或莽京，其地在宗周附近（參本章「莽（莽京）」條目下）榮伯的實際封地雖然不得而知，但是從銘文可知，至少榮伯在莽京有所屬宮室及人員，卯膺此大責，故榮伯對卯

〔註84〕如孫詒讓《古籀餘論》卷三・三十七；吳闓生《吉金文錄》三・二十七；于省吾《雙劍誃吉金文選》上三・六。

也有所賞賜。既然卯必須管理葊宮及葊人，那麼榮伯賞賜卯的田地所在，於理應該不會離葊地太遠，可能就在葊地郊鄙，不過，由於金文所見賞賜田地的所在，往往是不見經傳的小地名，因此實際地望所在不易考知，僅能參酌相關線索，試著推論其所在區域。

〔10〕宲

【出處】

卯簋 04327：「賜于宲一田」〔圖九〕

【考證】

宲，李孝定先生云：

> 从宀从⊠，徐氏謂从⊠，即啻字所從，其說非是。按啻字金文作 𤯔，乃从𢇛形所譌變，或又省作 𤯔，均與此所从⊠迥異，且即如此說，則此文何以爲「宲」，亦未見說明，不可从也。高田氏以爲窞字，亦可商，字非从「五」也。按⊠疑爲𤰈字之省變，則與契文𤰈字略近，未知是一字否？𤰈字唐蘭先生釋巫。〔註85〕

宲字金文獨見，不能確定偏旁所從，李先生謂「⊠疑爲𤰈字之省變」，可備一說，拙文暫依形隸定。

宲地，榮伯賞賜卯田地所在，其地可能在葊京附近。（理由參「亡」地條目下）

〔11〕隊

【出處】

卯簋 04327：「賜于隊一田」〔圖九〕

【考證】

隊地，榮伯賞賜卯田地所在，其地可能在葊京附近。（理由參「亡」地條目

〔註85〕見《金文詁林附錄》，頁 1927～1928。文中所引徐同柏、高田忠周等說，亦參此書。

下）

〔12〕戜

【出處】

卯簋 04327：「賜于戜一田」〔圖九〕

【考證】

　　戜，孫詒讓《古籀餘論》三‧三十七析形爲从弋从糸，吳闓生《吉金文錄》三‧二十七並同；于省吾《雙劍誃吉金文選》上三‧七析爲从弋从𠰶；郭沫若《大系》（頁 85）析爲从弋从良；馬承源《銘文選（三）》244 號逕隸定爲䵼字。卯簋原器已佚，只傳拓片，從拓片看來，可能以于、郭二氏的隸定比較可信，二氏並析該字从弋旁，應是可從，至於另一偏旁，若從于氏所書，則可能是从𠰶（复字省止），〔註 86〕不過細看拓片，該偏旁最底下似乎未見橫劃，頂端的橫筆也不甚明顯，相形之下，似乎又以郭氏釋从弋从良的戜字爲是，拙文姑從郭釋。〔註 87〕

　　戜地，榮伯賞賜卯田地所在，其地可能在菳京附近。（理由參「亡」地條目下）

〔註 86〕𠰶、良形義頗有相關之處，二字並見於卜辭。𠰶字，陳永正〈釋𠰶〉（《古文字研究》第四輯，頁 259～262）一文以𠰶就是古代地室的象形，也就是《詩‧大雅‧緜》「陶復陶穴」之「復」正用其本義；良字，徐中舒《甲骨文字典》（頁 608）謂：「象穴居之兩側有孔或台階上出之形，當爲廊之本字。……良爲居四周之嚴廊，也是穴居最高處，故从良之字，有明朗高爽之意。」

〔註 87〕馬氏《銘文選》隸定爲「䵼」字，並無解說，馬氏或以戜字从弋得聲，故隸定爲「䵼」字，由於卯簋「䵼乃祖考死嗣榮公室」一句已見「䵼」字，字形从孔从食从才（聲符）無疑，與戜字顯然有別，雖然後世不少从弋得聲之字，如載、戴、哉、栽……等，我們也不能排除戜从弋得聲的可能，但是由於此字僅見於卯簋，又是作爲地名，馬氏逕隸定爲䵼字，恐怕有待商榷。

〔13〕濡

【出處】

散氏盤 10176：「用矢戡（撲）散邑，迺即散用田。履：〔註88〕自濡涉以南至于大油，一弄（封），以陟、二弄（封），至于邊柳，復涉濡，陟雩叙𡪚陝以西，弄（封）敤齱楚木，弄（封）于𡮊遷，弄（封）于𡮊衛，內陟𡮊，登于厂湡，弄（封）剒杵、陕陵、剛杵，弄（封）于㯟道，弄（封）于原道，弄（封）于周道，以東弄（封）于𡴴東彊右，還，封于弄（封）履道，以南弄（封）于𤔈遷道，以西至于堆莫，履井邑田，自根木道ナ（左）至于井邑弄（封），道以東，一弄（封），還，以西一弄（封），陟剛，三弄（封），降以南弄（封）于同道，陟州剛，登杵，降棫，二弄（封）。矢人有嗣履田，鮮、且、𢼸、武父、西宮襄、豆人虞丂、彔貞、師氏、右省、小門人縣、原人虞荓、淮嗣工虎孝、侖豐父、堆人有嗣刑、丂，凡十又五夫。正履矢舍散田：嗣土𡺒、嗣馬𡮊𤲃、𢼸人嗣工駿君，宰𤔈父。散人小子履田：戎、𢼸父、敎、𢹂父：襄之有嗣橐、州、京、煲、𨽦、𥄷，凡散有嗣十夫。唯王九月辰才（在）乙卯，矢卑（俾）鮮、且、鹵、旅誓曰：我既（曁）付散氏田器，有爽，實余有散氏心賊，則鞭千罰千，傳棄之，……。乎（厥）爲圖，矢王于豆新宮東廷，乎（厥）ナ（左）執縷（要），史正中農。」〔圖十〕

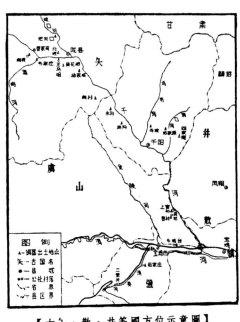

【古矢、散、井等國方位示意圖】

【考證】

散氏盤是西周晚期著名的重器之一，盤銘記載矢、散兩國的田地糾紛，是

〔註88〕履，散氏盤凡六見，舊多釋眉，裘錫圭先生認爲應以章太炎釋履爲是，詳見裘先生〈西周銅器銘文中的「履」〉，《甲骨文與殷商史》（第三輯），頁427～435。

西周土地制度史不可或缺的研究素材，而歷來考證散氏盤的文章更是不勝枚舉。由於盤銘記錄矢、散履勘劃分田界，其間所涉及的地名往往是不見經傳的小地名，要考證其確切的地望並不容易，但是如果能考察矢、散兩國的大致疆域，則可以略知銘文中所見的地名可能的分布區域。地不愛寶，近世在陝西隴縣、寶雞縣發現西周矢國的遺址、墓地，盧連成、尹盛平兩位學者在這一帶調查的結果，發現「位於汧水上游的隴縣南坡和下游的寶雞縣賈村都屬古矢國地望」，而矢國比較確切的地望應在今隴縣、千陽、寶雞賈村一帶。〔註89〕同一時期，劉啓益結合近世考古發掘的矢國青銅器及傳世器的相關記載，對矢國地望作綜合考察，所得的結論也與盧、尹二氏的實際調查成果一樣。〔註90〕這與王國維當初推斷散國地望在寶雞一帶相合。〔註91〕因此，散氏盤所見的地名，其分布區域應不外隴縣、寶雞一帶才是。（美蘭案：古矢國及散、井等國相關地理位置請參見本頁附圖，附圖錄自盧連成、尹盛平〈古矢國遺址、墓地調查記〉一文）

瀗，从水从憲，從銘文「自瀗涉」、「復涉瀗」的涉字可確定（美蘭案：《說文》涉篆：「徒行瀝水」），瀗應為水名。王國維云：

> 瀗，水名，讀當與憲同，以聲類求之，蓋即《水經·渭水注》之扞水也。《注》云：「渭水又與扞水合，出周道谷，北逕武都故道縣之故城西，又東北歷大散關而入渭水也。」〔註92〕

盧連成、尹盛平〈古矢國遺址、墓地調查記〉（頁56）則認為：

> 汧水是流經古矢國境內最主要的一條河流。……瀗有可能就是流經矢國境內的汧水。

從音理上來說，扞水及汧水都有可能成立。〔註93〕再從地望上考量，矢國地望

〔註89〕詳見盧連成、尹盛平〈古矢國遺址、墓地調查記〉，《文物》1982年2期，頁48～57。

〔註90〕詳見劉啓益〈西周矢國銅器的新發現與有關的歷史地理問題〉，《考古與文物》1982年2期，頁42～46。

〔註91〕王國維〈散氏盤考釋〉：「散國即《水經·渭水注》大散關、〈沔水注〉大散嶺之散」，頁1999。

〔註92〕王國維〈散氏盤考釋〉，頁2029；又見王國維〈散氏盤跋〉，《海寧王靜安先生遺書（二）》，頁875。

〔註93〕瀗字從水憲聲，上古音屬曉紐元部；扞字從手干聲，上古音屬匣紐元部；汧字從水

在隴縣一帶，在汧水上游，與散國均地處渭北，王國維所舉的扞水則是源於渭南，在寶雞縣西南注入渭水，這條古扞水流經的渭南區域，經過考古調查發現，在西周時期是屬於另一個方國──強國的勢力範圍，考古報告說：

> 強國中心區域應在渭水以南，金陵河以西，今寶雞市區陵塬一帶，
> 北與夨國界鄰。〔註94〕

由此可見，扞水所在恐怕無法符合夨、散邊境的地理位置，而盧、尹二氏的汧水說，地處渭北，又流經夨國境內，比較符合夨、散二國的地理位置，可備一說。〔註95〕

〔14〕大油

【出處】

散氏盤10176：「用夨戣（撲）散邑，迺即散用田。履：自瀗涉以南，至于大油，一弄（封），以陟、二弄（封），至于邊柳，復涉瀗。」〔圖十〕

【考證】

盤銘云「至于大油，一弄（封）」，盤銘的「弄」即封字，銘文所見的地名乃因劃分田界而起，郭沫若結合文獻及古文字對封字有詳細的考證，其中涉及古代封畿制度，並對散氏盤銘的封畿有清楚描述：

> ……是則古之畿封實吕樹爲之也。此習於今猶存，然其事之起迺遠在太古。太古之民多利用自然林木吕爲族與族間之畛域，西方學者所稱爲境界林者是也。封之初字即半，……𡴆 即吕林木爲界之象形，𡴆 迺形聲字，從土半聲，從土即起土界之意矣。吕林木爲界之事於散氏盤銘優可徵考。其銘迺約劑之最大者，敘夨人因攘掠散氏之邑迺用土田爲償。（此間當有散氏戰敗夨人之事，原銘省略）夨散兩造

〔註94〕盧連成、胡智生《寶雞強國墓地（上冊）》（北京：文物出版社，1988），頁417。
〔註95〕日人小川琢治有〈散氏盤地名考〉（《學術》第四輯）一文，小川氏考盤銘地望均在山西一帶，與實際的考古調查結果不符，其說恐不可取。

之有司即共定土田之經界。曰：「自瀗涉以南，……陟州剛、登柿，降棫，二封。」凡此中十八封字，除井邑封道一字外，均與近人之建立界碑無異，而封之字形均作丰，从丰从収，即示爲畿封而樹之之形。樹有利用自然而樹木者，如曰「一封，以陟、二封，至于邊柳」、曰「封于敵城楮木」，此甚顯而易見，曰「自根木道左至于井邑封道以東一封」、曰「登柿降棫二封」，則迺因木而名之地。凡此等地望如今人田地契約所云之某疆某界，其區域必不甚大，即散矢二國之所在地於今猶屬模糊，而學者迺有欲於典籍中一一旦求其比附者，余恐迺徒勞之舉也。〔註96〕

郭氏這段說明有益於我們理解散氏盤銘所涉及的履勘、劃分田界事宜，應是可信。

　　大油，多數學者都將油字釋爲从水从古的沽（湖），王國維〈散氏盤考釋〉以爲即《水經・汧水注》之故道水，然而故道水位處渭南，恐不可從（理由詳見「瀗」地條目下）。高鴻縉《散盤考釋》謂「大沽」即「大湖」。張世超等人釋爲大油，〔註97〕因爲該字右旁所从與冑字上半所从的由旁實無二致（參《金文編》1278號冑字頭下），古文字裏的古、由二字形近，〔註98〕除非有文義可尋繹，否則不易定其是非，盤銘的「大油」顯然是作爲地名專名，無義可尋，究竟應釋爲「大沽」或「大油」，並沒有絕對的證據可以支持任何一說，姑且兩說並存，而暫時隸定爲「大油」。其地望應在矢、散二國交界一帶。

〔15〕雫

【出處】

散氏盤 10176：「復涉瀗，陟雫叡纂陜以西，弄（封）于敵戲（城）楮木，弄（封）于矤遱，弄（封）于矤衙。……」〔圖十〕

〔註96〕郭沫若《甲骨文字研究》（初版）第一冊第六釋「釋封」，1919。

〔註97〕張世超等《金文形義通解》1969號「油」字頭下。

〔註98〕有關歷來學者對古、由二字自甲金文至戰國文字的源流考辨，可以參見顏世鉉《包山楚簡地名研究》，頁279～283。

【考證】

　　雩，王國維〈散氏盤考釋〉云：「雩，地名，漢右扶風有鄠縣，在盩厔東，非此雩也」；高鴻縉《散盤考釋》（頁15）云：「〔雩〕山名。或岡領高地之名。故言陟」，盤銘云「陟雩」，《說文》：「陟，登也」，「陟雩」即登上雩地，顯然雩應是矢、散較高的地形，高說可能成立。

〔16〕𡎚陕（陕）

【出處】

　　散氏盤₁₀₁₇₆：「復涉瀍，陟雩叔𡎚陕以西，弄（封）于敫䶅（城）楱木，弄（封）于𠬝遱，弄（封）于𠬝衜。」〔圖十〕

【考證】

　　「叔𡎚陕以西」，王國維〈散氏盤考釋〉謂「叔讀爲徂」（本條所引王國維之說均出自此文，不再另標出處），郭沫若〈大系〉（頁130）補充云：「叔讀如《詩・雲漢》『自郊徂宮』、〈絲衣〉『自堂徂基，自羊徂牛』之徂，王引之云『徂猶及也』（《經傳釋詞》卷八）」，徂也就是所謂到、往之義。此說可從。

　　「𡎚陕」二字，或以爲「𡎚」、「陕」爲二地，或以爲即「𡎚陕」一地。王國維認爲「𡎚即邍字，高平曰𡎚」，邍即《周禮》邍師之邍，後世假原字，王意「叔𡎚」爲到達高平之原，而陕字則屬下讀；將𡎚解釋爲高平之原，有學者質疑，曲英杰謂「這種地形在寶雞一帶很常見。劃分田界，應以特殊之點爲其標記，否則便失去其意義。從整篇銘文來看，凡涉及到有關劃分田界之地名，無一不是特指」，〔註99〕曲氏所說的原則——以特殊之點爲標記劃分田界——大抵不錯，也正是由於「原」是關中可見的地形，〔註100〕在履勘田界時

〔註99〕曲英杰〈散盤圖說〉，《西周史研究》（《人文雜志》叢刊第二輯，1984），頁327～328。

〔註100〕史念海結合田野調查，再比對文獻，對古今的「原」，尤其是關中一帶的原提出古今的差異：一是西周春秋時期的「原」相當廣闊，如最有名的周原，不像現在一些地區所見的縱橫構壑，二是當時的原遍布各地，據〈禹貢〉「原隰底績，至于豬野」，從關中往西，到處是原；詳見史念海〈歷史時期黃河流域的侵蝕與堆積〉，《河山集》二集（北京：三聯書店，1981），頁1～6。

經過原地不是沒有可能的，再加上前有「陟」（「陟雩」）這個動作，前賢釋𡶬為高平之原是其來有自的。此外，郭沫若則將「𡶬陜」標為一地，視為一個地名，未必不可從。依王說，則「𡶬（邊）」恐怕只能視為一般的自然地形，而非地名專名，屬下讀的「陜」（王氏斷為「陜以西封于敫𪉷楮木」），則是專有地名；依郭說，則「𡶬陜」為一地名，高鴻縉《散盤集釋》（頁 15-16）對於「𡶬陜」別有補充：

> 陜，……此為地名。漢置美陽縣。地在今武功縣西南。疑即此。「邊陜」猶言「陜原」。今郿縣境猶有五丈原。積石原。鎮石原。武功縣東有東原。南有雍原，西有周原。皆其比也。

將「𡶬陜」為「陜𡶬（原）」，的確可以解釋「𡶬陜」的地名結構——即通名（𡶬）加專名（陜），但是後世所見的「原」名，其專名都加在通名「原」字之前，盤銘的「𡶬陜」是否能視為「陜原」之義，可能還有待商榷，而且如考古調查顯示（參「瀗」條目下），矢、散疆域大致在岐山以西，漢代設置的美陽縣則在岐山以東，二者不能相合，恐不可從。上列王、郭二說都有成立的可能，可並存之。

〔17〕敫𪉷（敫**城**楮木）

【出處】

散氏盤 10176：「復涉瀗，陟雩歔𡶬陜以西，弄（封）于敫𪉷（城）楮木，弄（封）于芻遰，弄（封）于芻衙。」〔圖十〕

【考證】

王國維〈散氏盤考釋〉云：「陜敫𪉷楮木並地名」，似是以敫𪉷、楮木為二地，並將楮字逕釋為楮，後來學者也多隸定為楮，覈諸拓片，該字右從木，左上從者省、左下從土，由於是專名，不宜直接隸定為楮，拙文姑且依形隸定為楮；高鴻縉《散盤考釋》（頁 16）以為敫與播字無異，並以為敫𪉷與楮木是兩個地名。楊樹達《積微居金文說》（頁 33）云：

> 文曰邊柳，曰楮木，說者大都認為地名。而格伯𣪘云：「格伯安及句𣪘，艸紣邊谷杜木，邊谷旅桑」，杜木旅桑，說者亦以為地名。

今按諸詞果皆爲地名，不應通以木爲號，而如敿戜楮木、雪谷杜木、邊谷旅桑，又不應四字之中，上二皆地，下二皆木也。余熟思之，此蓋所謂封樹也。《周禮·地官·封人》云：「掌詔王之社壝，爲畿封而樹之，凡封國，設其社稷之壝，封其四疆，造都邑之封域者亦如之。」鄭注云：「爲幾封而樹之，幾上有封，若今時界矣。」孔疏云：「云畿上有封若今時界者，漢時界上有封樹，故舉以言之。」按〈封人〉所指及鄭、孔所釋，雖不必指田之界畔爲言，然百年喬木，往往矗立於阡陌之間，爲遠近所屬目，古人劃定田疆，於凡有木之所藉以爲標識，固事理之所宜也。此知邊柳者，柳不一，故約之曰邊。敿戜楮木、雪谷杜木、邊谷旅桑者，楮木、杜木、桑木亦隨地而有，故以敿戜、雪谷、邊谷諸地名限之也。（美蘭案：第三章「大油」條目下引郭沫若〈釋封〉一文，其文意與楊氏略同，可以參看。）

楊氏認爲敿戜（即城）爲地名，因爲該地有楮木，可以作爲田界區劃，故在楮木之前以敿戜約制，表示該楮木乃敿戜之木，而非他地，結合相關銘文及文獻記載，楊氏的說法似乎比較合理，姑從楊說。敿戜應是矢、散邊境的一個城邑。

〔18〕窢（窢遷、窢衟）

【出處】

散氏盤 10176：「復涉瀗，陟雩叙𤔲陜以西，弄（封）于敿戜（城）楮木，弄（封）于**窢遷**，弄（封）于**窢衟**。內陟**窢**，登于厂湶，弄（封）剛柝、陝陵、剛柝，……」〔圖十〕

【考證】

「窢衟」，舊多逕釋爲窢道，王國維〈散氏盤考釋〉特別提出：「衟，舊釋道，然其字從舀，即舀鼎之舀，前人釋舀，亦非」，盤銘也出現道字，與衟字的差異在於一從首一從舀，從拓片看來，二字恐怕是有區別的，〔註101〕姑從王國

〔註101〕張世超等《金文形義通解》0269號道字頭下收有散氏盤的衟字，並釋云：「散盤諸『道』字有一形從『舀』聲，此例亦見於侯馬盟書，『舀』、『舀』本同字，古在幽部，故得爲『道』聲符。」不過散氏盤除了道、衟二字之外，另外還有一個遷字，不知是否此字

維隸定為「夠衛」。

至於「夠遷」之遷字，在《金文編》0260 號遷字頭下，包含簋銘的 🔲 字，共收有十一個字形，可以參看。由於該字也見於西周重器——何尊、史牆盤，因此廣為學者注意。自來討論此字，主要有幾種看法：一是從辵從來，〔註102〕一是從辵從奉。〔註103〕黃德寬有〈釋金文 🔲 字〉一文，對於上述兩種說法與該字形義間的關係有詳細的分析，黃氏以為兩說在形義上或多或少均有未安之處。〔註104〕以字形來說，釋為從辵從來，的確與古文字習見的來字不類，而釋為從辵從奉，則是大同小異，但是所謂的「小異」也極可能就是證明其非奉字的證明，如裘錫圭先生考釋史牆盤銘時，雖採用從奉之說，但裘先生也提到「『遷』字之釋恐仍有問題，待考」，〔註105〕顯然二者字形的差異是不宜忽略。黃氏另外提出一說，認為該字應釋為「舟八」。這兩種釋法對於有文意可尋繹的銘文，〔註106〕均可通讀，如張政烺釋為遷，讀為弼，黃德寬雖不贊成張氏的釋字，但是卻也同意這幾件銘文所見的「舟八」字，應假為弼，也就是輔佐之意。目前這兩種說法，在形義方面都持之有故，並沒有絕對不能成立的可能，姑兩說並存，而暫依舊說隸定為遷。

高鴻縉《散盤集釋》（頁 16）謂此三見之夠字乃山名，也就是「夠衛」、「夠遷」、「夠」的夠為一地，這個說法是相當有啟發性的。盤銘接連記載「弄（封）于夠遷，弄（封）于夠衛，內陟夠」，雖然目前尚不知遷、衛二字形義為何，但是竊疑其義可能是與「道」相近的。盤銘有「弄（封）于𣏟道，弄（封）于原道，弄（封）于周道」、「弄（封）于履道」、「弄（封）于 🔲 遷道」等，與「弄（封）于夠遷，弄（封）于夠衛」的句法相似，而散氏盤中的「道」即文獻習見的行道之義（參本章「𣏟（𣏟道）」條目下），雖然遷、衛二字形

亦與「道」同字乎？

〔註102〕如吳大澂《憲齋集古錄》第二冊，頁十三；劉心源《奇觚室吉金文述》卷五，頁十一。

〔註103〕張政烺〈何尊銘文解釋補遺〉，《文物》1976 年 1 期，頁 66。

〔註104〕黃德寬〈釋金文 🔲 字〉，紀念容庚先生百年誕辰暨中國古文字學國際學術研討會論文，1994。

〔註105〕裘錫圭先生〈史牆盤銘解釋〉，《古文字論集》，頁 378。

〔註106〕何尊：「昔在爾考公氏，克遷文王」、史牆盤：「遷匹厥辟，遠猷腹心」、長由盉：「穆王蔑長由，以遷即井伯」、單伯鐘：「丕顯皇且剌考，遷匹先王」等。

義及在盤銘中的用法尚不可確知，但是從相近的文例，再加上二字並從辵、行、止等偏旁看來，遷、衛二字與道字有可能是義近而略有區別的。〔註107〕高氏謂劅為山名，主要緣於「陟劅」一句，陟有登義，顯然劅應是屬於較高的地形，故銘文曰陟，不過這是否就表示劅為當時的專有山名，則不能妄論，從盤銘先言「弄（封）于劅遷，弄（封）于劅衛」再說「內陟劅」來看，劅衛、劅遷可能是劅這塊高地之旁近似行道的地方，因此在封于劅遷、劅衛之後，繼之以登上劅地。盤銘從「自瀗涉以南」起，一路「至于大油，一封，以陟，二弄（封）」，到「陟雪」，再到「陟劅」，可見地形是由北至南逐漸高起的。

〔19〕厂🖼

【出處】

散氏盤 10176：「內陟劅，登于厂🖼，弄（封）剌柿、陕陵、剛柿……」

〔圖十〕

【考證】

厂🖼，高鴻縉《散盤考釋》謂厂即岸，盤銘云「登于厂🖼」，釋厂為岸應是可從。🖼，舊釋淳、源、淉、淵、湔、滈等（詳參《金文詁林附錄》頁2216～2219），其中以源、淉二說比較多為學者採用。〔註108〕

釋為淉字者，盤銘有「原」字，字從厂從泉，泉字形體作🖼，與🖼字右旁顯然有別，高鴻縉謂該字右旁所從乃古泉字之異體，有待商榷。至於釋為源字，李孝定先生《金文詁林附錄》（頁2219）云：

〔註107〕業師鍾柏生先生認為，「劅遷」可讀為「劅墳」，《方言》卷十三：「冢，秦晉之間謂之墳」，墳即謂高起的地貌，義同《方言》卷一「墳，地大也，青幽之間凡而高且大者謂之墳」，郭注「即大陵也」。盤銘另有「陟剛，三封」、「陟州剛，登柿，降棫，二封」等記載，可見樹封為界之處也有在高地的現象，如果此字釋「遷」不錯的話，將「劅遷」讀為「劅墳」，解釋為劅地的高起的陵地，無疑是相當合於散盤的相關內容。

〔註108〕主源字說者：如李孝定先生《金文詁林附錄》（頁2219）、洪家義《金文選注繹》（江蘇教育出版社，1988，頁307）等；主淉字說者，如郭沫若《大系》（頁129）、高鴻縉《散盤考釋》（頁16）、曲英杰〈散盤圖說〉（頁328）、馬承源《銘文選（三）》428號等。

字當釋源，右从 ，上所从「」即原字之「厂」，「」則「泉」

字也。厂源，地名，當爲水源之高岸，故銘云「登於厂源」也。

從字形上來看，釋爲源字是可能成立的，因爲該字右下所从的確與泉字十分相近。近年來又有學者提出不同的看法，施謝捷將該字釋爲「沱」（即「池」）字的異構，並謂：「文獻中以『某池』爲地名者很常見，散氏盤銘『登于厂池』，以『厂池』爲地名，亦很合適」。〔註 109〕施氏釋爲沱字，主要根據它字在金文裏也有尾部不閉合及軀體中間益加一豎劃的情況，因此假設盤銘該字的演變過程（參見施文），但是實際上在古文字裏，無論是它或是從它得之字（參《金文編》1152、1776、2147 號等字），目前尚未見到它字軀體中間加點形者，再者，雖然施氏在文中以「朝」字爲證，但是二者恐怕不能相提並論，因爲金文朝字右旁所从本是川水之字，川字中間豎劃寫成三個象水之形的點狀，本是合理，但是沱字所从的「它」旁則與川水無涉。

特別說明一點，盤銘同時出現「陟」與「登」二字，《說文》云：「陟，登也」，乍看似乎陟、登二字無別，都是登高之意，不過觀察盤銘用字，應是有所區別，茲先列出銘文中提到與陟、登有關的五段文例：

一：「自瀗涉以南至于大油，一封，以陟，二封，至于邊柳」

二：「復涉瀗，陟雩，戲蒙墣以西」

三：「內陟芻，登 于厂」

四：「陟剛，三封」

五：「陟州剛，登桝」

登字在盤銘中兩見，都是伴隨在「陟」某地之後出現，從「陟」字可知，所「陟」之處已是比較高的地形（「陟剛」一句爲爬上山剛，尤其可證），則所「登」之地理應是在更高之處，而盤銘的兩個「登」字都與山岸有關，〔註110〕「陟」、「登」

〔註109〕施謝捷〈金文零釋〉「五・釋『沱』」，《于省吾教授誕辰 100 周年紀念文集》（長春：吉林大學出版社，1996），頁 140～141。

〔註110〕「厂」字見本條目前文說明。桝字，于省吾云：「『陟州剛，登桝』。剛即岡，俗作崗。桝即岸，指崖岸言之，以其封界多樹木，故从木作桝。這是說，上升州崗，又登于崗上懸崖之岸」，于說可從，見于省吾〈讀金文札記五則〉，《考古》1966 年 2 期，頁 101。

二字用法是不相雜廁的。結合這個現象，再從上文判斷，「厂🅐」極可能位於 芻這片高地上。至於「🅑」字，結合字形及文意來看，拙文以爲，當以李孝定 先生所釋的「厂源」比較合理，水源本在高岸處，銘文以動詞「登」字繫之， 正是說明這個道理。

〔20〕𣪹

【出處】

散氏盤 10176：「弄（封）𣪹桙、陕陵、剛桙，弄（封）于單道，弄（封）于 原道，弄（封）于周道。」〔圖十〕

【考證】

　散氏盤「弄𣪹桙陕陵剛桙」一小段的斷讀，學者有不少歧見。如郭沫若 《大系》（頁 129）釋讀爲「弄𣪹（諸）桙陕陵。陵剛桙，……」；吳闓生《吉 金文錄》四‧二十四釋讀爲「封楮桙陕，陵剛桙（陵亦登也，剛即岡字，桙即 岸字）」；曲英杰〈散盤圖說〉（頁 328～329）以爲𣪹乃砍伐之義，「𣪹桙」即 砍伐桙樹，「陕」則與美通假，解爲順、循之義，「陵剛桙」釋爲越過剛地的桙 林；馬承源《銘文選（三）》428 號、洪家義《金文選注繹》（頁 307）斷讀爲 「封𣪹桙、陕陵、剛桙」。

　郭沫若以陵字右下兩小點爲重文符號，故陵字二見，實際上該兩小點本屬 陵字的結構（參《金文編》2316 號），並非重文符號，又郭氏將𣪹字讀爲諸， 也就是「之于」之義，雖然文獻習見這種用法，不過依散氏盤文例，如果要表 示在某地封樹，多寫爲「封于某地」，郭說雖於文獻有據，但卻大不符合盤銘的 常例，恐不可從。吳闓生對「封楮桙陕」一句無說，而解釋「陵剛桙」爲登上 山岡之崖岸的意思，應是可以成立的。〔註111〕曲英杰釋「𣪹桙陕」數字義有未 安，因爲「𣪹」字解釋爲砍伐之義缺乏例證，而謂桙字乃桙木之義，雖未必不 能成立，但也同樣缺少直接證據。馬承源及洪家義則僅僅斷讀銘文，並未提出 進一步的解釋。

〔註111〕于省吾有說，參本章注 110。

綜觀上列各家說法，拙文以爲本段銘文中的「枑」字，應以吳闔生所釋較爲合理，因爲盤銘後面也出現了「登枑」一句，如果僅將「枑」字釋爲栟木，那麼「登枑」一句無法解釋，若釋爲植有樹木的岸上，則可通讀盤銘三處出現「枑」字的文義。因此，「弄（封）剖枑」應是指封樹於剖地植有樹木的岸上，而剖地所在就位於矢、散二國的交界一帶。

〔21〕陜陵（陜、陵）

【出處】

散氏盤 10176：「內陟芻，登于厂㳽，弄（封）剖枑、陜陵、剛枑，弄（封）于棨道，弄（封）于原道，弄（封）于周道。」〔圖十〕

【考證】

陜陵或爲一地，也可能是陜、陵二地，陜也見於前段盤銘「叔鬴陜」。陵字亦可能與「剛枑」並讀，釋爲登上（或越過）山岡上植有樹木的岸邊之意。（參「剖（剖枑）」條目下說明）

〔22〕棨（棨道）

【出處】

散氏盤 10176：「弄（封）剖枑、陜陵、剛枑，弄（封）于棨道，弄（封）于原道，弄（封）于周道。」〔圖十〕

【考證】

棨道，王國維〈散氏盤考釋〉謂棨亦地名，可從。棨字不識，《金文編》收錄在 2356 號罍字頭下，覈盤銘字形，該字二見，「棨道」之棨下半从東無疑，另一字形則作「棨」，中間豎筆的下半歧分，雖不似東字，但總是與金文習見的罍字有別，由於該字只用於專有名詞，不敢遽定是非，暫從王國維等隸定爲棨。〔註112〕又見於盤銘後段記履勘矢給散田地的官員——「嗣馬棨㪤」，「嗣馬」

〔註112〕除了王國維之外，裘錫圭先生也將該字隸定爲「棨」，見裘先生〈西周銅器銘文中的

是職官名，「䍙□」可能是指䍙地名□之人，與䍙道之䍙爲一地，由於履勘疆界經過䍙地，因此有䍙地的官員參與其事，〔註 113〕應是情理之內的事。

䍙道的道字，在散氏盤出現的次數特別多，如：䍙道、原道、周道、履道、□遳道、棖木道、同道等，盤銘的道字應即文獻所見的行道義，即《詩・大雅・緜》「行道兌矣」之「行道」，《詩》習見「周道」（〈檜風・匪風〉、〈小雅・四牡〉、〈小雅・小弁〉、〈小雅・大東〉、〈小雅・何草不黃〉），又有「魯道」（〈齊風・南山〉、〈載驅〉）、「猺之道」（〈齊風・還〉，猺爲山名），周、魯、猺均是用以說明行道所在的限制詞，與散氏盤的文例正是相同。《國語・周語中》：「周制有之曰：列樹以表道」，《周禮・秋官司寇・野廬氏》：「野廬氏掌達國道路至于四畿，比國郊及野之道路，宿息井樹」，鄭注：「井共飲食，樹爲蕃蔽」，〈夏官司馬・司險〉「設國之五溝五涂，而樹之林以爲阻固」，鄭注：「樹之林，作藩落也」，依〈周語〉的記載，當時的道路兩旁植有樹木，以表示「道」之所在，而植樹除了標識道路之外，兼有蕃蔽、阻固等作用。而散氏盤幾處出現「道」的地方，無一不是立封樹之處，再配合上述文獻的記載，二者若合符節。

〔23〕原（原道）

【出處】

散氏盤 10176：「弄（封）㓹栫、𨻰陵、剛栫，弄（封）于䍙道，弄（封）于原道，弄（封）于周道。」〔圖十〕

【考證】

原道，原爲地名，盤銘後段記夨人有𤔲參與履田的十五人之中，有「原人虞苐」，盤銘兩處所記之「原」可能爲一地。原地應是位於夨、散邊境的地名。

「履」〉，《甲骨文與殷商史》（第三輯），頁 432。

〔註 113〕裘錫圭先生認爲此𤔲馬可能是公家的官吏，他乃是踏勘夨給予散田地的長官之一，其此番職司可能在於使履田的工作公正地進行，見裘先生〈西周銅器銘文中的「履」〉，頁 432。

〔24〕周（周道）

【出處】

散氏盤 10176：「弄（封）剷枺、陝陵、剛枺，弄（封）于窠道，弄（封）于原道，弄（封）于<u>周道</u>……」〔圖十〕

【考證】

周道，王國維〈散氏盤考釋〉謂周道即《水經・渭水注》扦水所出的「周道谷」，王氏所考均在渭南，與實際考古調查矢、散居渭北不符（詳「瀗」條目下），恐不可從。楊升南認爲「周道」乃「由王室中心地區通向諸侯國幾條通道」，而盤銘的「周道」是王室「向西通到在今寶雞鳳翔一帶的矢散兩國」，[註114]楊氏董理文獻，對典籍所見的「周道」、「周行」有深入的探討，見解肯綮，但是盤銘所見的幾個某道之某，明顯地是指矢、散交界的小地名，楊氏所謂的「周道」是否適用於此，無法遽定。拙文以爲，盤銘的「周道」恐怕還是應與上列「窠道」、「原道」的窠、原一樣，是矢、散邊境的小地名，故封於此。

〔25〕糭

【出處】

散氏盤 10176：「弄（封）于窠道，弄（封）于原道，弄（封）于周道，以東弄（封）于糭東彊右。」〔圖十〕

【考證】

糭，形義不明，暫依形隸定。王國維〈散氏盤考釋〉謂糭爲國名，不知何據。高鴻縉《散盤考釋》謂糭爲邑名，其地望當在「周道」以東。

〔26〕履（履道）

【出處】

〔註114〕楊升南〈說「周行」「周道」──西周時期的交通初探〉，《人文雜志》叢刊第二輯《西周史研究》（1984），頁 53。

散氏盤 10176：「還，弄（封）于履道，以南弄（封）于⿰谷？遷道，以西至于𧽖莫……。」〔圖十〕

【考證】

　　履，舊多釋爲眉，裘錫圭先生以爲舊釋散氏盤的眉字，皆應釋爲履字。〔註115〕履道之履應是與上列「𣪏道」、「原道」、「周道」一樣，屬矢、散兩國踏勘邊界所經的地名之一，故在此封樹。

〔27〕⿰谷？（⿰谷？遷道）

【出處】

　　散氏盤 10176：「還，弄（封）于履道，以南弄（封）于⿰谷？遷道，以西至于𧽖莫……。」〔圖十〕

【考證】

　　⿰谷？，左旁从谷無疑，右旁則不識。高鴻縉《散盤考釋》謂該字當是山谷之名，有此可能。盤銘前有「封于𢦏遷」、「封于原道」、等句，遷與道均出現在地名之後，竊疑「封于⿰谷？遷道」即「⿰谷？遷」、「⿰谷？道」，與「封于𢦏遷，封于𢦏衕，內陟𢦏」的意思相近，遷與道是指該地（或山谷名）的行道或與行道相似者。

〔28〕𧽖（𧽖莫）

【出處】

　　散氏盤 10176：「還，弄（封）于履道，以南弄（封）于⿰谷？遷道，以西至于𧽖莫。」〔圖十〕

【考證】

　　𧽖，地名，盤銘下文有「𧽖人有嗣」亦可證知。「𧽖莫」，曲英杰〈散盤圖

〔註115〕參裘錫圭先生〈西周銅器銘文中的「履」〉，頁 427～435。

說〉（頁329）說：

> 堆莫，當爲堆地附近之一土堆。莫通墓。《說文》云：「墓，丘也，
> 从土，莫聲。」「堆」即下文所記參與劃分田界之堆人所居的村落，
> 當在此田地之內。

曲氏將莫讀爲墓，其文意未必以爲如後世墓冢之意，可能只是單指一般土丘而已，可備一說。當然也不能排除「堆莫」是一個專有地名、或是「堆」、「莫」各爲一地的可能。〔註116〕

〔29〕根木道

【出處】

散氏盤 10176：「履井邑田，自**根木道**ナ（左）至于井邑弄（封）……。」

〔圖十〕

【考證】

根木道，郭沫若《甲骨文字研究‧釋封》云：

> ……曰「自根木道ナ（左）至于井邑封道以東、一封」、曰「登栟，
> 降棫、二封」，則乃因木而名之地。

郭說可從。從盤銘的記載看來，根木道可能是位於矢、散、井三國交界的一個小地名。（矢、散、井三國的所在位置，參考「瀗」條目下的附圖）

〔註116〕除了上述說法之外，也許還有一種可能，從下文的「堆人」可知，堆是一個獨立的地名（或邑名）無疑，那麼莫字也許可以用它的本義——「日且冥也」（見《說文》，即後世之暮字）讀之，也就是說盤銘可斷讀爲「……以西至于堆。莫，履井邑田，自根木道左至于……」，從盤銘敘述履田的經過看來，似乎可以分爲兩部分：一是「履自瀗涉以南至于大油……以西至于堆」，一是「履井邑田，自根木道左至于……登栟，降棫，二封」，兩部分都以踏勘動詞——「履」字爲始，曲英杰〈散盤圖說〉（頁329）云：「之所以特別標明『履井邑田』，很可能是由於在此以前都是在矢、散二國交界處進行封疆劃界，而此一段則涉及到井邑田的緣故」，盤銘或許有意在此交代，後段履勘開始進行時，已是日暮時分。不過，從銘文裏著實看不出此次履勘的確切時間，僅在此提出以供參考。

〔30〕同（同道）

【出處】

散氏盤 10176：「還，以西一弄（封），陟剛，三弄（封），降，以南弄（封）于同道，陟州剛，登桙，降棫，二弄（封）。」〔圖十〕

【考證】

「同道」，盤銘同字作「［字形］」，上半右邊豎劃略向右下曲折，同字上半所從的正確寫法應是左右兩豎劃皆直筆不曲，不過西周金文也有幾個寫法與散盤相似的同字（參《金文編》1277 號同字頭下），歷來學者均釋盤銘此字爲同，應是可從。

「同道」，與「棄道」、「原道」、「周道」等例一樣，應是此次履勘經過的地名（或邑名）之一。

〔31〕州

【出處】

鬲比盨04466：「復限余鬲比田，其邑競、槑、甲（才）三邑，州、瀘二邑。」〔圖十一〕

散氏盤 10176：「還，以西一弄（封），陟剛，三弄（封），降，以南弄（封）于同道，陟州剛，登桙，降棫，二弄（封）。」〔圖十〕

【考證】

「州」地見於鬲比盨與散氏盤，盤銘有「陟州剛」一句，高鴻縉以爲即登上州邑之岡，高氏《散盤考釋》云：

〔同〕〔州〕皆邑名。州剛，州岡也。康王時井侯作周公彝（美蘭案：《集成》04241 號焚作周公簋）：「菁井侯服，錫臣三品：州人、重人、章人」，州人之州必與此州岡之州同地。……州與同均近于井也。

此外，盤銘記載參與履勘疆界的散國有嗣凡十人，其中一人名曰「州蒿」，王國維〈散氏盤考釋〉謂「此即上州岡之官，蒿，其名也」，此「州蒿」之「州」，

當即盤銘前段所見的「州剛」之州，其地在矢、散兩國的邊境。〔註 117〕

〔32〕豆

【出處】

散氏盤 10176：「矢王于豆新宮東廷，厥左執繯。史正中農」〔圖十〕

【考證】

豆，地名，即上文參與履田的十五名矢人有嗣之一 ——「豆人虞丂」之豆，王國維〈散氏盤考釋〉云：

> 豆，地名。宰圃敦云：「王歆（即狩）于豆麓」是也，本天子、大夫采邑，豆閈敦云（美蘭案：豆閈敦即豆閉簋）：「唯王二月既生霸，辰在戊寅。王格于師戲大室，井伯入右豆閈，王呼內史冊命豆閈，……」是豆本天子、大夫采邑，此時已屬矢國，故豆人乃為矢人有嗣之一矣。

王氏舉宰圃簋、豆閉簋二器的豆字為證，說明豆本屬天子、大夫的采邑，後來到了西周晚期，則歸矢國所有，極有可能。不過，從豆閉簋器主看來，「豆閉」之名可能豆國名閉之人，也就是在豆地在隸屬矢國之前，可能是地處汧、渭之會的一個小國，未必如王氏所云是天子、大夫的采邑。

〔註 117〕卾比盨出現了十三個邑名，諸邑的地望所在，盨銘並沒有較多足資判斷的線索，而卾比盨與散氏盤同時出現了「州」地，二器又並屬西周晚期，其為一地的可能性應是頗高。有關卾比盨與盤氏盤的關連，尚有一點必須提及，王國維曾提出卾比與散氏盤的燹從矞為一人之異稱，如果燹從矞可能與卾比為一人，或與卾比家族有關，那麼倒是可以對考證卾比盨的邑名所在略有助益，因為散氏盤所見的地名多是分布於矢、散之間的小地名，若王說可以成立，則至少可知卾比管轄的采邑可能是位於岐周或宗周一帶，而不致於遠到東方的成周附近。不過裘錫圭先生認為王氏以卾比與散氏盤的燹從矞為一人，實不可信，因為「卾比」之卾乃氏名，而「燹從矞」之矞所在位置相當於私名，而且散氏盤「燹從矞」三字的斷讀並不確定，故王氏「燹從矞疑鬲燹從之倒」的說法不可信，見裘先生〈釋受〉，頁 3～4。裘先生質疑之處的確可以成立，因此王說恐怕仍是無法成立，姑記於此，以供參考。

〔33〕旃

【出處】

尃比〔註118〕盨04466：「隹（唯）王廿又五年七月☐在永師田宮，令小臣成友逆☐內史無賠大史奡曰：章乎（厥）覺夫 ☐〔註119〕尃比田，其邑旃、畱、襄。复友尃比其田，其邑复、醫言（复醫、言）二邑。畀尃比复乎（厥）小宮 ☐尃比田，其邑彶眔句商兒眔糲戈。復限余尃比田，其邑競、楸、甲（才？）三邑，州、瀘二邑，凡復友復友尃比日（田）

〔註118〕比字，或釋比、或釋从。柯昌濟《韡華閣集古錄跋尾》丁篇頁八、羅振玉《貞松堂集古遺文》卷六頁四十四、吳闓生《吉金文錄》四‧五、于省吾《雙劍誃吉金文選》下三‧四等均隸定爲「比」；郭沫若《大系》頁 124、楊樹達《積微居金文說》頁272、馬承源《銘文選（三）》424 號等則隸定爲「从」。比、从之別，許愼認爲「二人爲从，反从爲比」，本是再簡單也不過的區別，二人之形左向的是从，右向的是比，若依此標準，則似以釋爲尃比盨爲宜，裘錫圭先生在〈釋受〉一文說：「器主之名，鼎、簋、盨三銘寫法皆同，所从二『人』形皆右向，前人或釋爲『从』，或釋爲『比』，釋『比』是正確的」，廣州東莞：紀念容庚先生百年誕辰暨中國古文字學國際學術研討會論文（1994），頁 3。但是有一點不能不考量的是，在先秦古文字裏，文字左向右向每每無別，我們以金文裏从辵的「從」字爲例，雖然从右向的二人之形的確佔多數，但是也不乏左向的人形，參《金文編》1369 號從字頭下。也因爲如此，再加上該字（从或比）多半出現於專名，才會造歷來學者對盨銘的定名見仁見智，莫衷一是。而不少學者認爲可以釋爲比字的文例，如班簋「王令吳伯曰：以乃𠂤右比毛父。王令呂伯曰：以𠂤左比毛父」，其字作从二人右向之形，李學勤〈班殷續考〉（《古文字研究》第十三輯）釋爲比，訓爲輔，此釋的確可通讀簋銘，然而釋爲从，訓爲隨從之意，其實也未嘗不可成立，文意即周王令吳伯與呂伯各自率師跟隨毛父「靜東國」。由此可見，比、从二字在西周時期，已是不易分辨，拙文姑且依照釋「比」之說隸定。

〔註119〕 ☐字，郭沫若《大系》（頁 124）以爲「乃釣句之象文，當即釣之古字」，「釣者取也，交易也」；陳復澄、王輝則以爲該字象果在枝上之形，从口从中，中與木通，故當即古文「某」字，在盨銘中，某用爲謀，「謀尃比田」意謂「與尃比商量，求取其田」，說見陳復澄、王輝〈幾件銅器銘文中反映的西周中葉的土地交易〉，《遼海文物學刊》1986年 2 期，頁 81；裘錫圭先生釋爲受，義爲「付」，見裘先生〈釋受〉一文。郭沫若與陳復澄、王輝二說在字形源流的證據方面不足，如果盨銘的字形果眞有所譌變，那麼裘先生釋該字爲受字是極有可能成立的，不過從拓片來看，該字右上所从與「尃」字所从的口形甚近，是否爲譌變之形，不能確定，因此拙文姑且依形摹寫。

〔註120〕**十又三邑。」**〔圖十一〕

【考證】

鬲比盨銘文有不少特見的奇字，辨認不易，故學者釋讀銘文，也因此多有歧異。由於關涉鬲比盨銘文的內容主旨，因此以下先略為疏通各家主要歧異。

郭沫若《大系》（頁124）謂此銘「殆是章、复兩人於同日以邑里與鬲比交換，王命史官典彔其事，鬲从复自作器以記之」；楊樹達《積微居金文說》（頁272）則將銘文中的「章」字讀為賞，謂銘文乃記鬲比受賞田地之事；近世研究西周土地制度的學者，則多在郭沫若的基礎上發揮，認為盨銘乃是記載西周交換田地的事宜。〔註121〕

楊樹達讀章為賞，西周金文中往往以「易（錫）」、「賞」等字作為賞賜義，讀章為賞者實屬罕見，目前可見的類例只有鮮簋：「王鄣鄣玉三品、貝廿朋」，盤銘的「鄣」字从章从廾，李學勤、艾蘭認為鄣字當讀為賞，〔註122〕從文例來看的確可以成立，因此楊氏的見解並非無據；而郭氏謂章、复二人與鬲比交換田地，主要應是根據「章眔（厥）鼻夫𝄞鬲比田」、「复眔（厥）小宮𝄞鬲比田」二句，這必須建立在𝄞字如其所釋為「交易」義的前提下方能成立，況且在「章」、「复」二字之後都直接加名詞，如「眔（厥）鼻夫」、「眔（厥）小宮」，如果再將「章」、「复」二字釋為人名，則文意顯然不順；而且「复厥小宮𝄞鬲比田」一句有異讀，因為楊樹達斷「畀鬲比复厥小宮𝄞鬲比田」為一句，也並非不可能成立。〔註123〕又銘末記：「凡復友（賄）復友（賄）鬲比

〔註120〕田字，拓片作日字，吳闓生《吉金文錄》四‧五謂「日即田字」，可從。

〔註121〕如陳復澄、王輝〈幾件銅器銘文中反映的西周中葉的土地交易〉；李零〈西周金文中的土地制度〉，《學人》第二輯（1992），頁239。

〔註122〕見李學勤、艾蘭〈鮮簋的初步研究〉，《歐洲所藏中國青銅器遺珠》，頁420。該文將鮮簋的「鄣」字讀為「賞」，應是不錯的，但是文中提出另一個讀鄣為賞的文例，則有待商榷，庚贏鼎銘「丁巳，王蔑庚贏曆，錫祼，鄣（賞）貝十朋」，此鼎銘文容有其他的斷讀方式，拙文以為鼎銘也可斷讀為：「易（錫）鄣（祼）鄣（璋）、貝十朋」，這段文字的動詞在「易（錫）」字上，而「鄣」字當讀為「璋」，西周金文習見以「璋」作為賞賜物，而「鄣（祼）鄣（璋）」就是周王給庚贏的賞賜。

〔註123〕楊樹達對於相關文句斷讀如下，為方便觀察，將其釋文依序分組排列：

「章眔鼻夫呂鬲从田，其邑旐彶彶遷。

日（田）十又三邑」，上述郭、楊二說的差異主要也在於「復友」的體會，郭沫若謂友當讀爲賄，「復友」意爲還付之意，也就是章、復二人取勵比之田，而還付勵比以十三邑；楊樹達也採用郭氏釋賄之說，但是語意卻略有不同，楊氏引《左傳》文公十二年「厚賄之」，杜注：「賄，贈送也」，而「復」字則是又、再之意，故楊氏認爲銘文中的十三邑，即是勵比一再地受贈田地的所在；此外，李零對於「復友（賄）」一詞，別有新解，他認爲：「『復賄』可能是應付額之外的回贈……。『復』有回報、反還之義」。〔註124〕「凡復友復友勵比日（田）十又三邑」一句，楊氏釋意必須理解爲「總共一再地賄贈勵比田地的所在地有十又三邑」；若以郭沫若的解釋來看，則不論日字是否要破讀爲田字，將文意理解爲以邑里與勵比交換田地，而最後總共以十三個邑作爲交換的代價；李零則以爲銘文是講周王派命小臣友等人通知覍夫「復賄」勵比，「取田于他的十三邑」，依李文之意，似乎銘文中的十三邑本來就屬於勵比，而是周王從勵比處取得的田地是位於此十三邑之中，周王在應付的報酬之外，對勵比有額外的回贈；〔註125〕裘錫圭先生則以爲盨銘乃「勵比因王命而從他人處接受田邑之事」。〔註126〕

盨銘記載十三邑的筆法各自有別，楊樹達《積微居金文說》（頁273）：

> 其舉邑名，第一項首但舉㝵、畺、羼三邑名，第二項云「復、醫言二邑」，則於邑名之下記其數，第三項再用連字眾字。舉彶及商句兒、雝弋三邑之名。末項則總合之云「其邑競、㭪、才、州、瀘五邑」（美蘭案：銘文本作「其邑競、㭪、才三邑，州、瀘二邑」），似以不欲與第二項「其邑復、醫言二邑」爲一句者句法相重，故分爲二句言之，此其

　　复友勵从其田，其邑复醫言二邑。

　　㠯勵从复㽙小宮呂勵从田，其邑彶眾句商兒眾雝弋。

　　復限余勵从田，其邑競㭪才三邑州瀘二邑。

　　凡復友復友勵从日十又三邑。」

郭氏讀「其邑复醫言二邑㠯勵从」爲一句，文意未必不可通，然而楊氏的斷讀似乎更突顯銘文敘述「勵比田」與「邑」之間對照關係。

〔註124〕李零〈西周金文中的土地制度〉，頁239。

〔註125〕同上。

〔註126〕見裘錫圭先生〈釋受〉，頁6。

立意翻新之跡灼然可見者也。

姑且不論楊氏釋字是否正確，楊氏提出盨銘記載邑名的方式「立意翻新」，這在西周金文中確實罕見，也因爲其記載的方式別出心裁，像銘文不僅記下個別邑數（如二邑、三邑），更有總結的邑數（十又三邑）可資參考，相對地減少我們斷讀田地所在邑名的一些困擾。

旟，從扒，另一偏旁不識，暫依形隸定。鬲比盨銘的十三邑中有一個「州」地，散氏盤也有「州」地，是位於矢、散邊境的地名（參本章「州」條目下），因此，盨銘中的諸邑應該是鄰近岐周或宗周一帶。

〔34〕畕

【出處】

鬲比盨04466：「章毕（厥）覽夫 𠂤鬲比田，其邑旟、畕、襄。」〔圖十一〕

【考證】

畕，歷來學者都隸定爲厽，從拓片看，其字形雖然與《說文》厶篆形近，不過從西周金文字形看來，更像是從四呂，爲避誤認字形，恐怕還是以隸定爲畕較適宜。畕邑，其地應是鄰近宗周或岐周一帶。

〔35〕襄

【出處】

鬲比盨04466：「章毕（厥）覽夫 𠂤鬲比田，其邑旟、畕、襄。」〔圖十一〕

【考證】

襄，西周金文獨見，不識，姑且依形隸定。襄邑，其地應是鄰近宗周或岐西一帶。

〔36〕复（复嶜）

【出處】

鬲比盨04466：「复友鬲比其田，其邑<u>复嶜</u>、言二邑。」〔圖十一〕

【考證】

「其邑复嶜言二邑」一句，從銘文來看，雖然可知邑數爲二，但是學者斷句各別，如郭沫若《大系》（頁124）、楊樹達《積微居金文說》（頁272）斷爲「复、嶜言」，馬承源《銘文選（三）》424號、李零斷爲「嶜、言」二邑。〔註127〕從後面銘文也有「其邑競、槴、甲三邑，州、瀘二邑」的類似記述看來，將「复嶜言」三字視爲「二邑」是比較合理的，而且如复字不視爲邑名，复字無論釋爲「還」或「又、再」之義，似乎用來解釋此句都不是那麼妥貼。

至於「复嶜言」三字如何斷爲兩個邑名，目前所見有「复、嶜言」的說法，其實「复嶜、言」也未必不可，此條姑以前賢所述爲據，暫時斷「复」爲一邑，並在條目後加注「复嶜」之名。复邑，其地應是鄰近宗周或岐周一帶。

〔37〕言（嶜言）

【出處】

鬲比盨04466：「复友鬲比其田，其邑复嶜、<u>言</u>二邑畀鬲比。」〔圖十一〕

【考證】

言邑，其地應是鄰近宗周或岐周一帶。

〔38〕彶

【出處】

鬲比盨04466：「复厥小宮𢦏鬲比田，其邑<u>彶</u>眔句商兒眔雔戈。」〔圖十一〕

〔註127〕李零〈西周金文中的土地制度〉，頁239。

【考證】

彶邑，其地應是鄰近宗周或岐周一帶。

〔39〕句商兒

【出處】

鬲比盨04466：「复厥小宮 𤔲鬲比田，其邑彶眔句商兒眔雔戈。」〔圖十一〕

【考證】

句商兒邑，其地應是鄰近宗周或岐周一帶。

〔40〕雔戈（雔）

【出處】

鬲比盨04466：「复厥小宮 𤔲鬲比田，其邑彶眔句商兒眔雔戈。」〔圖十一〕

【考證】

雔戈，郭沫若《大系》（頁 124）以戈字屬下讀，並云「戈通載，語詞」，邑名只有雔字，楊樹達《積微居金文說》（頁 272）、馬承源《銘文選（三）》242 號、李零〈西周金文中的土地制度〉等則以「雔戈」為邑名，兩說於文義似乎都可通讀，不知孰是，姑並存之。其地應是鄰近宗周或岐西一帶。

〔41〕兢

【出處】

鬲比盨04466：「復限余鬲比田，其邑兢、楸、甲（才？）三邑，州、瀘二邑。」

〔圖十一〕

【考證】

兢，楊樹達《積微居金文說》（頁 272）釋為兢，兢字在二兄上爭所從者皆是辛字（參《金文編》0389 號），與盨銘寫法明顯有別，故釋為兢字，並無

根據，恐不可從。容庚《金文編》根據該字與《說文》兢字篆文「𤑚」形似，故收在 1437 號兢字頭下；此外，黃錫全也根據《說文》的「𤑚」篆及《汗簡》「𤑚」字，主張鬲比盨的競字即《說文》的「兢」字，〔註128〕然而，從鬲比盨到《說文》所錄的兢篆之間，缺少可資繫聯的文字演變紀錄，而且盨銘上半從二「主」形，與篆文所從的二「丰」並不相同，故遽將盨銘的競字釋為兢，證據略嫌薄弱。

由於目前西周金文所見的競字只此一見，又是作為專有名詞使用，因此早年有依形隸定為「競」的學者，如郭沫若《大系》（頁 124）、吳闓生《吉金文錄》四・五、于省吾《雙劍誃吉金文選》下三・三等，其處理方式應是比較謹愼的，在文獻不足徵的情況下，姑從其釋。

競邑，其地應是鄰近宗周或岐周一帶。

〔42〕棆

【出處】

鬲比盨04466：「復限余鬲比田，其邑競、棆、甲（才）三邑，州、瀘二邑。」

〔圖十一〕

【考證】

棆，從林從𦣞，《說文》所無。棆邑，其地應是鄰近宗周或岐西一帶。

〔43〕甲（才）

【出處】

鬲比盨04466：「復限余鬲比田，其邑競、棆、甲（才）三邑，州、瀘二邑。」

〔圖十一〕

【考證】

〔註128〕見黃錫全《汗簡注釋》（武漢大學出版社，1990），頁 310。黃氏在兢字下注云：「鬲比盨競字作競」，其「競」字恐是「兢」字之誤。

甲，郭沫若《大系》（頁 124）、楊樹達《積微居金文說》（頁 272）、于省吾《雙劍誃吉金文選》下三・三等釋爲「才（在）」，吳闓生《吉金文錄》四・五、馬承源《銘文選（三）》等釋爲「甲」。從拓片來看，兩釋均有可能，故並存。甲（才）邑，其地應是鄰近宗周或岐周一帶。

〔44〕瀘

【出處】

鬲比盨04466：「復限余鬲比田，其邑競、槲、甲（才）三邑，州、瀘二邑。」

〔圖十一〕

【考證】

瀘邑，其地應是鄰近宗周或岐周一帶。

〔45〕西兪

【出處】

不娶簋 04328-04329：「唯九月初吉戊申，白氏曰：『不娶，馭方玁狁廣伐西兪，王令我羞追于西，余來歸獻禽（擒）。余命女（汝）御追于署，女（汝）其以我車宕伐玁狁于高陶，女（汝）多折首執訊。戎大同，永追汝，汝彶（及）我戎大臺搏。女（汝）休，弗以我車圅于艱。女（汝）多禽（擒），折首執訊。』白氏曰：『不娶，女（汝）小子，女（汝）肇誨于戎工，易（錫）女（汝）弓一、矢束、臣五家、田十田，用從乃事。』不娶拜頴手，休，用乍（作）朕皇且（祖）白孟姬尊簋，用匃多福釁壽無彊，永屯霝夆，子子孫孫其永寶用亯。」

〔圖十二〕

【考證】

不娶簋是目前公認最早的一件秦國青銅器，[註 129] 簋銘內容記述玁狁來

〔註 129〕李學勤〈秦國文物的新認識〉，《新出青銅器研究》（北京：文物出版社，1990），頁 274。

伐，白氏奉周王之命追擊，來歸獻俘，〔註130〕又命不娶率師繼續討伐玁狁，此
役與戎敦搏有獲，白氏因而賞賜不娶。

清末以降，不少學者都認爲簋銘「馭方玁狁廣伐西俞」之「西俞」是地名，
孫詒讓首先指出：

> 西俞，地名，《爾雅·釋地》云：北陵西隃鴈門。郭注云：即鴈門山
> 也。《史記·趙世家》作「先俞」，此以俞爲隃，與《史記》正同。

〔註131〕

後來，王國維雖然也以爲西俞是地名，但與《爾雅》之「西隃」無關，王氏亦
以俞通隃，是古代山阜的通名，其見解與孫氏有別，王氏云：

> 此西俞者，在豐鎬之西，故云：「王命我羞追于西」，與《爾雅》之
> 「西隃」、〈趙世家〉之「先俞」皆不相涉。以地望與字義求之，遠
> 則隴坻，近則《水經》扶風杜陽縣之「俞山」〔註132〕，皆足當之。

〔註133〕

孫氏定西俞爲地名，王氏論其地在豐鎬之西，在李學勤提出不同的說法之前，
對於研究不娶簋銘的學者影響不小。

李學勤結合多友鼎「廣伐京自」與禹鼎「廣伐南國東國」，率先提出「西俞」
應與「京自」、「南國東國」一樣，均泛指一個地區名，而非狹義地名，〔註134〕
李氏云：「『西俞』是泛指的地區名，應讀爲『西隅』，意即西方。」〔註135〕李
說提出之後，也廣爲學林接受。雖然李氏提出多友鼎與禹鼎都有「廣伐」的詞
例，不過「廣伐」的對象未必不可以是一個具體的地名，因爲每個地名所涵蓋
的範圍有廣有狹，王氏以山阜通名的隃字釋俞，不娶簋銘又有「西」地，焉知

〔註130〕白氏「來歸獻擒」，與虢季子白盤「折首五百，執訊五十，是以先行，趄趄子白，獻馘
　　　　于王」所記相仿。

〔註131〕孫詒讓《古籀餘論》卷三·三十七。

〔註132〕美蘭案：指《水經·漆水注》。

〔註133〕王國維〈不娶敦蓋銘考釋〉，《海寧王靜安先生遺書（五）》，頁2029。王氏在《觀堂集
　　　　林》卷十三〈鬼方昆夷玁狁考〉一文，亦略論不娶簋「西俞」地望，可以參看。

〔註134〕見李學勤〈論多友鼎的時代及意義〉，《新出青銅器研究》，頁132。

〔註135〕李學勤〈秦國文物的新認識〉，《新出青銅器研究》，頁272。

「西俞（隃）」不得指西地之山麓乎？而山麓往往層峰連緜，豈又不得「廣伐」乎？王氏應是謹慎行文，故只以「遠則隴坻，近則《水經》扶風杜陽之俞山」說之。目前此二說尚未定讞，不過二說也不全然牴牾，其共通點就是：均主張在周西。姑且兩說並存。

〔46〕西

【出處】

不嬰簋 04328-04329：「馭方玁狁廣伐西俞，王令我羞追于西，余來歸獻禽（擒）。」〔圖十二〕

【考證】

西，早先學者多以爲只是泛指不嬰奉命追敵于西方而已。〔註136〕嗣後李學勤提出西應是地名，才引起學者注意，李氏云：

> 西是具體的地名，即秦公簋刻銘之「西」，也就是秦漢隴西郡的西縣，古時又叫作西垂，在今甘肅天水西南。〔註137〕

秦公簋刻款分別見於蓋、器，蓋外刻銘云：「西一斗七升大半升蓋」，器外刻銘云：「西元器一斗七升奉簋」，王國維跋秦公簋云：

> 秦公敦（美蘭案：指秦公簋），出甘肅秦州，……。西者，漢隴西縣名，即《史記·秦本紀》之西垂及西犬邱，……直至秦漢，猶爲西縣官物，乃鑿款於其上，猶齊國差䑂上有「大官十斗一鈞三斤」刻款，亦秦漢間尚爲用器之證也。〔註138〕

結合銘文與文獻，王輝對於「西」地源流有更詳盡的考證：

> 西，地名（美蘭案：此指不嬰簋之「西」），原先可能爲西戎所居，莊公破西戎，宣王「於是復予秦仲後及其先大駱地犬丘並有之，爲

〔註136〕如王國維《觀堂集林》卷十三〈鬼方昆夷玁狁考〉云：「然由『羞追于西』一語，可知玁狁自宗周之東北而包其西」，頁589。

〔註137〕李學勤〈秦國文物的新認識〉，《新出青銅器研究》，頁272。

〔註138〕王國維《觀堂集林》卷十八〈秦公敦跋〉，頁890～891。

西垂大夫。」秦併天下曾於此設縣，漢因之不改。《史記・樊噲列傳》
說樊噲破「西丞」，馬非百云西丞即西縣丞。〔註139〕西縣治在今甘
肅天水西南，一九一五年此地出土秦公殷，蓋外刻銘……，西即西
縣，……。另外，一九七八年寶雞鳳閣嶺出二十六年戈，刻銘有「西
工室」，〔註140〕此為秦中央督造兵器，可見秦時在故都西設立工室。
三國蜀漢建興六年，諸葛亮還曾屯兵西縣，晉廢。〔註141〕

從秦公簋器、蓋外刻款、二十六年戈等出土文字可以證明，至少從秦漢以後，
「西」的確是可以指稱地名，《清一統志》云：「其故城在今天水西南一百二
十里」，古西縣在今甘肅天水西南一帶，據王國維載秦公簋出土於甘肅秦州，
秦州亦即今甘肅天水一帶，〔註142〕然則秦公簋「西」地地望與其出土地的冥
合應該不是偶然的。不過，西周時期不娶簋銘「王命我羞追于西」之「西」，
是否就是後來的西地，也就是漢隴西郡西縣，恐怕一時難以論斷。從文獻來
說，《史記》對於周代秦史的記載，充其量只提到「西垂」、「西犬丘」；而自
出土文字來說，確定「西」為地名者，最早也不過秦漢時期，從西周晚期發
展到秦漢，其間的地名連繫線索似乎無史可徵，所以恐怕有待證明。緣此，
上引李學勤謂「西」古時又叫「西垂」，有再著墨說明的必要。

有關「西垂」，王國維在〈秦都邑考〉一文曾考訂：

> 西垂之義，本謂西界，《史記・秦本紀》「中潏在西戎，保西垂」，又
> 申侯謂孝王曰：「昔我先酈山之女，為戎胥軒妻，生中潏，以親故歸
> 周，保西垂，西垂以其故和睦」，又云莊公「為西垂大夫」，以語意
> 觀之，西垂殆泛指西土，非一地之名。然〈封禪書〉言「秦襄公既
> 侯，居西垂」，〈本紀〉亦云「文公元年，居西垂宮」，則又似有西垂

〔註139〕見馬非百《秦集史》（臺北：弘文館出版社，1986）郡縣志上隴西郡「西」縣，頁584。
《史記》記樊噲「別擊西丞、白水北」，裴駰《集解》謂〈地理志〉無西丞，似秦將
名，馬非百謂「西丞即西縣丞」即駁裴駰之說，實則司馬貞《索隱》已指出西謂隴西
之西縣，言噲擊西縣之丞。

〔註140〕有關二十六年戈各家考釋異同，請參看王輝《秦銅器銘文編年集釋》（西安：三秦出
版社，1990），頁62～64。

〔註141〕王輝《秦銅器銘文編年集釋》，頁4。

〔註142〕牛平漢《清代政區沿革綜表》，頁467。

> 一地,《水經・漾水注》漢隴西郡之西縣當之,其地距秦亭不遠,使
> 西垂而係地名,則酈說無以易矣。……余疑犬邱、西垂本一地,自
> 莊公居犬邱,號西垂大夫,後人因名西犬邱爲西垂耳。〔註143〕

對於王氏釋《史記》「西垂」的說法,李零在討論秦早期都邑時,曾略作檢討,
李氏云:

> 關于西犬丘,……它的地望應在漢代的西縣(今甘肅天水西南、禮
> 縣東北一帶)……。西犬丘又名西垂,西垂是具體地名而不是泛指
> 西方邊陲,王國維等人讀西垂爲西陲是不對的。因爲春秋衛國也有
> 一個叫垂而別名犬丘的地名(原注:在今山東曹縣北),《春秋》隱
> 公八年:「春,宋公、衛侯遇于垂。」《左傳》「垂」作「犬丘」,杜
> 預注:「犬丘,垂也,地有兩名。」可見西垂是西方的垂,正像西犬
> 丘是指西方的犬丘一樣,它是個具體地名。〔註144〕

細繹王國維之意,王氏似乎將《史記》所見的「西垂」分爲兩個層次,早期的
「西垂」乃泛指西方邊陲之地,自秦莊公受封西垂大夫而「居其故西犬丘」之
後,後人因此稱西犬丘爲西垂,此後西垂才作爲地名專名——指西犬丘,從《史
記》的敘述看來,王氏解釋「西垂」一地的由來似無不妥之處;至於李文引春
秋時期地處山東的犬丘又名垂,以說明「西垂是西方的垂」,這可能有待商榷,
程發軔考證周代各國以犬丘名地者有五,而其得名由來也各自有別:

> 甲、周懿王所都之槐里,又名犬丘:……在今陝西始平縣東南十里。
>
> 乙、衛之犬丘:即隱公八年經載:「宋公衛侯遇于垂。」《左傳》載:
> 　　「宋公衛侯遇于犬丘。」杜注:「犬丘垂也,地有兩名。」在今
> 　　山東菏澤縣北二十里之句陽店。
>
> 丙、宋之犬丘:……今河南永城縣西北三十里有犬丘集是也。
>
> 丁、秦非子所居之犬丘:……在今甘肅清水縣東北。……
>
> 戊、秦莊公所居之犬丘,即西犬丘,一稱西垂:……王先謙《漢志
> 　　補注》引《一統志》云:「西縣故城,在今天水縣西南一百二十

〔註143〕王國維《觀堂集林》卷十二〈秦都邑考〉,頁517～518。

〔註144〕李零〈《史記》中所見秦早期都邑葬地〉,《文史》第二十輯,頁16。

里」……。

衛之犬丘，秦莊公之犬丘，均以邊陲爲名。宋之犬丘，以睢水爲名。

關西之三犬丘，均以犬戎丘墟爲名也。〔註145〕

由上文可知，周代名犬丘者至少在兩處以上，其地自西至東均有之，而且「犬丘」得名之由，也各自有別。上引李零之文謂西垂是指西方的垂地，也就是說「西垂」是由「方位詞＋專名」所構成的地名，因爲其地處西方，故以西垂名之，結合相關的文獻記載，此說恐怕還不是絕對的定論。拙文以爲，王國維的推論仍是十分値得參考的。至於秦併天下，在此設縣，漢代因之，名爲西縣，這的確有可能與早期「西垂」地名有關，至於與西周晚期不嬰簋之「西」是否有必然的源流關係，可能就有待商榷了。簋銘「王令我羞追于西」一句，王國維以爲是指周王令伯氏往西方追擊玁狁，而李學勤則以爲西應是地名，在今甘肅天水西南，就語法、文意來說，王氏的西方說及李氏的西地（西縣）說，解釋簋銘均無齟齬之處，因此暫且兩說並存。

〔47〕䂮

【出處】

不嬰簋 04328-04329：「余命汝御追于䂮，女（汝）以我車宕伐玁狁于高陶。」

〔圖十二〕

【考證】

䂮，王國維引翁祖庚釋爲洛字，並證之以虢季子白盤「搏伐玁狁，于洛之陽」，王氏云：

䂮，从双从各，翁氏祖庚釋爲洛字……。虢季盤作「洛」，此作「䂮」者，古文假借，無定字也。時玁狁從東西二道入寇，故伯氏既破西方之寇，來歸宗周，復命不嬰御而追于洛，是禦東北之寇也。〔註146〕

〔註145〕程發軔《春秋左氏傳地名圖考》（臺北：廣文書局，1969）第一篇「春秋地名攷要」，頁36～38。

〔註146〕王國維〈散氏盤考釋〉，頁2030～2031。

王氏主張釋暑為洛，可能是緣於他認為暑字从各得聲，不過暑字只此一見，不知究竟何字，若單從暑字从各得形就與洛字連繫在一起，恐怕缺乏證據；再者，王氏意此暑即指北洛水，那麼意味著伯氏「來歸獻擒」之後，玁狁可能又到了洛水一帶，北洛水在宗周之東，果如王氏所釋，那麼玁狁似乎更為接近周京，周王室危在旦夕，伯氏焉有先行獻俘，而只派臣屬追擊之理乎？從文意看來，暑地應該也是與「西俞」、「西」一樣，是位於宗周以西的地名，不過由於暑字不識，其確實地望不得而知。

〔48〕高陶

【出處】

> 不嬰簋 04328-04329：「白氏曰：不嬰，馭方玁狁廣伐西俞，王令我羞追于西，余來歸獻擒。余命女（汝）御追于暑，女（汝）以我車宕伐玁狁于<u>高陶</u>。」〔圖十二〕

【考證】

高陶，王國維釋為「高陵」，並考證：「高陵，地名，在秦為昭王母弟公子悝封邑，在漢為左馮翊屬縣，其地西接涇陽，當宗周往洛水之通道」，〔註147〕早年有不少學者多從王說。金文陵字的寫法（參《金文編》2316 號陵字頭下），與不嬰簋之字相去甚遠，釋陵無據。齊鞄氏鐘之鞄字作「𩉼」，其上半所從與不嬰簋之字同，楊樹達以為鐘銘的「𩉼叔」即文獻的「鮑叔」，鮑字本作「𩉼」，即《說文》之鞄，金文从陶，文獻从包，陶包古音無別；〔註148〕容庚在《金文編》2331 號陶字頭下也注云：「𩉼或作𩉼，故知陶隆為一字」。因此不嬰簋銘釋為「高陶」二字應是定論。

高陶，王輝結合陶字的形義，謂「此銘之高陶，大概是指渭北或隴東某處黃土山包」，〔註149〕可備一說。

〔註147〕王國維〈散氏盤考釋〉，頁 2032。

〔註148〕楊樹達《積微居金文說》，頁 100～101。

〔註149〕王輝《秦銅器銘文編年集釋》，頁 5。

〔49〕陣原

【出處】

大克鼎 02836：「王才（在）宗周，旦，王各穆廟，即立（位），龘季右善
夫克入門，立中廷，北卿（嚮），王乎（呼）尹氏冊令善夫克，王若
曰：『克，昔余既令女（汝）出內朕令，今余唯龘稾乃令，易（錫）
女（汝）叔市參絅莽悤，易（錫）女（汝）田于埜，易（錫）女（汝）
田于渒，易（錫）女（汝）井寓黿田于鄑，己盺（厥）臣妾，易（錫）
女（汝）田于康，易（錫）女（汝）田于匽，易（錫）女（汝）田
于陣原，易（錫）女（汝）田于寒山，易（錫）女（汝）史小臣霝
龠鼓鐘，易（錫）女（汝）井遑黿人飘，易（錫）女（汝）井人奔
于量。敬夙夜用事，勿灋朕令。』克拜頴首，敢對揚天子不（丕）
顯魯休，用乍（作）朕文且（祖）師華父寶齏彞，克其萬年無彊子
子孫孫永寶用。」〔圖十三〕

【考證】

　　陣原，周王賞賜克田地的所在地之一。歷來學者討論大克鼎所見的幾個地
名時，唯有陣原一地有所解說，如王國維〈克鼎銘考釋〉云：

> 此鼎出于寶雞縣之渭水南岸，而克鐘有「遹涇東至于京師」之語，
> 是克之封地跨涇渭二水，與公劉所居之豳地略同，則陣原殆即《詩》
> 之溥原矣。〔註150〕

從王氏提出此說以後，學者莫不翕然從之，于省吾則進而考釋其地望應在甘肅
固原縣。〔註151〕

〔註150〕王氏謂克鼎出于寶雞縣的渭水南岸，經羅振玉訪查，提出克器應出出於岐山縣任家
　　　　村，見羅振玉《貞松堂集古遺文》三‧三十五（香港：崇基書店，1968），頁 263。

〔註151〕如郭沫若《大系》（頁 122）：「銘中諸地無可攷，僅僅陣原一地王國維疑〈大雅‧公劉〉
　　　　之溥原，近是」；柯昌濟《韡華》乙中五六：「鄑、康、匽、陣原皆地名，似皆爲宗周
　　　　附近之地。《詩‧公劉》『逝彼百泉，瞻彼溥原』，《傳》：『溥，大也』，陣原即溥原，蓋
　　　　實有其地」。于省吾《雙劍誃吉金文選》上二‧十六：「余云蓋即《詩‧大雅》『瞻彼
　　　　溥原』之溥原，陣爲溥猶隰之爲濕、隩之爲渙矣，今甘肅固原縣。」于氏所說的甘肅
　　　　固原縣，今屬寧夏回族自治區，參中國地圖出版社編製《中華人民共和國分省地圖集》

　　結合幾個現象，于氏之說不無道理。首先，從克鐘銘文可知，克曾經奉命巡行到涇水邊的京𠂤，即今之旬邑一帶（參本章「京𠂤」條目下）；又善夫克除了擔任膳夫一職外，也擔任師氏一職，師克盨記載周王命師克「更厥祖考觏嗣左右虎臣」，小克鼎記王在宗周命克「舍命于成周，遹正八𠂤」，顯然克身繫維護周室安危的重任，是周王的股肱之臣。據于氏所考，則陣原正位於西周北陲，極近玁狁活動的地帶，周王賞賜克陣原的田地，或許也有靖邊的用心吧。其次，〈公劉〉云：「逝彼百泉，瞻彼溥原」，王應麟《詩地理攷》卷四引曹氏曰：「漢朝那縣屬安定郡，隋改爲百泉縣，屬平涼郡……，百泉、溥原即其處。」學者多以爲周王賞賜克田地的陣原就是〈公劉〉的「溥原」，也就是固原一帶，從固原的山川地勢看來，于說應是可從。〔註 152〕

〔50〕京𠂤

【出處】

克鐘 00204.00206.00208：「隹（唯）十又六年九月初吉庚寅，王才（在）周康剌宮。王乎（呼）士𣄰召克，王親令克遹涇東至于京𠂤。易（錫）克甸車、馬乘。」（克鎛 00209 同〔註 153〕）〔圖十四〕

　　　　（北京：中國地圖出版社，1995），頁 118。

〔註 152〕參顧祖禹《讀史方輿紀要》卷五十八，頁 2560-2563。附記一點，顧氏《讀史方輿紀要》卷五十八（頁 2554）在涇州涇川縣（即漢置之安定縣）下有「百泉」一地，顧氏云：「百泉，州西三十五里，泉眼極多，四時不涸，州人引以溉田其下流入於涇河。」涇州與固原正是接壤，或許〈公劉〉「百泉」與此有關。再者，〈公劉〉云「逝彼百泉，瞻彼溥原」，顯然百泉與溥原相去不遠，《說文》：「𠫫，水泉本也，从蟲出厂下。原，篆文从泉。」實際上，甲金文的原字就是从厂从泉，正象崖岸下有泉水流出之形，與《周禮》邍師之邍寫法不同，邍字金文也屢見，即後世謂高原、平原的初形，只是後來典籍多借本義爲「水泉本」的原字爲之。疑〈公劉〉「溥原」有可能即「百泉」所出處，而大克鼎的「陣原」，其原字正是从厂从泉，而非寫作「邍」，這不知只是巧合，或是時人有意以適於本義的原字記錄之？結合原字的本義，再加上固原州的水泉不乏，林木富饒，有耕屯之利，于氏考證陣原在甘肅固原，應是可信的。

〔註 153〕過去著錄都引爲鐘，後來在天津發現原器，考其形制，當屬鎛類。詳見唐蘭遺稿〈關于大克鐘〉，《出土文獻研究》（北京：文物出版社，1985），頁 121～125。

多友鼎 02835：「唯十月，用玁狁放興，廣伐京𠂤，告追于王，命武公遣乃
元士羞追于京𠂤。武公命多友達（率）公車羞追于京𠂤。癸未，戎
伐筍，卒孚。多友西追，甲申之脣（晨），博（搏）于𥝱，多友右
折首執訊，凡吕公車折首二百又□又五人，執訊廿又三人，孚戎車
百乘一十又七乘，卒匋（復）筍人孚。或博（搏）于龏，折首卅又
六人，執訊二人，孚車十乘。從至，追博（搏）于世，多友或右折
首執訊。乃遲追，至于楊冢。公車折首百又十又五人，執訊三人，
唯孚車不克吕，卒焚，唯馬毆盡。匋（復）奪京𠂤之孚。多友迺獻孚、
戜、訊于公。武公迺獻于王，迺曰武公曰：『女既靜京𠂤、𢼸（捋）
女（汝），易（錫）女（汝）土田。』丁酉，武公才（在）獻宮，迺
命向父召多友，迺𨑠于獻宮，公窺（親）曰多友曰：『余肇事女（汝），
休不逆，又成事，多禽，女（汝）靜京𠂤。……」〔圖十五〕

【考證】

　　「京𠂤」見於克鐘，西周金文中有一類「某𠂤」的地名，除了本項要討論
的京𠂤外，還有「炎𠂤」、「𩛰𠂤」、「𤊾𠂤」等。自來學者對𠂤字形義的看法不
一，〔註154〕目前尚無定論。不過，𠂤字在這類地名裏的意義卻是可以探其源流
的。

　　𠂤字，目前最早見於甲骨文，𠂤字在甲骨文主要的用法有：〔註155〕

〔註154〕詳見于省吾主編《甲骨文字詁林》3001號（北京：中華書局，1996）。

〔註155〕王恩田文認爲𠂤即官字之初文，本義爲房舍，可讀作館，王説恐怕尚有商榷的餘地。
　　　　王氏認爲𠂤字在甲金文中有三種用法：一是作爲祭祀場所；二是作爲客館，又由於客
　　　　館兼有屯駐卒的功能，所以又指稱屯駐在各客館內的戍卒；三是作爲戍守場所。那麼
　　　　在西周金文裏，有些辭例是不得不令人疑惑的，如班簋：「王令吳白曰：以乃𠂤右從毛
　　　　父」，依王釋，班簋的「以乃𠂤」似乎只能援用第二種説法所引申的戍卒義，解釋爲「帶
　　　　領著你的戍卒」，但是從客館義引申到戍卒義，二者的關係恐怕還有討論的空間。再
　　　　如晉侯穌編鐘：「王親遠省𠂤，王至晉侯穌𠂤」，鐘銘紀載晉侯穌受命東伐宿夷，「王親
　　　　遠省𠂤，王至晉侯穌𠂤」就是指周王親自巡視晉侯穌所率領的軍隊，而王文認爲西周
　　　　金文的「某𠂤」均適用於第二種客館義或戍卒義，我們試著將這兩種意義用來解釋鐘
　　　　銘，似有扞格不入之處，以客館義來説，二句要解爲「王親自遠省客館，王到了晉侯
　　　　穌的客館」，晉侯穌領軍東征，如果要再大費周章建造一個既能接待賓客又可屯駐戍卒
　　　　的客館，似乎是不大妥當的；再以戍卒義來説，「王至晉侯穌𠂤」解爲「王到了晉侯穌

一、職官名：如「𠂤般」，𠂤爲官名，般爲人名，一期卜辭常見。〔註156〕

二、貞人名：𠂤是武丁時期的貞人。

三、軍隊：如「我𠂤」（《合集》27882）、「步𠂤」（《合集》33069）、「雀𠂤」
（《合集》8006）、「𠂤攸」（《合集 24260》）、「𠂤非」（《合集》24266）、
「𠂤雇」（《合集》24347）等。

四、與祭祀殷王先祖有關：如「大甲𠂤」（《合集》32487）。

其中第三種用法與本段所要討論的主題最爲相關，劉釗在〈卜辭所見殷代的軍事活動〉一文中說：

> 卜辭「𠂤」爲師旅字，「𠂤某」之某有許多是地名，因師常駐，遂
> 於地名前冠一𠂤字。……金文《�鼎》有壴𠂤；《穆公簋》有「商𠂤」；
> 《利簋》有「闌𠂤」等等。金文之「某𠂤」同卜辭「𠂤某」含義相
> 同。〔註157〕

除了劉文所說的「𠂤某」這類地名外，在卜辭裏也有一些「某𠂤」的結構，如上文所列𠂤字第三種用法的例子，劉文以爲這類𠂤前之某，如罕、雀、𢀙是指人名，他們是殷的重臣、氏族的首領，擁有軍隊是合理的事。〔註158〕而實際上「某𠂤」的某在卜辭中也有作爲地名的例子，如「庐𠂤」見於《合集》8219甲：「□殼貞王往于庐𠂤」，《合集》1110正有：「貞王出于庐」一辭，後者的庐字正是作爲地名使用。

在西周金文，職官名已大多使用「師」字，與師旅意義相關的則一仍卜辭的「𠂤」字。甲骨文中的「𠂤某」詞構（這裏指的是上文所謂𠂤字後加地名者）在西周金文中不復見，而只見作「某𠂤」者。西周金文中「某𠂤」之某，與卜辭大致相同，可以是人物，如晉侯穌編鐘的「晉侯穌𠂤」；也可以是地名，如召卣的「炎𠂤」。〔註159〕這類作爲師旅義的𠂤字與職官名的師字，在後來傳世的文

的戍卒」，這更是說不通了。因此，拙文在羅列甲金文𠂤字用法時，暫不將王說列入。王說詳見〈釋𠂤（𠂤）、𠂤（官）、𠂤（師）〉，《于省吾教授百年誕辰紀念文集》（長春：吉林大學出版社，1996），頁246～251。

〔註156〕肖楠〈試論卜辭中的師和旅〉，《古文字研究》第六輯，頁123～132。

〔註157〕見《古文字研究》第十六輯，頁131。

〔註158〕同上，頁73。

〔註159〕于省吾指出：「凡金文中地名之稱『某𠂤』者，『𠂤』的上一字爲原有地名，『𠂤』字則

獻裏並寫作「師」。

在略探甲金文中𠂤字的用法之後，接著進入本項所要探討的地名——京𠂤。早年只見傳世的克鐘、鎛有京𠂤一地，自從西元 1980 年多友鼎面世之後，學者對京𠂤的考釋更形紛陳，莫衷一是。早期學者只論述克鐘的京𠂤地望，多友鼎出土後，或以為二者所載的京𠂤為一地，或以為二者的京𠂤是不同的概念。綜合諸說，大致有下列幾種看法：

一、<u>京𠂤即《漢志》太原郡之京陵、《禮記‧檀弓》之九京，在今山西新絳縣北二十里許，與汾城縣接壤。</u>主此說者為郭沫若，郭氏根據東周器晉姜鼎與晉公盦推斷，京是晉地，而且是晉的首都。〔註160〕

二、<u>京𠂤即京，即陝西涇水濱的豳地。</u>主此說者為唐蘭等人，〔註161〕唐氏說：

> 京師實本地名，……。所謂京師非宗周而當為豳者，於金文有確證焉，克鐘云：「王在周康剌宮。王呼士曶召克。王親命克遹涇東，至于京師」。夫既云「王在周康剌宮」，則王在宗周也。云「命克遹涇東，至于京師」，則京師者決非渭南之宗周，而當為涇濱之豳，可無疑義。〔註162〕

由于時常為師旅駐紮而得名。如《矢令簋》稱『王于伐楚白，在炎。』後來因為『炎』為師旅常駐之地，故《召尊》稱之為『炎𠂤』。」見于省吾〈略論西周金文中的『六𠂤』和『八𠂤』及其屯田制〉，《考古》1964 年 3 期，頁 152。也就是說，炎與炎𠂤一樣，都是指稱地名。拙文討論「某𠂤」類的地名，援用于氏的看法，因此在論述地名時，仍以「某𠂤」一詞為地名。

〔註160〕郭沫若《大系》，頁 112～113，又頁 229～230。郭氏辛於多友鼎出土之前，故也只討論了克鐘及東周器晉姜鼎、晉公盦的京𠂤。其後，有學者援用郭說，並進一步推衍，京𠂤應是在今山西省太原以南之洪洞、襄汾一帶。見田醒農、雒忠如〈多友鼎的發現及其銘文試釋〉，《人文雜志》1981 年 4 期，頁 117。

〔註161〕其後，也有學者持此說，如李仲操、劉翔等。由於唐蘭無緣見到多友鼎的面世，故只討論了鐘銘，而李、劉諸家都主張克鐘與多友鼎的京𠂤為一地。李氏云：「京師，在西周時專指公劉所都之豳。」見李仲操〈也釋多友鼎銘文〉，《人文雜志》1982 年 6 期，頁 95。劉氏云：「多友鼎、克鐘所言之京師，就是《公劉》篇豳地附近的京師，在今陝西彬縣與旬邑之間。」見劉翔〈多友鼎銘兩議〉，《人文雜志》1983 年 1 期，頁 83。

〔註162〕唐蘭〈鄷京新考〉，《史學論叢》一期，1934。又見《唐蘭先生金文論集》，頁 379～380。

　　李學勤的看法與唐蘭相仿，不過卻有區域大小的差異，李氏認爲京自即京師，京師不僅是地名，從《詩・公劉》看來，更可證明京師是地區名，也就是公劉居豳所在之野，此地區名與禹鼎「廣伐南國東國」、不嬰簋「廣伐西俞（隅）」的概念相近，而其地在今陝西彬縣東北一帶。〔註163〕

三、<u>京自即鎬京，在今陝西長安附近。</u>主此說爲劉雨等人，〔註164〕劉氏根據克鐘所述京自與涇水的關係，考證克鐘與多友鼎的京自應即鎬京。

四、<u>克鐘之京自指周之國都——周；多友鼎之京自則是指文獻上的九京或九原，即位於山西新絳北的晉始都之處。</u>主此說者爲黃盛璋，〔註165〕黃氏從克鐘銘文解釋京自應該就是周，他說：

> 其實克鐘之京師實指周之國都周，銘文前後交代甚明：「惟十又六年九月初吉庚寅，王在周康剌宮，王呼士曶召克，王親令克遹涇東至于京師，錫克田車、馬乘。」克在京師受賞，所以作此鐘記之。銅器康宮在周，此京師指周都之確證。〔註166〕

黃氏認爲克是在京師受賞，我們細繹前後文意，感到似乎有些不妥。周王召見克與親自授命的地點在周康剌宮，而授命的內容正是「遹涇東至于京師」，姑且不論京自何指，從上下文來看，京自與國都周不應該是一地。

　　在考證地名時，同名異地或異地同名的現象是不能不注意的，在討論京自之前，必須先釐清一點，究竟克鐘、鎛與多友鼎的京自是否爲一地，由於鐘、鎛銘文出現可資比對的水文——涇水，學者討論京自地望時，或據或否，影響甚大。據羅振玉所述，克鐘、克鼎等器在光緒十六年出土於同一窖藏，地

〔註163〕李學勤〈論多友鼎的時代及意義〉，《人文雜志》1981年6期，頁91～92；馬承源《銘文選（三）》294號亦主此說。

〔註164〕見劉雨〈多友鼎銘的時代與地名考訂〉，《考古》1983年2期，頁156～157；又劉桓〈多友鼎『京自』地望考辨〉，《人文雜志》1984年1期，頁125～126。

〔註165〕見黃盛璋〈多友鼎的歷史與地理問題〉，《古文字論集（一）》（《考古與文物》叢刊第二號，1983），頁14～17。此外，孫海波也以爲，不只克鐘，即便是卜辭與東周金文中所見的京自，都當作王都的「京師」解，見孫海波〈釋自〉，《禹貢》第七卷第一二三合期，1937，頁51～52。

〔註166〕同上，頁15。

點在陝西岐山縣法門寺任村任姓家，〔註167〕至於克鐘的時代，學者多同意屬
西周晚期；〔註168〕多友鼎在 1980 年出土於陝西長安縣下泉村，時代亦屬西
周晚期。〔註169〕二者同出陝西，一在岐周，一在宗周，相去不遠，再加上時
代相近的因素，克鐘、鎛與多友鼎的京𠂤指涉同一個概念並非不可能。

　　考察西周金文的「京𠂤」所在，除了銘文提供的訊息之外，更要結合其他
考古與文獻資料。卜辭有京與京𠂤，京是地名專名，〔註170〕有學者考其地望在
河南滎陽；〔註171〕至於京𠂤一詞，或以爲即指王都而言。〔註172〕卜辭中的王都
通常稱爲商、大邑商、天邑商等，〔註173〕以「京師」指王都，在殷商晚期恐怕
尚未形成。上文已經略述卜辭「某𠂤」、「𠂤某」之義，因此推斷卜辭中的京𠂤，
可能還是指師旅駐紮於京地。京𠂤也見於春秋時期晉器──晉姜鼎、晉公盦，
郭沫若《大系》（頁 229～230）以爲並指晉都，李學勤則以爲晉公盦的京𠂤可能
是指武王所都鎬京，〔註174〕揆諸盦銘，李說優於郭說，無論是鎬京或晉都，這
兩件春秋器的「京𠂤」已是泛稱國都。

　　文獻中「京𠂤」寫作「京師」，上文已說明，古文字中表示職官的「師」或
「帀」、表示軍旅的「𠂤」，到了傳世文獻都寫成了「師」字。先秦文獻記載京
師一詞，以《春秋》經傳最爲常見，《公羊傳》桓公九年云：「京師者何，天子
之居也。」此義正適用於《春秋》經傳所見的京師。此外，泛稱王都義的京師

〔註167〕王國維〈克鼎銘考釋〉（《海寧王靜安先生遺書（五）》，頁 2052）一文認爲，克鼎出土
　　　　於寶雞縣的渭水南岸。經羅振玉訪查後，認爲應是出於岐山縣任家村，羅氏並由此證
　　　　明，克的屬地應在渭北，且北至涇水；見羅振玉《貞松堂集古遺文》三‧三十五（香
　　　　港：崇基書店，1968），頁 263。羅氏從出土的窖藏地點推斷克的屬地，雖然並不十分
　　　　可靠，但是結合克鐘記載周王派克巡行的地區看來，羅說可作爲參考。

〔註168〕郭沫若訂夷王時器，見《大系》頁 112；唐蘭訂爲宣王時器，見唐蘭遺稿〈關于大克
　　　　鐘〉，《出土文獻研究》（北京：文物出版社，1985），頁 121～125；馬承源訂爲西周中
　　　　期偏晚的孝王器，見《銘文選》294 號；《集成》204～209 號訂爲西周晚期。

〔註169〕學者討論多友鼎的斷代，大致都主張在西周晚期，差別則在於屬厲王或宣王器。

〔註170〕這裏指在卜辭中單獨作爲地名使用的京，不包含「某京」（如「義京」）之類者。

〔註171〕見《甲骨文字詁林》1995 號。

〔註172〕孫海波〈釋𠂤〉。

〔註173〕見陳夢家《綜述》第八章第三節「殷的王都和沁陽田獵區」。

〔註174〕見李學勤〈晉公盦的幾個問題〉，《出土文獻研究》，頁 136。

也見於《詩經》，如西周晚期的〈民勞〉〔註175〕：「惠此京師，以綏四國」，「惠此京師」在其他四章皆作「惠此中國」，毛《傳》：「中國，京師也。」從詩文看來，「京師」應是指王都所在，因爲唯有王室有道，方能靜綏四國，無縱詭隨，以安百姓；又如東周作品的〈曹風・下泉〉〔註176〕：「冽彼下泉，浸彼苞稂。愾我寤嘆，念彼周京。……念彼京周。……念彼京師。」詩中充滿詩人思念周室明王的意味，其「京師」即詩中的「周京」、「京周」，也是指周天子所居的都城（見孔《疏》）。比較有疑義的是西周早期的詩篇──〈公劉〉，〔註177〕由於學者在論證銘文所見的「京𠂤」時，往往引據〈公劉〉爲證，因此必須先釐清〈公劉〉的「京師」義。〈公劉〉三章：「篤公劉，逝彼百泉，瞻彼溥原，迺陟南岡，迺覯于京，京師之野，于時處處，于時盧旅，于時言言，于時語語。」

> 毛《傳》：「是京乃大眾所宜居也。」

> 鄭《箋》：「厚乎公劉之相此原地也，往之彼百泉之間，視其廣原可居之處，乃升其南山之脊，乃見其可居者於京，謂可營立都邑之處。……京地乃眾所宜居之野。」

> 孔《疏》：「王肅云：『……乃見是京而居之，可以避水禦亂也。』……王肅言可以禦亂，則京是大丘，非人爲矣。……此文（美蘭案：指京師）連上『乃覯于京』，則此京還是上京也。師者，眾也。」

從毛鄭孔三家來看，他們並不認爲〈公劉〉的京或京師是指王都，毛《傳》在這裏只是直接交代此京的作用，並未說明京的意義，我們查考毛《傳》釋其他詩篇的「京」義：

> 〈鄘風・定之方中〉：「景山與京」，毛《傳》：「京，高丘也。」

> 〈小雅・甫田〉：「如坻如京」，毛《傳》：「京，高丘也。」

> 〈大雅・文王〉：「祼將于京」，毛《傳》：「京，大也。」

〔註175〕《詩序》：「〈民勞〉，召穆公刺厲王也。」依《詩序》說，暫列於西周晚期。

〔註176〕《詩序》：「思治也。曹人疾共公侵刻下民，不得其所，憂而思明王賢伯也。」業師余培林先生《詩經正詁（下）》（臺北：三民書局，1995）云：「此蓋東遷後曹君思念西京之詩。」

〔註177〕業師余培林先生參酌《詩序》及文句內容，以爲本詩不作於夏末公劉之句，而當是周初追記之文，參《詩經正詁（下）》，頁403～404。

〈大雅・大明〉:「曰嬪于京」,毛《傳》:「京,大也。」

〈皇矣〉:「依其在京」,毛《傳》:「京,大阜也。」

姑且不論毛《傳》釋各詩的京字是否正確,但是可以看出毛《傳》可能是以高丘、大阜之類的意義理解〈公劉〉的京或京師,而鄭玄、甚至王肅更進一步補充說明了這是一個可以營立都邑、避水禦亂的地方,選擇有這些作用的高地,對於甫到豳地的公劉一行來說,是極必須的,所以這個說法應是可從。有學者認為本詩的「京」是屬於豳國的地名,拙文以為恐不可從。〔註178〕至於師字,除了「京師」之外,《詩經》中的師字不是軍旅義就是職官義,我們再結合卜辭中的用法,西周早期的〈公劉〉「京師」一詞,極可能還襲用著商晚期「𠂤某」、「某𠂤」一類卜辭的意義,因為公劉帶領民軍遷往豳地,在視察地形之後,選擇在豳地可以築邑、避水禦亂的高地駐紮,這是非常合理的。至於後來所發展出的王都義,朱熹云:「京師,高丘而眾居也。董氏曰:『所謂京師者,蓋起於此,其後世因以所都為京師也。』」〔註179〕董氏所說應是不錯。所以,〈公劉〉的「京」或「京師」,既不是指天子所居之都,也不宜視為專名的地名,而是指豳地的高丘。結合考古與文獻材料可以看出,西周早期以前的「京師」,應該還不是「天子所居」的都城通稱,到西周晚期以後,才逐漸作為都城的通稱,當然,我們也不能完全排除後出文字資料仿古的可

〔註178〕如清儒馬瑞辰:「京為豳國之地名。……吳斗南曰:『京者地名,師者都邑之稱,如洛邑亦稱洛師之類』,其說是也。」見馬氏《毛詩傳箋通釋》(臺北:廣文書局,1980),頁281。又如唐蘭以為〈公劉〉的「京師」為地名,而專指豳地,因為詩文又有「于京斯依」、「于豳斯館」、「豳居允荒」等句證明:我們充其量可以說,本詩的「京」或「京師」與豳地關係密切,因為它就座落在豳地,但要說它就等同於豳地,這恐怕不是很恰當,詩云「于京斯依」,「于豳斯館」,不宜以互文足義視之,因為從詩文二章以後,都是描寫在豳地景象與活動,而前儒釋為高丘的「京」,與「斯原」、「百泉」、「溥原」、「南岡」、「隰原」等,都是豳地所包含地理景觀,而四章云「陟彼南岡,乃覯于京」,正是說他們登上南岡,才看到了這片高地,而經過視察地形,就在豳地這片宜於人居的高地上住下來。直到五章末句「豳居允荒」,才點出他們所到處的地名——豳。拙文以為,〈公劉〉的「京師」不宜指專名的地名,不過,我們當然不能排除後來的作品以「京師」來代稱豳地的可能,因為正是由於這片可以營立都邑、避水禦亂的絕佳地形,公劉一行才會選擇在豳地定居。

〔註179〕朱熹《詩經集註》(臺北:群玉堂出版事業有限公司,1991),頁154。

能性。

綜合上述，再配合銘文內容，我們試著檢視前面所列諸家說法。齊思和曾說：「竊以爲古今不常變者山川也，……若就山川以審定地望，則較爲可信。」〔註180〕以涇水爲準，那麼「京自」位於山西的可能性似乎微乎其微，〔註181〕自當以位於陝西爲宜。而主張陝西者，又有鎬京與𣂆地二說（見上）。結合克鐘、鎛與多友鼎銘文，拙文以爲𣂆地說較佳，試申如下。

先言鎬京說，以劉雨說爲例，劉文主要根王國維「自𣂆至京師，自應循涇水而下」之說，推斷位於這個方向又能稱得上「京師」的只有鎬京，並解釋鐘銘爲「宣王在岐周之周城親自向克下令，克由涇水上游出發，沿水而下，自西向東，到達京自。」〔註182〕但是其間有些令人疑惑之處，首先，涇水出甘肅平涼西南的涇谷，〔註183〕其上游已經深入今甘肅省境內，而𣂆地應是位於涇水的中游地帶，依劉說，那麼克在受命之後，是否必須先跋涉到涇水的上游，然後再循涇而下？而且，涇水上游一帶，直到西周末年時，尙爲戎族所居之地，〔註184〕周王應該沒有理由命克深入戎族巡視吧！又涇水爲西北往東南流向，而非標準的東西流向，它在陝西境內的流向有東南流也有南流，〔註185〕劉文云「沿水而下，自西向東」，不知是否爲了配合銘文「遹涇東至于京自」的記載？我們再看多友鼎銘，銘文詳細記載了玁狁侵周、周人反擊的經過，如果京自指鎬京，那麼顯見玁狁已經大舉地深入周王畿內，而且嚴重地危害到周王都的安危了，從銘文「廣伐京自」一句及多友一行所俘獲的車數可見，玁狁此番出兵規模自是不小，在如此危急存亡的情形下，周王派遣的不是王師，而是命令朝臣——武公派遣手下追擊，這與晉侯穌編鐘記載周王

〔註180〕見齊思和〈西周地理考〉，《燕京學報》第三十期，1946，又見於《中國史探研》（北京：中華書局，1981），頁27。

〔註181〕以郭沫若之說爲例，如果此京自位於山西，那麼京自將與周都相隔渭水及黃河，周王應無命克遹涇至山西的道理。見王玉哲〈西周葊京地望的再探討〉，頁46。

〔註182〕劉雨〈多友鼎的時代與地名考訂〉，頁156～157。

〔註183〕顧祖禹《讀史方輿紀要》卷五十二，頁2270。

〔註184〕見《史記‧匈奴傳》（中華書局點校本）：「後十有餘年，武王伐紂而營雒邑，復居于酆鄗。放逐戎夷涇、洛之北，以時入貢。命曰荒服。」，頁1032。

〔註185〕顧祖禹《讀史方輿紀要》卷五十二，頁2270～2271。

親征宿夷、並派遣晉侯軍隊進攻的慎重其事，實在大相逕庭！其次，劉文以
爲玁狁不僅廣伐京師，更進一步追擊從京師出走的周王，這恐怕是誤解了文
意，多友鼎「告追于王」的主詞是上一句「廣伐京自」的京自，句意爲京自方
面將玁狁入侵之事秉告周王，並請示追擊之事，鼎銘此類承上句的主詞，往
往省略，學者已有論述。〔註186〕又從鼎銘「（王）命武公：遣乃元士，羞追
于京自」看來，周王應該不在玁狁進攻的京自一地，否則周王不會說「羞追于
京自」，然則依劉文的推論，此京自指周王都鎬京的可能不大。

次言豳地說。將京自理解爲公劉故居地——豳，對於兩組銘文內容都是較
爲合理的。不過要特別說明的是，這並不代表〈公劉〉出現的「京師」就是
指豳地的專名，如前文所言，正由於當時稱豳地那片宜於人居的高丘爲京或
京師，所以我們不能排除後世也可能援用這個名稱來稱呼公劉故地——豳。
《漢書·地理志》：「右扶風，……。栒邑，有豳鄉，《詩》豳國，公劉所都。」
〔註187〕顧祖禹《讀史方輿紀要》卷五十四陝西西安府邠州三水縣下考云：「古
豳城在縣西三十里，相傳公劉始都於此，《後漢志》栒邑有豳鄉、有劉邑，皆
以公劉得名」，〔註188〕其地位於今陝西旬邑縣，〔註189〕而豳地也正是周土的
邊陲。以克鐘、鎛銘來說，周王在周康剌宮命克，沿著涇水東邊一路巡省到
豳地，文從理順。再說多友鼎，玁狁長期活動於陝甘一帶，〔註190〕而豳正是
位於周土北陲與玁狁活動地域相近，玁狁欲犯周室，必先侵伐周人故地，伐
豳地尙不致於直接影響周王室存亡，因此周王並未親自命重臣出征，只交代
武公派遣手下將士前往追擊。不過，雖然此役並不直接影響周室，然而由於

〔註186〕如李學勤〈論多友鼎的時代及意義〉，頁88。

〔註187〕見《漢書·地理志》。

〔註188〕顧祖禹《讀史方輿紀要》（臺北：洪氏出版社，1981），頁2407。

〔註189〕牛漢平《清代政區沿革綜表》（北京：中國地圖出版社，1990），頁445。

〔註190〕《史記·匈奴列傳》：「夏道衰，而公劉失其稷官，變于西戎，邑于豳。其後三百有
餘歲，戎狄攻大王亶父。亶父亡走岐下，而豳人悉從亶父而邑焉作周。其後百有餘
歲，周西伯昌伐畎夷氏。後十有餘年，武王伐紂而營雒邑，復居于酆鄗。放逐戎夷
涇、洛之北，以時入貢，命曰荒服。……穆王之後，二百有餘年，周幽王用寵姬襃
姒之故，與申侯有郤。申侯怒，而與犬戎共攻殺周幽王于驪山之下，遂取周之焦穫，
而居于涇、渭之閒，侵暴中國。」

豳地是先祖公劉故地，而且位於邊陲地帶，所以在多友助武公平亂之後，周王也以「既靜京𠂤」爲主要事功，賞賜武公土田，可見京𠂤的地位也是相當重要的。

以上，配合銘文內容與歷史文獻等，拙文以爲克鐘、鎛與多友鼎的京𠂤，還是以豳地說較爲合宜。

〔51〕筍

【出處】

多友鼎 02835：「癸未，戎伐筍，卒孚，〔註191〕多友西追。」〔圖十五〕

【考證】

筍字，在金文中除了作爲名字之外，也有作爲國（氏）名者，如筍伯盨、筍侯盤、筍侯匜，方濬益云：「古筍字本作筍。郇、以國名从邑，爲後起字。」〔註192〕古郇國在今山西省新絳縣，〔註193〕結合文獻與筍侯器的相關出土地點看來，〔註194〕方氏考證筍即古晉地的郇國，應是可信。

多友鼎所見的筍字，與郇國字同，有學者主張此與文獻郇國（筍）當是一事，如田醒農、雒忠如首先考證其地在今山西新絳，〔註195〕黃盛璋亦主此說。〔註196〕然而從鼎銘的「京𠂤」在陝西可知（參本章「京𠂤」條目下），此筍地與晉地的郇國應是無涉。〔註197〕《漢書·郊祀志》載美陽得鼎，好古文字的張敞

〔註191〕黃盛璋以爲鼎銘衣字三見，皆讀爲卒，見〈多友鼎的歷史與地理問題〉，《古文字論集》，頁 13；李學勤也讀爲「卒俘」，見〈多友鼎的『卒』字及其他〉，《新出青銅器研究》（文物出版社，1990），頁 134。可從。

〔註192〕方濬益《綴遺齋彝器款識考釋》卷九，頁十一至十二。

〔註193〕陳槃先生《譔異（貳）》，頁 455～456。

〔註194〕筍伯盨爲傳世器，無由得知其出土地點；筍侯盤出土於陝西長安張家坡，不過實屬媵器；筍侯匜則出土於山西聞喜上郭村，從地望上看，與新絳相去不遠。故應即文獻中晉地的古郇國。

〔註195〕田醒農、雒忠如〈多友鼎的發現及其銘文試釋〉，《人文雜志》1981 年 4 期，頁 117。

〔註196〕見黃盛璋〈多友鼎的歷史與地理問題〉，頁 15～16。

〔註197〕黃盛璋考證多友鼎地理位置，以爲當先確定筍的地望，再論其他地名。黃氏認爲鼎

釋鼎銘爲：「王命尸臣，官此枸邑」〔註198〕，李學勤據此以爲，鼎銘的筍就是
這個王畿內的枸邑，其地在京師附近。〔註199〕《漢書・地理志》載右扶風「枸
邑，有豳鄉，《詩》豳國，公劉所邑。」漢枸邑在陝西三水縣（今旬邑）東北二
十五里，又古豳地在縣西三十里，〔註200〕從這個相對地理位置來看，多友鼎的
筍地，極有可能就在今陝西旬邑一帶。〔註201〕

〔52〕 𥯤

銘筍地即古荀國，其排除筍在陝西的理由，主要是認爲《漢志》右扶風枸邑乃屬後起，
並舉秦之枸戈爲例，以爲枸邑最早只能溯至秦時，且枸字從木，與鼎銘從竹異。見
黃盛璋〈多友鼎的歷史與地理問題〉，頁 14～16。我們知道，國名或地名通假的現
象很普遍，如先秦的鄅國，《毛詩》作檜，《史記・楚世家》、《漢志》作會，甚至有
作鄶、儈、膾者（詳見《讀異（貳）》，頁 709），既然金文的筍字可以讀如鄅國字，
我們也不能排除讀如枸邑字的可能性。再者，秦承周故地，枸邑未必後起，或是文
獻未見而已，況且顏師古注《漢志》：「此枸讀與荀同，自別邑耳，非伐晉者。」已
經說明二者之別了。此外黃氏也從主張豳地（京𠧧）、枸邑說不符合鼎銘地理位置，
來反駁筍地不在陝西，其主要關鍵在於「多友西追」一句，黃云：「至于『多友西追』，
明是多友羞追至于京師後，又自京師西追往荀，而玁狁又走，直到次日晨追到……。
戰地如在陝西，……如此多友羞追于京師後，又追玁狁于荀，乃自西向東北，方向
恰和『西追』相反，這也是京師與荀並不是豳與枸邑的一個重要證據。」（頁 17）
拙文以爲，「多友西追」一句應是指「戎伐筍」之後，多友的追擊方向，而未必指多
友從京師追到筍地的方向，而且銘文只提到玁狁俘獲筍人，並未交代多友追至于筍或
搏于筍，黃氏這段理解恐怕有待商榷。

〔註198〕黃盛璋以爲張敔所釋的鼎銘可能是僞作，反對理由主要有幾點：黃氏所引鼎銘爲「帝
命尸臣官此枸邑」，謂周銘稱王不稱帝，不知黃氏所引何本，筆者所見《漢書》均作
「王命尸臣」，與周銘合；又以鼎銘內容不合周銘爲證，再以鼎銘爲刻書等理由，說
明此鼎或爲漢人仿舊鼎僞刻。美陽鼎銘的確有些內容與習見周銘有出入，如黃氏所舉
「官此枸邑」的此字，目前的確不見周銘有如此用法，一般當書作「官于枸邑」，但
也不能排除張敔誤讀的可能；再者，鼎銘爲刻書並不能作爲作僞的理由，近年出土的
西周晚期晉侯穌編鐘即是刻款。

〔註199〕李學勤〈論多友鼎的時代及意義〉，頁 92。

〔註200〕顧祖禹《讀史方輿紀要》卷五十四，頁 2407。

〔註201〕主此說者，除了李學勤之外，尚有李仲操（〈也釋多友鼎銘文〉）、劉翔（〈多友鼎銘兩
議〉）、劉雨（〈多友鼎銘的時代與地名考訂〉2）等學者。

【出處】

多友鼎 02835：「甲申之晨，搏（搏）于𥝩」〔圖十五〕

【考證】

𥝩，西周金文獨見，从米从邑。米，田醒農、雒忠如釋為耒字；李學勤釋為桼字，並舉楚簡偏旁桼字上端有向左曲筆為證，容庚《金文編》1059 號亦同；〔註202〕李仲操釋年字；〔註203〕張世超等人釋為奉。〔註204〕

諸家考釋或定或疑，主要關鍵即在於左邊偏旁。左旁米字，不見於西周金文，田、雒釋為耒，甲金文耒字作ㄓ（耤字偏旁），故知此說不確。李仲操釋左旁為年字，米形與年字相去甚遠，其說亦不可從。張世超等則釋為从奉旁，米字似在禾字中加一橫劃，與奉字形體判然分別，此說亦不可從。李學勤釋為从桼，形似信陽楚簡桼（偏旁）字——桼（參滕壬生《楚系簡帛文字編》頁 722），不過，從桼字發展源流來看，〔註205〕多友鼎銘的米字似乎不具備桼字的主要結構——从木∴，∴象漆汁之形。雖然李學將𥝩字釋為郲，解為漆水，比較符合鼎銘的地理位置，但是由於釋形方面尚有待商榷，故拙文以為此說當暫時存疑。

據鼎銘「多友西追」，𥝩應當在京𠂤、筍地的西邊，也就是在今陝西旬邑以西一帶，至於確切的地望，有待該字形義通解之後，才能進一步探究。

〔53〕龏

【出處】

多友鼎 02835：「或搏（搏）于龏」〔圖十五〕

〔註202〕李學勤〈論多友鼎的時代及意義〉，頁 88；又劉翔亦主此說，見劉翔〈多友鼎銘兩議〉，頁 83～84。

〔註203〕見李仲操〈也釋多友鼎銘文〉，頁 96。

〔註204〕張世超等編《金文形義通解》1199 號。

〔註205〕董蓮池《金文編校補》（長春：東北師範大學，1995）192 號列出桼字由東周發展到漢代的演變，主要結構是木字與四點象漆汁的短劃，不同的是木字左右各兩筆短劃位置的變化，而李氏所引信陽楚簡作桼者，中間兩橫劃當是左右各兩筆象徵漆汁的短劃相連。

【考證】

　　龏，从龍从廾，可通作共、恭、龔等字，金文習見。李學勤考證鼎銘的龏地為〈大雅·皇矣〉之共，也就是位於今甘肅涇川附近的古共地，[註206]〈皇矣〉：「密人不恭，敢距大邦，侵阮徂共。」宋王應麟《詩地理攷》卷四引張氏云：「阮，國名；共，阮國之地名。皆在今涇州，今有共池，即共也。」[註207]清朱右曾《詩地理徵》卷五亦有說：「共池在今涇州北五里。《傳》曰密人侵阮，遂往侵共，遂者繼事之詞，明非一國，張氏謂共為阮國之地，非是。」[註208]《詩》密人的地望在今甘肅靈臺，[註209]則共在陝甘交界一帶是不錯的。

　　從多友鼎銘看，玁狁大舉侵伐京𠂤（即今陝西彬縣東北）一帶，在玁狁侵伐京𠂤、筍地之後，多友率師西向追擊，而多友與玁狁在龏地搏擊的時間，是在玁狁伐筍（即今陝西旬邑）的次日清晨，顯見龏地與筍地相距頂多一日的路程。從路程與方位來看，李氏考訂龏為古共地，應是極有可能立的，由於〈皇矣〉「共」國的存滅時代不詳，從〈皇矣〉看來，共國至少在周文王時已經存在，但是地處玁狁活躍的地區，共國是否到了多友鼎的時代（西周晚期）猶未滅國，由於史籍闕如，不可考知。因此，拙文仍以一般地名處理。

〔54〕世

【出處】

　　多友鼎 02835：「追搏（搏）于世」〔圖十五〕

【考證】

　　世字，金文習見，作為地名用者則特此一見。鼎銘記載，多友與玁狁在筍、龏等地交鋒後，繼之以伐的地點便是世地。由於文獻無徵，只能從銘文「多友西追」一句推斷，世地可能是在龏地一帶或其以西的地方。

〔註206〕李學勤〈論多友鼎的時代及意義〉，頁92。

〔註207〕收於《玉海》（江蘇古籍出版社、上海書店，1990）第七冊。

〔註208〕收於《皇清經解續編》卷千四十三。

〔註209〕見王應麟《詩地理攷》卷四。

〔55〕楊冢

【出處】

多友鼎 02835：「乃越追，至于楊冢」〔圖十五〕

【考證】

楊冢一地，目前有兩種說法：一是主山西說的黃盛璋，考其地在今山西洪洞；一是主陝西說的李仲操，考其地在今陝西隴縣西、甘肅華亭南一帶。〔註210〕

黃盛璋認為楊冢是楊國的陵墓，即《左傳》襄公二十九年提到的姬姓楊國，〔註211〕位在今山西洪洞。〔註212〕楊國分封的時代有幾種異說，最早不過周宣王，最晚則有周景王之說。〔註213〕而黃氏考證多友鼎的時代當屬屬王初年，依

〔註210〕黃盛璋〈多友鼎的歷史與地理問題〉，頁 17～18；李仲操〈也釋多友鼎銘文〉，頁 97。

〔註211〕《左傳》襄公二十九年：「虞、虢、焦、滑、霍、揚、韓、霍，皆姬姓也。晉是以大，若非侵小，將何所取？武獻以下，兼國多矣，誰得治之。」杜注：「八國皆晉所滅，焦在陝縣，楊屬平陽郡。」

〔註212〕陳槃先生《譔異（參）》，頁 926。

〔註213〕關於文獻所見的姬姓楊國始封時代，文獻頗多歧異，有西周宣王、幽王及東周景王說等，詳參陳槃先生《譔異（參）》，頁 924～925，不過無論那一種說法，其時代都不早於黃盛璋認為屬王初年的多友鼎。附帶說明一點，近來山西曲村晉侯墓M63 出土了兩件楊姞壺，銘文內容是：「楊姞作羞醴壺永寶用」，見山西省考古研究所、北京大學考古學系〈天馬——曲村遺址北趙晉侯墓地第四次發掘〉，《文物》1994 年 8 期，頁 4～21。楊姞壺出現在晉國墓地中，引起了學者對楊姞及楊國進行不少討論，如李學勤〈晉侯邦父與楊姞〉（《中國文物報》1994 年 5 月 29 日）、王光堯〈從新出土之楊姞壺看楊國〉（《故宮博物院院刊》1995 年 2 期，頁 82～85）、王人聰〈楊姞壺銘釋讀與北趙 63 號墓主問題〉（《文物》1996 年 5 期，頁 31～32）、張崇寧〈從楊姞壺試探楊國的問題〉（《中國文物報》1996 年 10 月 13 日）、孫慶偉〈試楊國與楊姞〉（《考古與文物》1997 年 5 期，頁 63～65）、李伯謙〈也談楊姞壺銘文的釋讀〉（《文物》1998 年 2 期，頁 31～34）等，學者對於「楊姞」的稱謂結構有不同的看法，或謂楊姞乃「父國氏＋姓」，也就是姞姓楊國女子之名，主此說者如第四次發掘報告、李學勤、王光堯、李伯謙等；或謂乃「夫國氏＋女姓（即女子所從出之國姓）」，也就是嫁至楊國的姞姓女子，主此說者如王人聰、張崇寧、孫慶偉等，而這兩種稱謂結構都符合先秦的女姓稱謂，關鍵就在於除了文獻所記載的姬姓楊國之外，西周是否可能存在另一個姞姓楊國？目前此議題恐怕尚無法定讞，不過孫慶偉對此前各家說法優劣所在有詳細的討

照目前所見的文獻記載，姬姓楊國在厲王時尚未受封，然則將楊冡視爲楊國陵墓的可能性恐怕不高。李仲操則以爲，楊冡即《爾雅‧釋地》十藪之一的楊陓，在古汧水源頭蒲谷鄉附近，這可能是受到郭注楊陓「今在扶風汧縣西」的啓發。扶風汧縣西的古澤藪是指《周禮‧職方氏》、《漢書‧地理志》所載的雍州藪——弦蒲，郝懿行《爾雅義疏》辨郭注之非：

> 楊陓者，〈職方〉冀州藪曰楊紆，注云「所在未聞」，雍州藪曰弦蒲，注云：「在汧」，《漢‧地理志》右扶風汧北有「蒲谷鄉弦中谷，雍州弦蒲藪」，然則《漢志》所說與〈職方〉同，鄭注甚明，郭欲以〈職方〉之弦蒲當《爾雅》之楊陓，參差不合，其說非矣。……攷之諸書，既多差舛，按之〈職方〉，又相抵互，竊謂《爾雅》此義當如鄭君之闕疑，不當如郭氏之誤注。〔註214〕

再從地名類型來看，楊陓是指大澤（《說文》：「藪，大澤也。」），而從冡字有山頂義來考量多友鼎的「楊冡」一地，〔註215〕與楊陓澤的地形特徵似乎不合。因此，二者應非一地。

　　從多友追擊玁狁的方向來看，似乎是沿著涇水河谷走，多友與玁狁在共、世二地搏鬥之後，繼之以楊冡，我們只能推測，楊冡可能在共地以西，由於文獻不足徵，已經無法考證其明確的地望了。

〔56〕涇（巠）

【出處】

克鐘 00204.00206.00208：「王親令克遹涇東至于京𠂤。」〔圖十四〕

【考證】

　　涇，或作「巠」，兩種寫法都見於克鐘。涇爲水名，目前西周金文只見於克

論，可以參見。

〔註214〕郝懿行《爾雅義疏》（上海：上海古籍出版社，1989），頁205～206。

〔註215〕如《詩‧十月之交》：「山冡崒崩」，毛《傳》：「山頂曰冡」；又《爾雅‧釋山》：「山頂，冡」，西周文獻所見的冡字似乎尚未見到確定作爲墓陵者，因此多友鼎的楊冡恐怕不宜釋爲楊國的墓陵。

鐘。

　　涇水見於先秦文獻，如《詩・邶風・谷風》「涇以渭濁」、〈小雅・六月〉「至于涇陽」、〈大雅・鳧鷖〉「鳧鷖在涇」、《書・禹貢》云「涇屬渭汭」、《周禮・夏官司馬・職方氏》「正西曰雍州，⋯⋯其川涇汭」等，這幾處文獻所見的「涇」，即陝西渭水的支流──涇水，許愼《說文》：「涇，涇水出安定涇陽开頭山，東南入渭」，涇水今名涇河，源出寧夏回族自治區六盤山東麓，河道流經甘肅至陝西高陵縣西南入渭水。〔註216〕

〔57〕罳𤄷

【出處】

兮甲盤 10174：「隹（唯）五年三月既死霸庚寅，王初各伐玁狁于罳𤄷。兮甲從王折首執訊，休亡敀，王易（錫）兮甲馬四匹、駒車。⋯⋯」

　　〔圖十六〕

【考證】

　　罳𤄷，周王討伐玁狁之地，王國維釋云：

> 罳𤄷，地名。罳字雖不可識，然必爲从网畾聲之字；𤄷則古文魚字。以聲類求之，罳𤄷疑即春秋之彭衙矣。⋯⋯罳𤄷與春秋之彭衙爲對音，罳彭音相近，𤄷衙則同音字也。《史記・秦本紀》「武公元年伐彭戲氏」，《正義》曰：「戎號也，蓋同州彭衙故城是也」。𤄷戲二字形近，彭戲蓋彭𤄷之譌矣。彭衙一地，在漢左馮翊衙縣，正在洛水東北，玁狁寇周，恆自洛向涇，周人禦之亦在此閒。虢季子白盤云「博伐嚴允，于洛之陽」，此盤云「王初各伐嚴狁于罳𤄷」，其用兵之地正相合矣。〔註217〕

〔註216〕顧祖禹《讀史方輿紀要》卷五十二陝西大川涇水，頁2270～2275。又參見《中國地名辭典》（上海：上海辭書出版社，1990）「涇河」條下，頁575；《中華人民共和國分省地圖集》頁125～126「寧夏回族自治區」E～3。

〔註217〕王國維《觀堂別集》卷二〈兮甲盤跋〉，頁1299～1300。

彭衙故地，在今陝西省白水縣東北。〔註218〕王氏此說一出，學者莫不翕然宗之。不過此說尚有疑竇，先從音讀上來說，雖然膚、衙二字同音，但是罿與彭則有別，王氏釋罿字為从网晶聲，晶字即鄙字聲符所从，晶字古音屬幫紐之部，彭字則為並紐陽部，聲母雖然同屬脣音，但是韻母則顯然有別；再者，張守節《正義》謂彭衙即彭戲，王氏從之，而〈十二諸侯年表〉則記為「秦武公元年，伐彭至華山」，如果〈年表〉不是脫了「戲」字，那就表示「彭衙（戲）」可能又名「彭」，張守節所謂的「戎號」是否能夠如此簡稱，況且「彭衙」得名之由尚不能詳知，雖然彭衙所在可能符合獫狁入侵的範疇，但是若音讀及地名來源能解決，那就更加合理了。今姑從王氏所釋，暫將「罿膚」列入西方地名，但也對上面提出的問題保持存疑，期能進一步找出解決之道。

〔58〕 𤝔

【出處】

同簋 04270-4271：「王令同左右吳大父嗣易（場）、林、吳（虞）、牧，自𤝔東至于河，厥逆至于玄水。」〔圖二〕

【考證】

𤝔，強運開《說文古籀三補》卷十一浝字頭下云：「同敦……，按从水从虎，當是古浝字」，郭沫若《大系》（頁 86）亦隸定為「浝」，王輝〈𡩜畀鼎通讀及其相關問題〉、〔註219〕馬承源《銘文選（三）》233 號亦同，楊樹達《積微居金文說》（頁 233）釋為从水从虍，與浝字實同；吳闓生《吉金文錄》三・十三釋為「佫（洛）」；于省吾《雙劍誃吉金文選》上三・九釋為「虓」；容庚《金文編》（四訂）0777 號釋為「虓」；唐蘭〈同段地理考〉、〔註220〕林澐〈新版《金文編》正文部份釋字商榷〉〔76〕、劉釗〈讀秦簡字詞札記〉〔註221〕均主張釋為

〔註218〕顧祖禹《讀史方輿紀要》卷五十四陝西省同州白水縣彭衙城下云：「縣東北六十里」，
　　　　頁 2392。

〔註219〕《考古與文物》1983 年 6 期，頁 67。

〔註220〕唐蘭〈同段地理考〉，《禹貢》半月刊第三卷第十二期，頁 578～580。

〔註221〕劉文見《簡帛研究》第二輯（北京：法律出版社，1996），頁 108。

・107・

「虍」；張世超〈金文考釋二則〉以爲即《說文》的「諕」字。〔註222〕

　　同簋所見之字，亦見於十三年瘨簋與奢虎簋（參《金文編》0777），不過同簋該字左旁所從與前者小有區別，簋銘的字形在筆劃前端還有一小豎筆，于省吾釋爲虢字的理由當基於此，然而張世超認爲于氏乃是將虎頭中象虎牙之短劃與乙形誤連。細審拓片，可知該字象虎牙之形與乙形上端的一小豎劃是各自有別的。試就同簋字形特徵來檢視上列諸說：先說釋「滹」者，同簋有「水」及從水之字，如從水的「河」字，其水旁亦不省點劃，又該字乙形上端有一小豎劃，與古文字習見省點劃的水旁也不相同，因此若將該字釋爲「滹」，可能是有待商榷的，由此可一併看釋「虎」之說，若上述省水之形可能成立，那麼從虎從乙也有可能成立，因爲水形省去點劃正是乙字，既然釋滹不妥，因此釋虎恐怕也有待斟酌。次言釋「佫（洛）」者，此吳闓生所釋，各與虎字形相去甚遠，不知吳氏所據爲何，上引郭沫若釋滹，郭氏亦讀此字爲「洛」，謂即陝西的洛水，西周金文自有洛水之洛字，如虢季子白盤「于洛之陽」、敔簋「陰陽洛」「上洛」、師永盂「陰陽洛」等，吳、郭之說恐皆無據。次言釋「虢」者，于氏雖然注意到該字乙形益加的豎劃，不過金文所見丂字（如考字所從），本象柯枝之形，其上端通常作橫筆，如同簋的「河」字與「丂」字，金文罕見與該字左旁同形者，因此釋爲虢字似亦可商。次言釋「虍」者，唐蘭引《說文》篆文爲據，林澐引漢印「踑」字——「{image}」——爲證，劉釗也以在秦簡、漢印的字形爲證，認爲該字釋虍無疑，不過上文也已提到，同簋該字左旁似乙之形，在上端有一小豎劃，這是和其他幾個字形不同之處，而在古文字裏，往往兩字之間的差異就在毫釐之間，此字是否可以釋爲虍，尚不敢遽定。至於釋「諕（號）」者，張氏認爲同簋與十三年瘨壺該字所從既非水字，亦非乙字，而是表示獸類號叫的「象意初文」，並舉睡虎地秦簡爲例，秦簡可由文例推斷該字與號同義，但同簋與瘨壺二字並爲專名，無文例可尋，而且十三年瘨壺該字左旁的乙形上端並無豎劃，是否與同簋爲一字，尚不可知，故此說宜存疑。秉著多聞闕疑的精神檢視諸說，除非同簋該字左旁所從有譌誤變形的現象，否則該字隸釋恐怕應暫時存疑，因此前人或謂爲水名，也不一定能成立，它可能是一般地名，與自然山川無涉。

〔註222〕張氏認爲前人釋爲水或乙的筆劃，其構字之意與牟字相同，「當爲獸類號叫的象意初文」，詳見《于省吾教授百年誕辰紀念文集》，頁129～130。

　　⿰字隸定雖然一時還不能確定，不過從簋銘記載「自⿰東至于河，厥逆至于玄水」可知，這片林牧地的範圍正是由⿰往東到達黃河，再沿著黃河往北到達玄水，〔註223〕⿰地則顯然位於河西，至於確切的地望，有待⿰字的解決，方能進而考究。

〔59〕玄水

【出處】

同簋 04270-4271：「王令同左右吳大父嗣易（場）、林、吳（虞）、牧，自⿰東至于河，厥逆至于<u>玄水</u>。」〔圖二〕

【考證】

　　玄水，郭沫若《大系》（頁87）認為玄水即《水經》的「奢延水」，「奢延」乃「玄」之緩讀，奢為書紐魚部，延為余紐元部，玄為匣紐真部，奢延若緩讀，則於聲韻皆不相合，郭說恐怕有待商榷。

　　雖然郭氏的奢延水之說有待考證，不過注入奢延水的黑水，卻提供我們另一個思考方向，筆者以為，同簋的「玄水」可能就是黑水。《水經‧河水注》：「奢延水又東，黑水入焉。水出奢延縣黑澗，東南歷沙陵，注奢延水」，眾所周知，玄字習見於西周金文，如常見的賞賜物品「玄衣黹屯」（見於師𩛥簋、即簋、王臣簋、此簋、𠭯簋、頌簋等），《說文》云「黑而有赤色者為玄」，可見玄字在西周金文時期已有表示黑色之意，疑同簋的玄水或指黑水。從銘文來看，簋銘云「自⿰東至于河，厥逆至于玄水」，次句的「逆」字，吳闓生《吉金文錄》三‧十三謂「逆行也」，郭沫若《大系》（頁86）則讀為朔，馬承源《銘文選（三）》233號進一步釋為北方，西周金文中的確可見「逆」字讀為「朔（北）方」者，如五祀衛鼎：「迺舍寓于厥邑：厥逆（朔）疆眔厲田，厥東疆眔散田，厥南疆眔散田眔政父田，厥西疆眔厲田」，鼎銘逆字與東、南、西並舉，顯然應該讀為「朔方」之朔，不過同簋有「北鄉（嚮）」一詞，銘文即作「北」，若同簋「逆」字果真讀為朔，則可能是作器者有意變文以求新，

〔註223〕「河」及「玄水」所在，見本章「河」、「玄水」條目下。

倘如吳闓生所釋,則其方向與釋朔(北)方也無二致,黑水注入奢延水,奢延水又東流與河水合,黑水正在晉、陝交界黃河段的北方,若如吳氏釋爲逆行,則簋銘謂由某地東至于黃河,然後再北向黑水,其行經方向就黃河流向來說,的確是「逆行」,因此,不管「逆」字釋爲「朔方」或「逆行」,將玄水釋爲黑水,在地名取意及銘文方位上,都有成立的可能,故玄水有可能就是後來的黑水。

最後附帶一提,如果同簋的「玄水」釋爲黑水可以成立的話,那麼在黃河及黑水這片區域,在先秦時期的確有草原森林的記載,〔註224〕或可爲同簋「場林虞牧」所在的地形特徵提供一個旁證。

〔60〕㴒

【出處】

趩盨蓋〔註225〕:佳(唯)三年五月既生霸壬寅,王才(在)周。執駒于㴒
 匥,王乎(呼)巤趣召趩,王易(錫)趩駒,趩拜頴首,對揚王休,
 用乍(作)旅盨。」〔圖十七〕

【考證】

趩盨蓋銘記載了有關周王行執駒禮的內容。執駒是古禮的一種,《周禮・夏官・校人》:「春祭馬祖,執駒。夏祭先牧,頒馬,攻特。秋祭馬社,臧僕。冬祭馬步,獻馬,講馭夫」,早年談執駒禮,除了文獻記載之外,只有西元 1955

〔註224〕史念海謂「春秋戰國時代對於森林的記載,已經北及於橫山山脈和其東北的一些地方」,史氏在「橫山山脈」下注云:「《山海經・西次四經》:『申山,其上多穀柞,其下多杻橿,區水出焉,而東流注于河。鳥山,其上多桑,其下多楮,辱水出焉,而東流注于河。白於之山,上多松柏,下多櫟檀,洛水出于其陽,而東流注于渭。』區水和辱水皆見於《水經・河水注》。區水今爲延河,辱水今爲秀延河,則此三山皆屬於橫山山脈。今洛河源頭仍爲白於山」,見史念海〈歷史時期黃河中游的森林〉,《河山集(二集)》(北京:三聯書店,1981),頁 242。史氏引述《山海經》之文,雖不能作爲西周時期這片區域也必定有森林的證據,不過圍於西周典籍之闕如,後來的文獻記載應是可以提供我們作爲參考的。

〔註225〕參本章「周」條目下的【出處】。

年出土的盠尊可資參酌，灃西井叔墓地趩盨蓋的面世，又增添一筆可貴的資料。〔註226〕

美蘭案：漏字，西周金文首見，應該是一個从水鬲聲的形聲字。周王行宮所在地——漏，是周王在該年舉行執駒禮的地點，從上下文來看，銘云「王在周」，然後又云「執駒于漏应」，盨銘在兩句之間是否有所簡省，不得而知，但至少可以確定，漏應是位於周（「周」即岐周，參「周」條目下）或宗周一帶，而非東都成周。漏字从水，而从水得形的地名文字，雖不盡然必是水名，但也極可能是處於水濱之地，竊疑漏可能是《水經・渭水注》所說的泠水，或是位於泠水流域而因泠水得名的地名，酈注云：「渭水又東，戲水注之，水出麗山馮公谷……。渭水又東，泠水入焉，水南出肺浮山，蓋麗山連麓而異名也。北會三川，統歸一壑，歷陰槃、新豐兩原之間」，楊守敬疏：「《地形志》京兆郡陰槃有靈谷水。靈、泠音同，即此水也」，〔註227〕顧祖禹《讀史方輿紀要》卷五十三陝西西安府臨潼縣泠水縣下云：「在縣東，亦謂之零水。……注於渭，其入渭

〔註226〕有關周代的執駒之禮，早期郭沫若（〈盠器銘考釋〉）、李學勤（〈郿縣李家村銅器考〉）、楊向奎（〈釋「執駒」〉）、沈文倬（〈「執駒」補釋〉）等人均有論述。後來，蔡哲茂先生有專文討論周代的執駒禮，蔡先生總結歷來的說法，對於周代重視馬政的因素及執駒禮意義有一番解說：「西周金文中不管是對西北方的玁狁用兵或對東南方的東夷、南淮夷作戰，都有大規模的車戰，戰馬的需求量應當不小，故王閑的設置和養馬的各類職官是王政中的一大要事。而每年馬群中的幼馬長成到兩歲左右，就要套上籠頭，繫上馬韁，正式編入王的馬廄，『執駒』指的就是馬官升新駒於王的典禮，所以王才會親臨主持。……當時卿、大夫受到王室賞賜一、二匹小駒，恐怕是每次行執駒禮後的例行行為，用以籠絡周王和臣下的關係，而非大批的賞賜給朝臣」，見蔡先生〈談周代的「執駒」禮〉，《故宮文物月刊（99）》，頁111。周代對馬政的重視，在蔡先生的文章裏已經有詳盡的引述，至於西周金文所見的大規模車戰，如禹鼎記載靈侯馭方率東夷、南淮夷入侵周土，武公命禹率領公之「戎車」百乘，戰車有百乘之多，戰馬豈可少乎；又如多友鼎記多友率車追擊玁狁，雖然銘文未指明多友率師的實際陣容，但是從多友遠征到涇水上游之遙的路程，以及多友在此役中的輝煌戰果看來，訓練有素的戰馬是不可或缺的條件之一；再如晉侯穌編鐘記載周王親自率師東征，伐夙夷、伐劍鼄（鄆城），軍容浩蕩，一行由宗周到成周，再東行伐敵，無論在交通上或戰役中，馬匹都是不可或缺的重要工具。因此，周王對於考牧簡畜制度的重視，自是理所當然。

〔註227〕楊守敬、熊會貞《水經注疏》卷十九，頁1641。

處，謂之零口」，泠水又名零水，顯然取其音同，無所取義。漓字从水鬲聲，上古音爲來紐錫部，泠字屬來紐耕部（靈字亦同），二字聲紐相同，韻部則爲陰陽對轉，可通。渭水東流，先有戲水北流來注，後有泠水注之，泠水在戲水之東，譚其驤主編《中國歷史地圖集》第一冊「西周時期中心區域圖」（頁 17～18）渭南驪山處繪有「戲水」北注渭水，泠水應該在戲水之東。因此，趠盨蓋銘的「漓」可能就是泠水，或是因泠水得名的地名。

〔61〕洛

【出處】

虢季子白盤 10173：「唯十又二年正月初吉丁亥，虢季子白作寶盤。丕顯子白，……搏伐玁狁，于洛之陽，折首五百，……」

【考證】

洛，即指洛水。中國地大川眾，光是名爲「洛」的水名就不只一處，如西周時期的洛水有兩處：一是陝西渭北的洛水，源於陝西定邊縣白於山，東南流至大荔縣南入渭水；〔註 228〕一是源於陝西洛南縣，東流至河南鞏縣入黃河的洛水。〔註 229〕此外，四川境內也有一條洛水，源於四川章山，東南流注入沱江者。〔註 230〕

從盤銘記載虢季子白征伐玁狁的地緣關係看來，此「洛」顯然是指陝西渭北的洛水無疑。

〔62〕河

【出處】

同簋 04270-4271：「王令同左右吳大父嗣易（場）、林、吳（虞）、牧，自𤔲東至于河，厥逆至于玄水。」〔圖二〕

〔註 228〕參顧祖禹《讀史方輿紀要》卷五十二陝西大川洛水條下，頁 2276～2277。

〔註 229〕參顧祖禹《讀史方輿紀要》卷四十六河南大川洛水條下，頁 1938～1941。

〔註 230〕參顧祖禹《讀史方輿紀要》卷六十六四川大川雒江條下，頁 2837～2838。

【考證】

$\overset{\text{（字形）}}{}$，即河字。〔註231〕河字殷墟卜辭習見，卜辭中作爲水名的河就是後世所謂的黃河，這點學者大體沒有異議。〔註232〕河字在後世多作爲表示河川的通稱，屈萬里先生曾經考證先秦以來河字意義的演變，屈氏全面檢驗先秦所見的「河」及與「河」字有關的地名，認爲除了少數幾個文例之外，先秦所見的「河」字莫不是指黃河，〔註233〕同簋的「河」字釋爲黃河，應該是可從的。〔註234〕

黃河之水源遠流長，同簋所說的河究竟指黃河的哪一段，必須從簋銘觀察。同簋記載周王派遣同左右吳大父管理場林虞牧之事，而「自$\overset{\text{（字形）}}{}$東至于河，厥逆至于玄水」正是說明這片林牧土地所在的範圍，符合這段方位敘述的黃河，應是指自北向南流經晉陝交界的河段。

〔63〕埜

【出處】

大克鼎 02836：「易（錫）女（汝）田于**埜**」（文例參本章「陣原」條目下）

〔圖十三〕

〔註231〕同簋河字從水從何，亦即河字。于省吾考證河字從卜辭到金文的演變，論述綦詳，可以參見，見于省吾《雙劍誃殷栔駢枝三編》（臺北：藝文印書館，1975），頁7～8。

〔註232〕參《甲骨文字詁林》1328 號。

〔註233〕見屈萬里〈河字意義的演變〉，《中央研究院歷史語言研究所集刊》30 本上冊（1959），頁143～155。屈文大體可從，只有一些小地方有待商榷，如甲骨文所見的「河」字，除了作爲地名之外，尚有作爲神祇等用法，屈氏則認爲卜辭中的河字無一不是指黃河，這點問題在《甲骨文字詁林》1328 號下的按語已經指出，此不贅述。再者，屈文謂先秦的鐘鼎彝器不見河字，實則不然，西周器同簋的從水從何之字應即河字，又東周器也有河南矛、河陰戈，可以作爲屈文的補充。

〔註234〕唐蘭〈同殷地理考〉將此河字釋爲菏，即〈禹貢〉之菏澤，在今山東省境，也就是說唐氏以爲，同協助管理的林牧範圍（「自$\overset{\text{（字形）}}{}$東至于河，厥逆至于玄水」），是從山西曲沃遠抵山東菏澤一帶，然後再「逆」至于山西高平的泫水，從唐氏所附的圖版中可以明顯看出，如唐氏所考，「泫水」正位於「虒」與「菏」之間，周王所指定的範圍若是如此，那麼語意不免過於複沓，因爲從「菏」到「泫水」的地域已經包含在「虒」到「菏」的範圍中了，唐氏所釋並不合理。

【考證】

大克鼎記載周王賞賜克幾處田地，埜是其中之一。柯昌濟《韡華閣集古錄跋尾》乙中五六：「埜，古野字，《說文》野古文作埜。駫、康、匽、陣原皆地名，似皆為宗周附近之地。」柯氏以為大克鼎所見的幾個地名在宗周附近，可備參考。

鼎銘云「易女井寓𠤳田于駫」、「易女井遆𠤳人飌」、「易女井人奔于量」，即周王將原屬井氏掌管的𠤳族田地以及井氏所徵召的𠤳人一併賞賜給克，[註235] 顯然周王給克的賞賜中，與井國有一定的相關性，從鼎銘看來，在周王未封賞給克之前，井人應是掌管著𠤳族的田地，雖然𠤳族地望不可考，但西周的井國地望所在，盧連成、尹盛平考證應在今陝西寶雞、鳳翔一帶，與古矢、散二國毗鄰，[註236] 推斷原屬𠤳族的田地也應該與井國不會相去太遠。當然，我們必須考慮的一點是，周王賞賜的這幾處田地，未必集中在某一個區域，但至少可以確定的是，這幾處田地所在應是分布在西方的宗周一帶，而不會遠至東方的成周附近吧。

〔64〕淠

【出處】

大克鼎 02836：「易（錫）女（汝）田于淠」（文例參本章「陣原」條目下）

〔圖十三〕

【考證】

淠，周王賞賜克田地的所在地。淠字从水，可能是水名或是近水之地，地處宗周一帶附近。

〔65〕駫（畯）

〔註235〕參裘錫圭先生〈古文字釋讀三則——三・釋「寓」「遆」〉，《古文字論集》（北京：中華書局，1992），頁398～402。

〔註236〕盧連成、尹盛平〈古矢國遺址墓地調查記〉，《文物》1982年2期，頁57。

【出處】

大克鼎 02836：「易（錫）女（汝）井寓（宇）飆田于觚，以厥臣妾。」

〔註237〕（**文例參本章「隭原」條目下**）〔圖十三〕

【考證】

　　觚，〔註238〕周王賞賜克田地的所在地之一。強運開《說文古籀三補》卷九頁四：「按金文畯多作田，此篆從山，當是古峻字」，強氏所釋可備一說。方濬益《綴遺齋彝器攷釋》卷四頁三十一：「觚從山，與寒山皆山名」，方氏謂爲山名，可能成立。其地應在宗周一帶。

〔66〕康

【出處】

大克鼎 02836：「易（錫）女（汝）田于康」（**文例參本章「隭原」條目下**）

〔圖十三〕

【考證】

　　康，從宀從康。在其他幾件西周金文中，康字均讀爲康樂之康，與不加宀

〔註237〕井後一字，歷來多釋爲「家」，查其字形實與家字不類，裘錫圭先生對於此字形義與本句文義有獨到的見解，他說：「大克鼎所記的周王賞賜給克的田地共有七處，『田』字上加定語的只有位于觚地的『井宇飆田』一例，記明同時賞給附屬于田地的臣妾也只有這一例。可見這塊田地的情況是相當特殊的。鼎銘下文還有『錫汝井遟飆人氚』一語，把它跟『錫汝井宇飆田于觚』一語放在一起來考慮，可以看出井和飆都是族氏，井人跟飆人之間存在著某種關係。『井宇飆田』的『宇』顯然是用作動詞的，『井宇飆田』意即井人所居之飆田。從上引五祀衛鼎銘文所反映的情況來看，這應該是井族派人居于飆族之地加以耕種的原屬飆族的田地。……明白了『井宇飆田』的性質，爲什麼在周賜給克的田地裏唯獨這一塊有附屬于田地的臣妾的道理也就可以明白了。這些臣妾應該就是井族原先派去耕種這塊田地的奴隸，現在隨著田地換了主人。」結合五祀衛鼎的記載，裘氏的推論應是可信的。見裘氏《古文字論集》，頁399。又田字前一字——飆，歷來解釋不一，黃錫全釋爲纈，見黃錫全〈古文字考釋數則〉，《古文字研究》第十七輯，頁295～296。

〔註238〕馬承源《銘文選（三）》297號將觚字隸定爲墅，斁鼎銘拓片，田下之字並不從土，字應隸定爲觚。

旁的康字無別。康地應在宗周一帶。

〔67〕寒山

【出處】

大克鼎 02836：「易（錫）女（汝）田于<u>寒山</u>」（文例參本章「陴原」條目下）

〔圖十三〕

【考證】

寒山，周王賞賜克田地的所在地之一。方濬益《綴遺齋彝器攷釋》卷四頁三十一：「酖從山，與寒山皆山名。」啓卣有「王出獸南山」一句，卣銘的「南山」確實是山名（參第三章「南山」條目下），雖然不加通名者也未必不是山名，如噩侯馭方鼎、競卣、麥方尊等器的坏地，學者認爲即大伾山（參第三章「坏」地條目下），但是以通名「山」字來判斷西周金文的山名，是不得不然的方法。方濬益以爲寒山是山名，已經提示了後人判斷山名的主要參考標準，是值得重視的意見。其地應在宗周一帶。

〔68〕匽

【出處】

大克鼎 02836：「易（錫）女（汝）田于<u>匽</u>」（文例參本章「陴原」條目下）

〔圖十三〕

【考證】

匽，字形雖與金文習見的匽國相同（即文獻所見西周的燕國），但是西周的匽國遠在東方，與鼎銘所見的匽地應是無涉，二者應屬同名異地之例。其地應在宗周一帶。

第三章　西周金文中的東方地名

〔1〕成周（新邑）

【出處】

應侯見工鐘 00107-00108（參第二章「周」條目下【出處】）

成周鈴 00416-00417：「成周」

圉甗 00935：「王祖于成周，王易（錫）圉貝，用乍（作）寶障彝。」

臣卿鼎 02595：「公違省自東，才（在）新邑，臣卿易（錫）金，用乍（作）
　　父乙寶彝。」（臣卿簋 03948 同）

嗣鼎 02659：「王初□月?于成周，濂公蔑嗣曆，……」

德方鼎 02661（參第二章「宗周」條目下【出處】）

易鼎 02678：「唯十月，事于曾，密白于成周，休賜小臣金，弗敢喪，易用
　　乍（作）寶旅鼎。」

新邑鼎 02682：「癸卯，王來奠新邑，□旬又四日丁卯，□自新邑于東。王
　　□□貝十朋，用作寶彝。」

厚趠方鼎 02730：「隹（唯）王來各于成周年，厚趠又儥于濂公。趠用乍（作）

乎（厥）文考父辛寶障彝」

小臣夌鼎 02775：「正月，王才（在）<u>成周</u>，王迻于楚麓，令小臣夌先省楚
　　庐，王至于迻庐，無遣，小臣夌易（錫）貝、易（錫）馬兩，夌拜頴
　　首。」

史獸鼎　02778：「尹令史獸立工于<u>成周</u>，十又一月癸未，史獸獻工于尹，
　　咸獻工。尹賞史獸𤔲，易（錫）鼎一、爵一。對揚皇尹不（丕）顯
　　休，用乍（作）父庚永寶障彝。」

史頌鼎 02787-02788（參第二章「宗周」條目下【出處】）

小克鼎 02796-02802（參第二章「宗周」條目下【出處】）

頌鼎 02827-02829（參第二章「宗周」條目下【出處】）

諆簋 03950-03951：「唯九月，㠱弔從王員征楚刅（荊），才（在）<u>成周</u>，諆作
　　寶簋。」

小臣傳簋 04206（參第二章「葊京」條目下【出處】）

師遽簋蓋 04214（參第二章「周」條目下【出處】）

史頌簋 04229-4236（參第二章「宗周」條目下【出處】）

佣生簋 04262-04265：「隹（唯）正月初吉癸子（巳），王才（在）<u>成周</u>。格白
　　（伯）取良馬乘于佣生，乎（厥）賈卅田，則析。」

靜簋 04273（參第二章「葊京」條目下【出處】）

敔簋　04323：「隹（唯）王十月，王才（在）<u>成周</u>，南淮尸（夷）遷殳，內
　　伐溟、鼎𪔂泉、裕敏、隓陽洛。……」

虢仲盨蓋 04435：「虢中（仲）㠯王南征，伐南淮尸（夷），才（在）<u>成周</u>，
　　乍（作）旅盨，茲盨友十又二。」

伯寬公盨04438-4439：「隹（唯）卅又三年八月既死辛卯，王才（在）<u>成周</u>，
　　白寬父乍（作）寶盨，子子孫孫永用。」

弔專父盨04454-04457：「隹（唯）王元年，王才（在）<u>成周</u>，六月初吉丁亥，
　　弔（叔）專父乍（作）奠季寶鐘六、金障盨四、鼎十，奠季其子子孫
　　孫永寶用。」

乍冊𩲏卣 05400：「隹（唯）明保殷成周年，公易（錫）乍（作）冊𩲏卣、貝，𩲏揚公休，用乍（作）父乙寶障彝。」（作冊𩲏05991 同）

豐卣 05403：「隹（唯）六月既生霸乙卯，王才（在）成周，令豐殷大矩，大矩易（錫）豐金、貝，用乍（作）父辛寶障彝。」（豐尊 05996 同）

士上卣 05421-05422（士上盉 09454 同，參第二章「宗周」條目下【出處】）

𩵀士卿父戊尊 05985：「丁巳，王才（在）新邑，初𨥖，王易（錫）𩵀瘰士卿貝朋，用乍（作）父戊障彝。」

何尊 06014：「隹（唯）王初𨖍宅于成周，復𠭯珷王豐福自天。才（在）四月丙戌，王誥宗小子于京室，曰：昔才爾考公氏克遷玟王，肆玟王受茲 大 令 。……」

矢令方尊 06016：「隹（唯）十月月吉癸未，明公朝至于成周，徣令：舍三事令，眔卿族寮眔者尹眔里君眔百工眔者侯──侯、甸、男，舍四方令。既咸令，甲申，明公用牲于京宮；乙酉，用牲于康宮。咸既用牲于王，明公歸自王。」（矢令方彝 09901 同）

盂爵 09104：「隹（唯）王初奉于成周，王令盂寧登白（伯），賓貝，用乍（作）父寶障彝。」

十三年瘐壺 09723-9724：「隹（唯）十又三年九月初吉戊寅，王才（在）成周嗣土虎宮，各大室，即立（位）。遲父右瘐，王乎（呼）乍（作）冊尹冊，易（錫）畫𢆶、牙僰、赤舃，瘐拜頴首，對揚王休，瘐其萬年永寶。」

頌壺 09731-09732：「隹（唯）三年五月既死霸甲戌，王才（在）周康卲宮。旦，王各大室，即立（位），宰引右頌入門，立中廷。尹氏受王令書，王乎（呼）史虢生冊令頌，王曰：頌，令女（汝）官嗣成周賈廿家，監嗣新造，賈用宮御。……」

兮甲盤 10174：「隹（唯）五年三月既死霸庚寅，王初各伐玁狁于𤔲𢊭，兮甲從王折首執訊，休亡啟，王易（錫）兮甲馬四匹、駒車。王令甲政嗣成周四方積，至于南淮尸（夷）。……」

成周戈 10882-10884：「成周」

新邑戈 10885：「新邑」

晉侯穌編鐘（參第二章「宗周」條目下【出處】）

靜方鼎（參第二章「宗周」條目下【出處】）

【考證】

　　成周，在西周金文中又名「新邑」，「新邑」也見於《書・召誥》，又名「新大邑」（〈洛誥〉）、「新邑洛」（〈多士〉）、「大邑成周」（《逸周書・作雒》），也就是《史記・周本紀》所謂的「洛邑」。周人發祥於西方的周原，在武王克殷之後，對東土的經營管理成爲西周王室的一大要事，而卜居於天下之中的成周洛邑，正是肩負了如此重任。先秦文獻對於成周洛邑的興建，有不少詳盡記載，如《尚書》的〈召誥〉、〈洛誥〉、〈康誥〉、〈多士〉，《逸周書》的〈作雒解〉、〈度邑解〉，《史記》的〈周本紀〉、〈魯周公世家〉等，再加上西周早期的重器之一 ——何尊的出土，更證明了文獻記載的眞實性。歷來討論成周洛邑的相關文章，更是不計其數，學者基本上都同意，成周洛邑是西周王室經營東土的主要都邑，相對於西方的主要都邑——宗周，成周就是西周王室的東都。

　　成周洛邑的故址所在，《書・洛誥》的記載十分明白：

　　予惟乙卯，朝至于洛。我卜河朔黎水。我乃卜澗水東、瀍水西，惟

　　洛食；我又卜瀍水東、澗水西，亦惟洛食。伻來以圖及獻卜。

〈召誥〉也云：「太保乃以庶殷攻位于洛汭，越五日甲寅，位成」，根據這兩段西周信史可知，當時卜得新邑成周的理想所在是「洛汭」，瀍水、澗水都在洛水北岸東南流注入洛水，〔註1〕《說文》：「汭，水相入也」，顯然所謂的「洛汭」是指瀍水東、澗水西之間的洛水段。學者結合文獻記載，加上近數十年來洛陽地區考古發掘的成果，大抵可知洛水及瀍水交匯地帶是找尋西周東都洛邑的重要區域，有關此方面的研究狀況，茲以盧連成〈西周金文所見新邑、成周〉一文的敘述爲代表：

　　瀍水之濱的考古發現是從兩方面進行的，其一是西周居址和大型作

〔註1〕楊守敬，熊會貞《水經注疏》卷十五：「瀍水出河南穀城縣北山……，又東入于洛。澗水出新安縣南白石山……，東南入于洛」，頁1353～1357。

坊的考古發現，其二是西周貴族墓和殷遺墓地的發現和發掘。瀍水
西岸的龐家溝西周墓地墓區面積約二萬五千平方米，已經發現西周
時期墓葬約四百餘座，其中一些墓葬，規模宏大，帶有南北兩條墓
道，陪葬有車馬坑、祭祀坑。⋯⋯顯然，這裏是一處十分重要的西
周貴族墓地。⋯⋯瀍水西岸的洛陽北窯遺址是一處面積約達二十萬
平方米的西周鑄銅遺址，這樣大模規的鑄銅作坊全國僅見，顯然應
該屬於西周王室直接控制，是王室貴族生產禮樂重器的。瀍水之濱
還曾發現屬於西周宮殿基址的夯土遺存和南北走向的西周交通大
道。瀍水之濱這些重要的考古發現，充分表明西周時期這裏是一處
人口密集、經濟繁華的重要活動地點。⋯⋯基本可以確定西周成周
位置即在瀍水東西兩岸及洛水交匯的三角地帶，南及洛河，北依邙
山。中心地區可能在瀍水西岸、澗水東岸，與東周時期的王城相鄰。

〔註2〕

從考古發現結果來看，與〈召誥〉、〈洛誥〉記載的成周洛邑位置正是相合，此
說應是可信。

　　此外，歷來討論成周洛邑時，往往涉及「王城」，也就是東都究竟是否有兩
座王城——一成周、一王城，這個問題聚訟不已，由於和成周有關，也牽涉到
幾件西周金文的釋讀，因此有必要略作說明。

　　「王城」之名見於文獻，它並不專指一處，《左傳》僖公十五年：「十月，
晉陰飴甥會秦伯，盟于王城」，杜注：「王城，秦地，馮翊臨晉縣東有王城」，這
是秦地的王城，與我們所要討論的成周王城無涉。王城與成周視爲二城，主要
的依據可能肇始於《公羊傳》，《公羊傳》昭公二十二年：「王城者何？西周也」，
又二十六年云：「成周者何？東周也」。後來《漢書・地理志》在「河南郡」下
云：「雒陽，周公遷殷民，是爲成周」，又曰：「河南，故郟鄏地。周武王遷九鼎，
周公致太平，營以爲東都，是爲王城，至平王居之」，從這兩段記載可見，班孟
堅已是分成周與王城爲二地。鄭玄《詩譜・王城譜》云：「始武王作邑於鎬京，

〔註2〕見《文史集林》（西安：三秦出版社，1987）第二輯，頁145～146。盧文的考古資
料主要引自葉萬松、余扶危〈關於西周洛邑城址的探索〉（《西周史研究》，頁 317
～324）一文，該文對瀍水兩岸的考古發現有詳細的描繪，可以參見。

謂之宗周，是爲西都。周公攝政五年，成王在豐，欲宅洛邑，使召公先相宅，既成，謂之王城，是爲東都，今河南是也；召公既相宅，周公往營成周，今洛陽是也。成王居洛邑，遷殷民於成周，復還歸處西都」，顯然鄭康成也認爲在西周時期已經出現王城與成周。在這些文獻材料的基礎上，近世學者討論西周時期的令彝、御正衛簋時，就產生了西周究竟是否已有王城與成周二城之辯，見仁見智，莫衷一是。

西周時有沒有與成周對立的王城，是一個複雜的問題，若單從目前可見的西周信史來看，我們的確還看不出與成周並立的「王城」，上段引《公羊傳》的文字，主要乃是針對春秋時期的政治局勢，而班、鄭之說似乎在西周文獻中尚無法找出確切的證明，但至少從文獻及考古發掘看來，〔註3〕東周時期洛陽有王城的存在，是毋庸置疑的，不過西周時期就有待商榷了。本段主要就令彝、令尊、御正衛簋所見的「王」字是否指「王城」，略爲討論。先看二器的相關內容：

> 𠬝令方彝：「唯十月月吉癸未，明公朝至于成周，𣄢令舍三事令，眾卿事寮眾諸尹眾里君眾百工眾諸侯：侯、甸、男，舍四方令。既咸令。甲申，明公用牲于京宮。乙酉，用牲于康宮。咸既用牲于王，明公歸自王。」（作冊𠬝令尊銘文同）〔圖一〕

> 御正衛簋：「五月初吉甲申，懋父賞御正衛馬匹自王，用作父戊障彝。」
> 〔圖十八〕

先說令彝，早年唐蘭、陳夢家等均以爲令彝「用牲于王」、「明公歸自王」的「王」字指王城，〔註4〕後來學者對此說或贊成或反對。〔註5〕就語法上來說，

〔註3〕參考古研究所洛陽發掘隊〈洛陽澗濱東周城址發掘報告〉，《考古學報》1959 年 2 期，頁 15～34。

〔註4〕唐蘭〈作冊令尊及作冊令彝銘文考釋〉，《唐蘭先生金文論集》，頁 11；陳夢家〈斷代（二）〉。

〔註5〕如盧連成〈西周金文所見新邑、成周〉一文即主此說；反對者如曲英杰〈周都成周考〉（《史學集刊》1990 年 1 期，頁 2），曲氏對「用牲于王」的解釋是：用牲祭祀昭王，也就是說，王字是指已死的周昭王，不過此說對於下句「明公歸自王」就不好理解了，恐怕有待商榷。又王人聰〈令彝銘文釋讀與王城問題〉（《文物》1997 年 6 期）一文，特別針對令彝兩處王字究竟應否釋爲王城討論，王氏認爲全

王字在句中的位置的確可能是指處所或地名，但是若逕釋王字爲「王城」，而且是與成周並立的另一座都城，似乎有增字解經之虞。細繹上下文，至少可知「咸既用牲」與上文「咸既令」乃總結「舍三事令」、「舍四方令」的用法一樣，〔註6〕意指甲申、乙酉二日在京宮、康宮用牲之事已畢，這應是不容懷疑的。而「于王」二字的斷讀是王字解釋的關鍵，近有學者王人聰討論令彝釋讀，王氏對於前人的說法已有論述，茲不贅述，王氏採用的是陳邦懷的讀法，〔註7〕即「咸既用牲，于王」，將「于」字解釋爲往、到之義，王文引據文獻句例如：《詩・周南・桃夭》「之子于歸」、〈小雅・采綠〉「之子于狩」、〈大雅・棫樸〉「周王于邁」、《書・大誥》「于伐殷逋播臣」等，西周金文也有「于征伐東夷」、「于伐楚伯」等例，用以說明「于王」可以釋爲「往王所在之處」，王氏解釋「于王，明公歸自王」爲明公到周王那裏，然後從周王那裏回來。「于」字習見於甲金文及文獻，用法十分豐富，歷來討論的學者也不乏其人，〔註8〕卜辭中有幾類「于」字之後加上處所名詞的句型，如「動詞＋于＋處所名詞」、「名詞＋于＋處所名詞」、「自＋處所名詞＋于＋處所名詞」等，不少學者都認爲該「于」字應釋爲往、到之義，〔註9〕也有學者透過文例比對，保持比較審愼的態度，認爲卜辭中的確有一類動詞意味比較強的「于」字例，但不能完全肯定必然是動詞。〔註10〕至於金文這類「于」字的類型，主要就是上文王

篇銘文有出現三次王字，這三個王字應該都釋爲周王，而「于王」二字應解釋爲往周王那裏，「歸自王」則謂從周王那裏回來。

〔註6〕陳邦懷《嗣樸齋金文跋・矢令方彝跋》已經指出，頁85～86。

〔註7〕同上。

〔註8〕除了討論語法方面的專書每多論及之外，其他專章討論的文章也不在少數：如楊樹達《積微居甲文說・釋于》（臺北：大通書局，1974），頁12；聞宥〈「于」「於」新論〉，《中國語言學報》第二期（1984），頁44～48；黃偉嘉〈甲金文中「在、于、自、從」四字介詞用法的發展變化及其相互關係〉，《陝西師範大學學報》1987年1期，頁66～75；趙誠〈金文的「于」〉，《語言研究》1996年2期，頁105～110；郭錫良〈介詞「于」的起源和發展〉，《中國語文》1997年2期，頁131～138。

〔註9〕如上引楊樹達、趙誠、郭錫良等。

〔註10〕如沈培認爲，卜辭中的「于」字有兩種意思，一種是含有「在……」的意思，一種則是動詞性較強「到……」的意思，見沈培《殷墟甲骨卜辭語序研究》（臺北：文津出版社，1992），頁127～132。

氏所引的文例，不過在西周金文及文獻中，這類文例的「于」字的前後通常接有動詞，如王氏引的「于伐楚伯」、「于征伐東夷」及多友鼎「羞追于京自」、不嬰簋「女以我車宕伐玁狁于高陶」等，顯然這些動詞才是主要發生的動作。而如陳、王二氏所釋，直接以「于」字作爲主要動詞者，似乎尚不得見。〔註11〕西周金文往往以「至于」或「各」等動詞代表往到某處之意，如多友鼎「乃遡追，至于楊冢」、禹鼎「至于歷內」、晉侯穌鐘「王至于蕼」、「王至于熏醽」等，至於講到周王「各于大室」的文例更是不勝數；文獻也不例外，如《書‧牧誓》「王朝至于商郊牧野」、〈武成〉「王來自商，至于豐」、〈召誥〉「王朝步自周，則至于豐」「太保朝至于洛」「周公朝至于洛」、《詩‧大雅‧緜》「至于岐下」、〈小雅‧小明〉「至于艽野」、〈小雅‧六月〉「至于涇陽」「至于大原」等。若從卜辭來看，將令彝「于王」的「于」字解釋爲往到之義，並非不可，但是一則西周金文罕見這種類例，一則將「王」字釋爲後世出現的專有名詞——王城，又似乎有增字解經的嫌疑，再則，陳邦懷謂「于王」乃「明公事畢，往王室復命」之意，實際上從西周文獻及金文來看，多是以「告」字表示告命之意。〔註12〕學者還提出另一個可資思考的原因，如果令彝「于王」之「王」果眞是王城，而且又是西周時期與殷遺遷居之地——成周並立的「王城」，那麼從目前所見的西周金文來看，周王多半是在成周活動，卻罕見在所謂的「王

〔註11〕有一例要特別說明，西周早期器新邑鼎銘：「癸卯，王來奠新邑，□旬又四日丁卯，□自新邑于東，王□□貝十朋，用作寶彝」，鼎銘拓片有幾個字不清，作器者之名不得而知，于省吾〈利簋銘文考釋〉（《文物》1977 年 8 期，頁 12）將新邑鼎的「于」字訓爲往，唐蘭《史徵》（頁 45）則語譯爲：「丁卯這天，從新邑回來，在東的地方，王賞了十掛貝」，唐蘭將「于東」斷爲一句，並謂「從新邑回來」，銘文有「歸自」（令鼎「王歸自諆田」、應侯見工鐘「王歸自成周」）、「還自」（噩侯馭方鼎「唯還自征」）例，唐氏或據此而補，不能定其是非，不過將「于東」釋爲在東這個地方作爲補充說明的用法，金文裏也有類例，如大克鼎「賜汝田于埜」、「賜汝田于淖」等，「于埜」、「于淖」都是用來補充說明賜田的所在地，唐蘭語譯也不是無據之談。

〔註12〕見於文獻者如，《詩‧大雅‧江漢》：「經營四方，告成于王」；見於金文者如，靜方鼎：「唯十月甲子，王在宗周，令師中眾靜省南國相，䢔屆。八月初吉庚申，至，告于成周。月既望丁丑，王在成周大室，令靜曰：……」，鼎銘的「告于成周」顯然是說師中與靜完成使命，告命于成周。

城」活動，這是令人不得不懷疑的。〔註13〕因此，陳、王二氏的釋讀可能還無法完全成立。

上述陳邦懷的解釋雖然還存在一些問題，但是卻也給我們一個啓示，李學勤曾說：

> 「咸既用牲于王」與上文「既咸令」例同，作一氣讀。京宮、康宮爲周先王宗廟，故此處稱「用牲于王」。同樣，「歸自王」的「王」也指二宮。我們曾分析，「公到成周而發令，既令之後用牲於京宮、康宮，二宮自在成周。」〔註14〕

李說與陳氏釋「王」字爲宮室，其實有異曲同工之妙。「咸既用牲于王」、「明公歸自王」的「王」字可能不僅指京、康二宮，恐怕也就是指周王所居之處，這種類似的用法在文獻中也可找到例子，如《詩·魯頌·有駜》：「有駜有駜，駜彼乘黃。夙夜在公，在公明明。……夙夜在公，在公飲酒。……夙夜在公，在公載燕。……」鄭《箋》：「言時臣憂念君事，早起夜寐，在於公之所」，〈有駜〉的「公」字即謂「公之所」。雖然從銘文看不出當時周王所在，但是京宮與康宮位處成周應是無疑的，成周爲西周東都所在，自然是天子居留之所，當時周王是否在成周並不影響成周是王之所居的事實，而「咸既用牲于王」即謂此次在王所（即成周）的用牲告廟之禮業已完成，「于」字用法與上文的「用牲于京宮」、「用牲于康宮」並無二致，而下段起始便云「明公歸自王」，也就是明公自王所（即成周）歸的意思。因此，暫且不論西周是否有「王城」的存在，〔註15〕然而將令彝、令尊的「王」字釋爲與成周並立的「王城」，恐怕是不大妥當的；至於御正簋的「王」字，裘錫圭先生認爲應該是說明懋父賞賜御正衛馬匹的來源，〔註16〕此與「王城」可能也是無關的。

〔註13〕杜勇〈周初東都成周的營建〉，《中國歷史地理論叢》1997年4期，頁45～46。

〔註14〕李學勤〈令方尊、方彝新釋〉，《古文字研究》第十六輯，頁223。

〔註15〕有關成周、王城之辨，歷來討論的文章相當多，而令彝、令尊及御正衛簋又多爲贊成「雙城說」的學者所援引，故這三件銘文的釋讀有釐清的必要。目前爲止，至少從可信的西周文獻及出土資料來看，還看不到確切有「王城」的記載，「王城」的出現最早恐怕不過春秋時期，因此「雙城說」可能還有待商榷，杜勇〈周初東都成周的營建〉（頁41～48）一文對於「雙城說」的問題所在，有深入的探討，可以參看。

〔註16〕裘錫圭〈「錫朕文考臣自厥工」〉，《古文字論集》，頁393。

〔2〕遄

【出處】

曶鼎 02838：「唯王元年六月既望乙亥，王在周穆王大⊠若曰：『曶，令女（汝）
更乃且（祖）考嗣卜事，……。』王在遄莅，井弔賜曶赤金鈞，曶受
休 于王 。」〔圖十九〕

【考證】

　　遄字，奇古難辨，歷來說法不一，有隸定作「遄」、「還」、「遄」、「衝」、「達」
等字。〔註17〕核其字形，可能以譚戒甫、唐蘭所釋比較可信，譚戒甫云：

> 其實此字左從辵，右上從童，即是「瞳字省壬」（原注：按金文童作童，
> 從罒[橫目形]，東聲，它器或從重省聲，因爲重字從壬東聲，故此謂「瞳字（橫
> 目由中移左）省壬」），用作聲符，右下不是召字，當是「卪口」二字，
> 《說文》：「衝，通道也。從行，童聲。」二字聲義皆同，不過此爲
> 地名，只因形勢衝要，特著其義爲「卪口」，猶云關口，頗疑此衝或
> 是後世潼關地帶的本字，大約當西周時，渭水下游由驪山至黃河曲
> 處總名爲潼，故東漢在河曲以南置潼關，至宋在驪山以北置臨潼縣，
> 可以意識到這塊地方的廣長與險阨，也就是這個衝字的本義所由來
> 了。〔註18〕

譚氏析形解義，固有其理，只是誠如李孝定先生在《金文詁林附錄》（頁 1385）
所說的，「惟字從叩，不可解耳」，譚氏將「叩」旁析爲卪口二字，並以關口釋
之，似乎推之過甚了。

　　遄地地望，歷來由於字形不是十分確定，因此多半無考，柯昌濟雖有考

〔註17〕釋「遄」者，如吳大澂《愙齋集古錄》四・一九引錢獻之釋文隸定爲「遄」，阮元
　　　　《積古》卷四・三十五亦同；釋「還」者，如劉心源《奇觚室吉金文述》二・二
　　　　五、柯昌濟《韡華閣集古錄跋尾》乙中五九；釋「遄」者，如于省吾《雙劍誃吉
　　　　金文選》上二・十二，郭沫若《大系》頁 96；釋「衝」者，如譚戒甫〈西周曶器
　　　　銘文綜合研究〉，《中華文史論叢》第三輯（1963），頁 72；釋「達」者，如唐蘭〈永
　　　　盂銘文解釋〉，《文物》1972 年 1 期。李孝定先生《金文詁林附錄》（頁 1385）對
　　　　諸說已有所評斷。

〔註18〕譚戒甫〈西周曶器銘文綜合研究〉，頁 72。

證，但也由於釋字不確，故不可採之，〔註19〕譚氏釋地則可備一說，但未必是定論。

〔3〕夋

【出處】

敔簋*04323：「隹（唯）王十月，王才（在）成周，南淮尸（夷）遷夋，內（入）伐淊、鼎曑泉、裕敏、陰陽洛，王令敔追翻于上洛㤅谷。至于伊、班、長榜，截首百，執訊卌。」〔圖二十〕

【考證】

　　敔簋分別記錄兩段不同時間的事情，首段與地名相關的文字，歷來釋讀歧異不少，其中又以「南淮夷……陰陽洛」之文爲甚，陳連慶〈敔殷銘文淺釋〉一文對諸家說法有清楚的介紹：

> 字，郭沫若以下皆釋遷（《大系》頁110）〔註20〕；夋字，郭釋夋、于省吾（《雙劍誃吉金文選》上三・十四）、吳闓生（《吉金文錄》三・八）釋及，今觀其字從人從又，當是及字無疑。又此處斷句及訓釋，諸家很大分歧。郭以夋爲地名，於夋下標逗號，意謂南淮夷遷於夋地；吳闓生、楊樹達（《積微居金文說》頁76）於內字下標逗號，而解釋不同。楊讀遷爲竄，訓內爲內國，蓋謂淮夷竄入內地。吳於遷字無說，揆其意似謂遷至內地。于氏此句不加隔斷，連讀至陽洛爲止，似較諸家爲長，但對遷及二字未加解釋。今按遷及二字當是人名，……。〔註21〕

〔註19〕柯昌濟《韡華》乙中五九：「還居，地名，又見冗簋，《逸周書》云：『王在管』，管、還音近，疑即其地，當在宗周附近，後儒以鄭州後置之管城當之，非也。」柯氏所說的「冗簋」即免簋（04626），簋銘⬛形釋爲還字的確可從，但是與敔鼎銘恐非一字。

〔註20〕美蘭案：其實早在郭沫若之前，就有學者將該字釋爲遷，如孫詒讓《古籀拾遺》卷上・二十五已釋此字爲遷字。特別說明一點，由於陳連慶在引述各家說法時並未交代出處，故筆者在引文的括號內將各家出處標出，以便查考。

〔註21〕見陳連慶〈敔殷銘文淺釋〉，《古文字研究》第九輯，頁308。陳文引諸說未標明出

，諸家多釋爲遷，遷字源流尚不明，爲行文之便，暫從舊說書作遷；〔註 22〕
多數學者都主張釋及，金文及字从人从又（參《金文編》0459 號所錄及字諸
形），如果簋銘「𣈤」字摹寫不誤的話，金文以人字爲偏旁者罕見「𠂆」形，
倒是从殳得形之字習見，我們參看《金文編》0714 號毀字諸形所从的殳字，
與敔簋的𣈤字如出一轍，除非能夠證明𣈤字有所訛變，否則恐怕當以釋殳爲是。

確定「遷殳」二字的隸定之後，要處理銘文釋讀的問題。楊樹達引《逸
周書·酆謀》「邊不侵內」以證內字可稱內國，楊說雖然不錯，但是必須建立
在𣈤字釋爲「及」的前提下方能成立，因此這段文字應以郭沫若斷讀爲是，
郭氏句讀爲「南淮夷遷殳，內入伐……」，「內伐」並非特見，陳璋方壺銘有
「大壯孔陳璋內伐匽亳邦之隻（獲）」，郭氏讀爲「入伐」應是可信。至於「遷
殳」一辭，孫詒讓、陳連慶認爲此二字爲人名，未必不可；郭氏以殳爲地名，
遷字意義對殳地在此番戰役的地位則略有影響，若如上引陳連慶揣郭氏意謂
「南淮夷遷於殳地」，則殳地可能不在周室管轄之內；若如楊樹達讀遷爲竄，
〔註 23〕殳地則可能爲周室所管轄。

上列人、地二說，未能定其是非，以郭氏釋爲地名可備一說，故列一條
目以備考。殳若果爲地名，其地可能在南淮夷活動的淮水流域一帶到上洛（陝
西商縣）之間，只能暫定其位於周室（指成周）之南，地望則不可詳考。

〔4〕湄

【出處】

> 敔簋*04323：「隹（唯）王十月，王才（在）成周，南淮尸（夷）遷殳，內
> （入）伐湄、昴曑泉、裕敏、隂（陰）陽洛，王令敔追劇于上洛炫谷。
> 至于伊、班、長榜，蔌首百，執訊卅。」〔圖十九〕

處，又因陳氏已整理諸說，故引述陳文，並標明諸說出處。

〔註 22〕馬承源《銘文選（三）》411 號引三體石經古文叟字爲證，將此字釋爲遷，讀爲搜，
謂銘文「搜殳」二字爲聚結義，證據似非十分充足。

〔註 23〕楊氏《積微居金文說》（頁 76）云：「遷與竄古音近，遷當讀爲竄。《書·舜典》
云：『竄三苗於三危，』竄字《史記·五帝本紀》作遷，是古二字相通之證也。」

【考證】

敔簋「湏……陰陽洛」這段文字接在動詞「伐」後，作爲「伐」的對象（此處屬地名，也可以是人名、國名、地域名等），是無可疑慮的，但是這一連串的地名如何句讀，諸家見解不盡相同。由於銘文中有自然地理習見的「泉」字，至少可以確定在泉字之後可斷句，因此我們先看「湏昴參泉」四字。早期郭沫若《大系》（頁109）、楊樹達《積微居金文說》（頁76）斷爲「湏、昴、參泉」；後來陳邦懷、徐中舒均以「昴參泉」爲一地，湏字義訓則略有差異，陳氏一仍地名之說，[註24] 徐氏訓湏爲動詞；[註25] 唐蘭《史徵》（頁480）則斷爲「湏、昴、參、泉」四地。徐氏釋湏爲動詞，無法銜接上下文，故不可從。此外，其他各家顯然都同意「湏」字可以視爲一個地名，在語法上也可以成立。

湏，從水從宜，《說文》所無，陳連慶認爲此字應是從水宜聲的形聲字，並考其地云：

> 以聲類求之，殆即漢、沔之沔。《說文》沔，沔水出武都沮縣東狼谷，東南入江。從水丏聲。沔字與湏字，古同屬明母，沔在眞部，湏在耕部，韻近可通，淮夷西來，漢沔一帶首當其衝。[註26]

陳氏可能是據其文中所引段注《說文》謂古禮經鼏、幎通用，故謂「湏在耕部」，從先秦不少眞耕二部叶韻的例證看來，[註27] 陳說的確有可能成立，不過由於先秦對沔水的記載罕見，[註28] 而且根據陳氏考證敔簋所見的南淮夷進軍路

〔註24〕陳邦懷〈永盂考略〉，《文物》1972年11期，頁58。

〔註25〕徐氏云：「湏讀如幎，覆也，字從水者，言侵略之師覆滿于此水減並向各水南北兩岸發展」，見徐中舒《先秦史論稿》（成都：巴蜀書社，1992），頁169。

〔註26〕陳連慶〈敔毀銘文淺釋〉，《古文字研究》第九輯，頁308～309。

〔註27〕參業師陳新雄先生《古音學發微》（臺北：文史哲出版社，1983），頁1070。

〔註28〕在先秦典籍中，沔水最早見於《書‧禹貢》，而且先秦對沔水的記載似乎也僅此一見（《詩經‧沔水》之沔，毛《傳》：「水流滿也」，與水名之沔無涉）。〈禹貢〉：「浮于潛，逾于沔，入于渭，亂于河」，孔傳：「漢上曰沔」，孔穎達《正義》：「下傳云（美蘭案：指孔傳「嶓冢導漾，東流爲漢」二句）：『泉始出山爲漾水，東南流爲沔水，至漢中東行爲漢水』，是漢上曰沔。」《漢書‧地理志》漢中郡沔陽縣下如淳注曰：「此方人謂漢水爲沔水」，胡渭《禹貢錐指》（上海：上海古籍出版社，1996）：「凡水有隨地異名者，漾東流爲漢，又東爲滄浪之水是也。有因他水決入而互通稱者，漢上曰沔是也」，頁294。從古籍所載看來，漢水似乎又可因地制宜稱爲沔

線，他認爲「大約淮夷西來越過漢沔之後，似即遵循南陽、武關一線由南而北」，〔註29〕雖然當時南淮夷實際進軍路線尚無法詳知，但是從地理位置及銘文內容看來，淮河流域一帶的夷人要征伐周室，似乎無需「越過漢沔」再進伐周室，因此敔簋之湢是否即漢沔之沔，有待商榷。從銘簋可知南淮夷至少行經洛水沿岸，到了上洛，那麼湢的所在地域可以定在成周、上洛、淮水這三角地帶。

〔5〕鼎曑泉（鼎、曑泉）

【出處】

敔簋*04323：「隹（唯）王十月，王才（在）成周，南淮尸（夷）遷殳，內（入）伐湢、鼎曑泉、裕敏、隯（陰）陽洛，王令敔追卻于上洛怨谷。至于伊、班、長榜，蔻首百，執訊冊。」〔圖二十〕

【考證】

鼎曑二字，楊樹達《積微居金文說》（頁76）釋云：〔註30〕

銘文有鼎字，从晶从卯，此鼎之初字也。晶爲星之初文，故曑曑晨諸字皆从晶。曑省爲星，晨省爲晨，故鼎亦省作鼎。《說文》日部收鼎字，訓白虎宿星，而晶部無鼎字，得其流而昧其源矣。鼎爲星名，何緣當从日乎？若非銘文，此疑千載不能決矣。

楊氏結合銘文，解決《說文》鼎字釋爲星宿，但卻从日不从晶（星）字的矛盾，見解極爲精到，敔簋鼎曑二字皆从晶得形，其本義當與星晨有關，楊說可信。

考釋敔簋地名的學者，多半從郭沫若、楊樹達之說，將「鼎」與「曑泉」

水，但是目前所見的先秦文獻及古文字習見的是「漢」（即漢水。典籍習見，不俱舉；見於古文字者，如敬事天王鐘「江漢之陰陽」、鄂君啓節「上漢」、「逾漢」等），而沔水則僅見於〈禹貢〉，〈禹貢〉的成作時代又爭議不休，有西周、春秋、戰國等說法（參辛樹幟《禹貢新解》，頁8），聚訟不一，故若以先秦僅見的這條材料來證明西周時期漢水上段已有沔水之名，證據似乎略顯不足。陳氏以音理推湢爲沔水，可能需要更進一步的論據比較可靠。

〔註29〕陳連慶〈敔殷銘文淺釋〉，頁310。

〔註30〕孫詒讓《古籀拾遺》上・二十五已釋出鼎字，不過對於鼎字形義並沒有進一步說解，故此以楊樹達爲代表。

視爲兩個地名（見「洈」條目下所引）。然而，不知是否受到楊樹達釋字的啓發，陳邦懷、徐中舒都認爲應該將「昴晷泉」視爲一個地名。陳邦懷云：

> 考敔簋「伐洈、昴晷泉、裒敏、陰陽洛。」中的昴晷泉、陰陽洛，都
> 是三個字的地名，而且全是取天象爲地名。〔註31〕

徐中舒更詳細地說明：

> 昴參泉當是洛水所自出的源泉，昴六星，參三星，泉以星宿爲名，
> 這和長江上源稱星宿海也是一樣的。〔註32〕

自來斷讀爲「昴、晷泉」二地者，都沒有進一步解說，雖然未必不對，但是陳、徐二氏的看法似乎比較言而有據，《詩・召南・小星》也有參、昴二星的記載（「嘒彼小星，維參與昴」）。不過，徐氏謂昴晷泉是洛水源泉，恐怕未必，陳連慶已經指出：「本銘所列地名自東而西，昴參泉自非洛水所出的源泉。」〔註33〕陳連慶對昴晷泉另有考證：

> 庾信《崔說神道碑》文中所列地名有三泉，王仲犖《北周地理志》
> 錄於宜陽郡宜陽縣下，三泉蓋即昴參泉的簡稱。其地望與本銘所記
> 恰相吻合。王氏以三泉爲石泉之誤，非也。〔註34〕

陳文有一些小問題：一是，庾信及王仲犖的時代去西周甚遠，是否能援以爲據，有待商榷；一是，謂三泉即昴晷泉的簡稱，不知所據爲何？一是，敔簋記南淮夷一路攻打到洛水南北沿岸，而敔奉命追擊敵軍也到了洛水上游的上洛，若昴參泉地望果如陳說在宜陽縣，則其地在洛水北岸，距成周已是不到百里〔註35〕（可參陳文附圖，頁320），那麼南淮夷接下來的進軍方向理應是成周京畿所在了，由於銘文是敘述南淮夷一路從「洈」進攻直到洛水沿岸——「陰陽洛」，如果昴參泉就在洛水沿岸，那麼「陰陽洛」似乎不宜放在進軍地點的最後，因爲昴參泉就是在「陰陽洛」。從銘文看來，「裒敏」之前的地名可能還不屬於「陰陽

〔註31〕陳邦懷〈永盂考略〉，頁58。

〔註32〕徐中舒《先秦史論稿》（成都：巴蜀書社，1992），頁169。

〔註33〕陳連慶〈敔毁銘文淺釋〉，頁309。

〔註34〕同上，頁318～319。

〔註35〕顧祖禹《讀史方輿紀要》卷四十八河南府宜陽縣曰：「在縣西北七十里」，頁2067。
縣字當是府字之誤。

「洛」洛水南北岸的地點，因此簋銘才會在南淮夷進攻地點最後才提到「隆陽洛」。至於「昴參泉」實際所在，史籍闕如，目前只能根據簋銘所載，略將其地域定於淮北、洛南及上洛之間。

〔6〕裕敏（裕、敏）

【出處】

敔簋*04323：「隹（唯）王十月，王才（在）成周，南淮尸（夷）遷殳，內（入）伐湶、昴參泉、裕敏、隆（陰）陽洛，王令敔追勒于上洛怒谷。至于伊、班、長榜，蕺首百，執訊卌。」〔圖二十〕

【考證】

「裕敏隆陽洛」五字，郭沫若《大系》（頁 109）、楊樹達《積微居金文說》（頁 75）等均斷讀爲「裕、敏陰、陽洛」三地。不過，自從師永盂出土之後，學者對敔簋的斷讀又有了新的看法，永盂銘云：

> 唯十又二年初吉丁卯，益公內即命于天子，公迺出厥命，賜畀師永
>
> 厥田滄昜洛，疆眔師俗父田。〔註36〕

盂銘「滄（陰）昜（陽）洛」正與敔簋的「隆（陰）陽洛」語例相同，因此舊讀爲「敏陰、陽洛」二地恐怕無法成立，而唐蘭等人後來改讀爲「陰陽洛」是正確的。

由上述可知，敔簋「隆陽洛」應視爲一詞，所以本段要討論的是「裕敏」二字。在確定「隆陽洛」的名稱之後，多數學者都以「裕敏」二字爲一地，而

〔註36〕學者引用永盂銘文，多以「陰陽洛疆」爲一詞，如郭沫若、唐蘭、陳邦懷等，見唐蘭〈永盂銘文解釋〉（唐文引郭氏釋文並同）、陳邦懷〈永盂考略〉。吳鎮烽則認爲應斷讀爲「錫畀師永厥田陰陽洛，疆眔師俗父田」，吳氏的理由如下：「『疆』在這裏不是邊疆，應指田界，是下一句的主語。『眔』是至于、到達的意思。『疆眔師俗父田』是說田界至于師俗父的田地。1975 年 2 月岐縣董家村出土的五祀衛鼎銘有『厥逆（朔）疆眔屬田，厥東疆眔散田，厥南疆眔散田眔政父田，厥西疆眔屬田』，與此語例相同，可以爲證。」吳氏見解十分正確，見吳鎮烽〈金文研究札記〉，《人文雜志》1981 年 2 期，頁 93。裘錫圭〈西周銅器銘文中的「履」〉（《甲骨文與殷商史》第三輯，頁 430）一文亦同意此說。

唐蘭《史徵》（頁 480）斷爲「裕、敏」二地，徐中舒則不以爲地名，徐氏釋云：「裕，寬大也。侮，侵略也」。〔註37〕釋裕敏（或裕、敏）爲地名固然合理，然而徐說也未必不能成立，因爲如果「陰陽洛」果眞泛指洛水南北沿岸（見本章「隂陽洛」條目下討論），那麼「裕敏隂陽洛」解釋爲「大舉侵伐洛水南北沿岸」，在文意上也是可行的，只是「敏」字西周金文屢見，多半作爲捷疾義，而文獻似乎也未見讀敏爲侮的例證，徐說可以存疑，但尚不能完全推翻。若裕敏（或裕、敏）果爲地名，則其地應與棾鼎泉一樣，地處淮北、洛南及上洛之間。

〔7〕隂陽洛（澮昜洛）

【出處】

敆簋*04323：「隹（唯）王十月，王才（在）成周，南淮尸（夷）遷叟，內（入）伐滆、鼎棾泉、裕敏、隂（陰）陽洛，王令敆追釁于上洛熗谷。至于伊、班、長榜，戠首百，執訊卌。」〔圖二十〕

永盂 10322：「隹（唯）十又二年初吉丁卯，益公內即命于天子，公迺出厥命，賜畀師永厽（厥）田澮昜洛，疆眔師俗父田。」〔圖二十一〕

【考證】

隂陽洛，〔註38〕郭沫若將「隂」字讀爲「陰」，可從，這與永盂「澮昜洛」的「澮」字一樣，都是後來所書寫的「陰」字，以下統一以「陰陽洛」稱之。

「陰陽洛」目前主要有兩類說法：一是泛指洛水南北岸，一是地名專名。主張「陰陽洛」爲洛水南北岸者，如唐蘭說：「『厥田陰陽洛疆』是陝西的洛河南北，屬于邊疆，而敆簋記南淮夷來伐是一直到陰陽洛的。」〔註39〕唐氏謂「屬于邊疆」，因爲他將「疆」字解爲「邊疆」之意，故有此說，陝西境內有南北兩條洛水，渭北之洛在陝西注于渭水，渭南之洛在河南注于黃河，若唐氏指渭南之洛，則似乎與唐文釋邊疆之意不合，而從文中可見唐氏認爲永盂、敆簋的「陰陽洛」同意，若指渭北之洛，則於敆簋所載南淮夷入侵路線又不甚相合，不知

〔註37〕徐中舒《先秦史論稿》（成都：巴蜀書社，1992），頁 169。

〔註38〕敆簋「隂陽洛」一詞的斷讀，參見「裕敏」條目下討論。

〔註39〕見唐蘭〈永盂銘文解釋〉，頁 60。

唐氏何指；後來又有蔡運章認爲「陰陽洛」是指洛陰、洛陽之義，﹝註40﹞與唐氏釋南北兩岸意同。主張「陰陽洛」爲專名者，如陳邦懷云：

> 考敔簋『……』中的矗瞾泉、陰陽洛，都是三個字的地名，而且全是取天象爲地名。因此，我推測陰陽洛可能是靠近『上洛』的地名。
>
> ﹝註41﹞

不過，陳氏對於永盂的「陰陽洛」則似乎仍從唐蘭泛指洛水南北之說。吳鎭烽則釋敔簋與永盂的「陰陽洛」爲一地，吳氏云：

> 陰陽洛是賜給師永田地的所在地，是陝西的南洛河（原注：陝西有兩條洛河，一條在渭河北，一條在秦嶺南）上游的一個地名，即今洛南縣和商縣北部一帶。南洛河發源于陝西洛南縣與藍田縣交界的秦嶺南麓，在鞏縣境內入黃河。「陰陽洛」亦見于敔簋，……楊樹達先生在《積微居金文說》中以「敔陰、陽洛」爲兩個地名，是不對的。﹝註42﹞

顯然吳氏是認爲二器所見的「陰陽洛」爲同一地。馬承源也主張二器的「陰陽洛」是同一個地名，不過與吳氏所考地望有別，《銘文選（三）》207號釋永盂：「瀹易洛，敔簋作陰陽洛，都是聲假，即地名陰陽洛」，又411號釋敔簋：「陰陽洛當在洛水南向的下游。下文有『追御于上洛』」。

討論這個問題首先必須考慮：永盂與敔簋的「陰陽」二字與後世習稱山南水北爲陽的地名通例關係如何。﹝註43﹞在西周文獻及金文中，有一些相關文例：﹝註44﹞

﹝註40﹞ 見蔡運章〈洛陽名稱溯源──兼辨我國的三條洛水和兩座女兒山〉，《甲骨金文與古史新探》（北京：社會科學出版社，1996），頁279～280。

﹝註41﹞ 陳邦懷〈永盂考略〉，頁58。

﹝註42﹞ 吳鎭烽〈金文研究札記〉，頁93。

﹝註43﹞ 《穀梁傳》僖公二十八年：「水北爲陽，山南爲陽」，范甯集解：「日之所昭曰陽。」

﹝註44﹞ 其實除了上文所引之外，尚有其他句例，如《書・禹貢》「岳陽」、「衡陽」、「華陽」、「岷山之陽」，〈武成〉「華山之陽」，《詩・殷其雷》「南山之陽」，《詩・還》「峱之陽」，這些句例中的「陽」字顯然與後來習用山南水北曰陽的用法是相同的，但是由於各篇成作時代不敢肯定必是西周作品，故記於此以備參考。

〔文獻方面〕

《詩・大雅・公劉》:「篤公劉,既溥既長,既景迺岡,相其陰陽,觀其流泉,其軍三單,度其隰原,徹田爲糧。」

《詩・大雅・大明》:「天監在下,有命既集,文王初載,天作之合,在洽之陽,在渭之涘。文王嘉止,大邦有子。」

《詩・大雅・皇矣》:「度其鮮原,居岐之陽,在渭之將,萬邦之方,下民之王。」

《詩・小雅・六月》:「玁狁匪茹,整居焦穫,侵鎬及方,至于涇陽。」

〔金文方面〕

虢季子白盤:「丕顯子白,壯武于戎功,經維四方,搏伐玁狁,于洛之陽,折首五百,執訊五十,是以先行。」

〈公劉〉是周初的文字,[註45]詩文有「相其陰陽」一句,鄭箋:「……既以日景定其經界於山之脊,觀相其陰陽寒煖所宜,流泉浸潤所及,皆爲利民富國。」孔疏:「觀其陰陽,則觀其山之南北也。」察〈公劉〉前後文意看來,「陰陽」二字未必如孔穎達所指的「山之南北」,它可能只是指向陽、背陽的地勢,鄭玄謂「觀相其陰陽寒煖所宜」是正確的,由於中國地處北半球,一般說來,山南正是向陽面、山北則是背陽面,〈公劉〉所記有可能是後世以「陰陽」稱山南水北、山北水南的濫觴。至於其他幾篇所見的「陽」字,〈皇矣〉鄭箋「岐山之南」、〈大明〉孔疏「水北曰陽」、〈六月〉鄭箋「涇水之北」,正是用山南水北曰陽之義。在西周金文方面,虢季子白盤屬西周晚期器,銘云「搏伐玁狁,于洛之陽」,郭沫若《大系》(頁 104)釋云:「……謂于北洛水之東也,地望正合。北洛水南流,稱陽知必爲東矣」,郭氏謂「必爲東矣」當不盡然,北洛水並非完全的南北流向,其自陝西甘泉以上爲西北往東南流,甘泉以下始由北往南流,[註46]而玁狁活動範圍在洛水之北是完全合理的,因此盤銘「于洛之陽」的「陽」字不必爲東,以水北曰陽來理解也是可行的。從目前所見的資料看來,以「陽」

〔註45〕業師余培林先生認爲〈公劉〉是周初追記公劉時代的文字,見《詩經正詁(下)》,頁 403~404。

〔註46〕詳參蔡運章〈洛陽名稱溯源——兼辨我國的三條洛水和兩座女兒山〉,頁 280。

字來指代山南水北者，至少在西周時期就已出現，「陰」字則尚不確定，〔註47〕
到了東周，以陰陽代指山水南北方位的地名現象已是習見。

　　對西周可能與方位有關的「陰陽」二字略微探討後，依上述諸家對「陰
陽洛」的理解，若釋為洛水南北沿岸，目前在先秦文獻還找不出類似的用法，
不過春秋時期的青銅器銘提供了一條線索。西元1978年，在河南淅川縣下寺
發現一批春秋墓葬，其中乙組一號墓出土了一套鈕鐘，共九枚，鐘的鉦與鼓
部皆有銘文，〔註48〕作器者之名已被鏟去，故無以命名，《集成》00073-00081
名之為「敬事天王鐘」，可能是因為鐘銘有「敬事天王，至于父兄，以樂君子」
之文，故權宜稱之，鐘銘有段文字：「江漢之陰陽，百歲之外，以止大行」，
其中「江漢之陰陽」顯然是指江漢南北的廣大地帶。結合鐘銘看來，我們可
以有兩種完全不同的理解：「陰陽洛」與鐘銘「江漢之陰陽」可能語意相同，
都是指該水名之南北地帶，只是敘述方式有別而已；相反地，從鐘銘「江漢
之陰陽」及上列西周文獻資料來看，以陰或陽來代稱山南水北者，有兩種行
文方式：一作「山水名＋之＋陽（或陰）」，一作「山水名＋陽（或陰）」，指
稱方位意義的陰陽二字必在山水名之後，不見加於山水名之前者，即便是春
秋時的記載也是如此，因此，這也顯示出將「陰陽洛」釋為洛水南北岸的問
題所在。不過，古人的行文語法也許不如後人想像中的刻板，在沒有絕對的
證據說明「陰陽洛」不能泛指洛水南北沿岸的情形下，加上此說對於永盂、
敔簋二器銘文均可通釋，故宜備一說。至於主張地名專名說者，〔註49〕吳鎮
烽考證其地在今陝西省洛南縣和商縣北部一帶，也能通釋二器銘文，只是對
於「陰陽洛」一地的地名源起究竟如何，就有待進一步探究了。目前兩說可
以並存。

〔註47〕以「陰」字來代指山水南北方位者，《書‧禹貢》有「華陰」，不過由於〈禹貢〉
　　　　的成作時代問題有戰國、春秋、西周等說法（參辛樹幟《禹貢新解》，頁8），莫衷
　　　　一是，因此，恐怕尚無法將〈禹貢〉「華陰」視為西周必有「陰」字解為山北水南
　　　　的例證。

〔註48〕參河南省文物研究所等著《淅川下寺春秋楚墓》，北京：文物出版社，1991。

〔註49〕上文引馬承源謂陰陽洛是位於洛水南向下游的地名，從南淮夷進擊路線及周王命
　　　　敔追敵於上洛兩件事看來，馬氏謂其地在洛水下游恐怕不可從。

〔8〕上洛

【出處】

敔簋*04323：「隹（唯）王十月，王才（在）成周，南淮尸（夷）遷殳，內（入）伐潭、昴鬶泉、裕敏、隤陽洛，王令敔追𩁹于<u>上洛</u>炰谷。至于伊、班、長榜，蕺首百，執訊卌。」〔圖二十〕

【考證】

上洛，清人吳東發《商周文拾遺》（卷中頁二十）釋云：「上洛，地名，漢〈地理志〉洛水出宏農上洛」，後來學者討論敔簋銘文，咸無異說。顧祖禹對上洛的地名源起及其歷來沿革有詳細的考證：

> 商州，〈禹貢〉梁州地，古商國也。春秋時屬晉（所謂陰地是也，以在洛水之上源，亦曰上雒）。戰國初屬魏（《國策》楚魏戰於陘山，魏許秦以上雒），戰國屬秦（衛鞅封於此，爲商君）。始皇併天下，屬內史。漢屬宏農郡，後漢屬京兆尹。晉初爲京兆南部，泰始二年改置上洛郡。……後周改爲商州。隋初廢郡，煬帝又改州爲上洛郡。唐復爲商州，天寶初亦曰上洛郡，乾元初復故。宋因之。元以州治上洛縣省入。明初改州爲縣，成化十二年，復升爲州，領縣四，今仍曰商州。〔註50〕

上洛在廢縣之後，名曰商州。在顧氏之後，又有近人牛平漢《清代政區沿革綜表》續其沿革云：

> 商州直隸州，清初襲明制，稱商州，屬西安府（《康熙會典》卷十九、康熙《陝西通志》卷四）
>
> 雍正三年九月乙未（1725.10.6）升爲直隸州，析西安府屬之商南、洛南、山陽、鎮安四縣來屬。（《世宗實錄》卷三十六）
>
> 至清末，商州直隸州領縣四：商南、洛南、山陽、鎮安。〔註51〕

牛氏在「陝西省總表——商州直隸州」的治所今址下注云「陝西省商縣」，今爲

〔註50〕顧祖禹《讀史方輿紀要》西安府商州，頁2372～2373。

〔註51〕牛平漢《清代政區沿革綜表》（北京：中國地圖出版社，1990），頁436～437。

陝西省商州市。〔註52〕

　　在確定上洛地望之後，還可從上洛所處的地理位置來觀察敔簋銘文。綜上
所述，可知「上洛」之名乃因該地位於洛水上游而起，上洛的重要性，從顧祖
禹的一段話可以看出：

> 州扼秦楚之交，據山川之險，道南陽而東方動，入藍田而關右危，
> 武關巨防，一舉足而輕重分焉矣。《史記》秦孝公十一年城商塞，曰
> 嶢關（見藍田縣，去今州百六十里）、曰武關、曰白羽城（今河南內
> 鄉縣）、曰蒼野聚，州爲秦東南險塞也。〔註53〕

律之以銘文，周王命敔追鄖南淮夷於上洛，因爲若不及時阻止敵軍前進，則成
周（「道南陽而東方動」）、宗周（「入藍田而關右危」）可能都有失守的危險，由
此看來，敔追鄖南淮夷於上洛，可能是關乎周室存亡的關鍵一役。

〔9〕炋（炋谷）

【出處】

敔簋*04323：「隹（唯）王十月，王才（在）成周，南淮尸（夷）遷叟，內
　　　　　　（入）伐泯、鼂霥泉、裕敏、隂陽洛，王令敔追鄖于上洛炋谷。至于
　　　　　　伊、班、長榜，蕺首百，執訊卌。」〔圖二十〕

【考證】

　　炋字，从火从心从尸，諸家隸定有別，主要關鍵在於尸旁，或釋斤、
〔註54〕釋乃、〔註55〕釋尸。〔註56〕倘若敔簋摹本不誤，從字形上看來，應當以

〔註52〕據1995年出版的《中華人民共和國分省地圖集》（北京：中國地圖出版社，1995）
　　　　陝西省所標識的行政區劃。

〔註53〕顧祖禹《讀史方輿紀要》西安府商州，頁2373。

〔註54〕如吳東發《商周文拾遺》卷中頁二十一、郭沫若《大系》（頁110）、楊樹達《積微
　　　　居金文說》（頁75，楊氏直書作「炘」）、吳闓生《吉金文錄》三‧八（吳氏直書作
　　　　「炘」）、馬承源《銘文選（三）》411號等。

〔註55〕如于省吾《雙劍誃吉金文選》上三‧十四。

〔註56〕據陳連慶〈敔殷銘文淺釋〉（頁310）謂徐中舒所釋，覈徐氏與敔簋銘文相關文章

于省吾釋从乃作焂最爲可信。焂字《說文》所無，可能是从火从心乃聲。

　　焂谷，應是隸屬於上洛之內的谷名，也可能是距上洛不遠的地名，在江河的上源往往是高大的山岳，洛水源於上洛冢嶺山，[註57] 在洛水上源一帶有河谷也是情理中的事。

〔10〕伊

【出處】

　　敔簋*04323：「王令敔追鄃于上洛焂谷，至于伊、班、長榜，馘首百，執訊冊。」〔圖二十〕

【考證】

　　「至于伊班長榜馘首百」一句，[註58] 歷來學者斷讀不一，也從而影響了地名的判定。吳東發《商周文拾遺》（卷中・二十一）以爲伊、班爲兩個地名；郭沫若《大系》（頁110）釋伊爲地名，班爲動詞班師之意，長榜二字則屬下句，謂「榜即榜字，用爲枋，言旗柄也」，馘讀爲載，也就是在長的旗柄上懸載一百個首級之意；[註59] 徐中舒《先秦史論稿》（頁169）以伊班、長榜爲兩個地名，[註60] 「馘首百」讀爲「折首百」。諸家考釋，莫衷一是。多數

（〈禹鼎的年代及其相關問題〉、《先秦史論稿》等），徐氏似是從斤，不知陳氏所引出自何處，姑記此以存參。

〔註57〕酈道元《水經・洛水注》：「洛水出京兆上洛縣。《地理志》曰：洛出冢嶺山。《山海經》曰：出上洛西山；又曰讙舉之山，洛水出焉。」見楊守敬，熊會貞《水經注疏》卷十五，頁1287。

〔註58〕「長」字，或釋馬，若據薛尚功《法帖》（十四・一九）所摹，則字形較近於馬字，若據王俅《嘯堂集古錄》五五所摹，則又以釋長爲近，由於今本所見皆是摹本，不敢妄言孰是孰非，爲行文方便起見，拙文暫從多數學者所釋，書作「長」字。「榜」字，右旁與金文習見「莾京」之「莾」同，郭沫若《大系》（頁110）謂：「榜即榜字，用爲枋，言旗柄也。」郭氏通讀爲榜或枋，可能成立，而以旗柄之義解釋敔簋則待商。

〔註59〕吳闓生《吉金文錄》三・九、于省吾《雙劍誃吉金文選》上三・十四也都以伊爲一個地名，不過吳、于二氏均從薛氏《法帖》摹本，釋班字的下一字爲「馬」，並謂「班馬」即班師之意，此說與郭氏略有出入。

〔註60〕徐中舒在〈禹鼎的年代及其相關問題〉一文，又以「伊、班、長榜」爲三個地名。

學者都同意伊字釋爲地名，也就是伊水；郭氏釋爲班字爲班師，也廣爲接受，此說主要以《逸周書・克殷解》及《左傳》幾條零星的資料爲證，雖非無據，於文意也可通讀，但是除了此例之外，在西周金文中表示回師之意者，多用還（或睘）字，《左傳》更是習見，因此將敔簋的班字釋爲班師，恐怕不能就此視爲定論。諸家釋讀「至于伊班長榜敲首百」一句，姑且不論地名如何斷讀，恐怕是以徐中舒所讀比較接近金文習見的文例，「折首」是金文的常用詞，徐氏讀爲「折首」顯然是注意到這個現象，郭氏讀敲爲載誠然可行，倘若讀爲从戈才聲的𢦏字，似乎更文從意順，《說文》「𢦏，傷也」，段注「傷者，刃也，此篆與裁、𥻘音同而義相近，謂受刃也」，「𢦏首」與「折首」的意義是相同的，也就是說，這一小段銘文可以斷讀爲「至于伊班長榜，敲（𢦏）首百，執訊卅」，這與虢季子白盤「搏伐玁狁，于洛之陽，折首五百，執訊五十」的敘述十分雷同。在諸家說法不能十分確定之前，拙文暫採徐氏對此段銘文的理解（地名斷讀不在此限）。

諸家考釋「伊」字爲文獻所見的伊水，從敔簋的內容來看，成立的可能性極大，因爲銘文前面提到「王令敔追𩦡于上洛㥄谷」，如果伊指伊水，那麼顯示敔率師追擊有成，使南淮夷不得不退，而且此番追擊有相當豐富的戰果——得到敵人首級一百，獲俘四十人，並奪回被敵師所俘的四百名周人（「奪孚人四百」）。至於徐氏以伊班爲一地，謂此爲伊水上游的地名（出處同前），可見徐氏也同意伊字與伊水有關，姑記此以存參。

伊，古稱伊水，今名伊河。伊水源流，《漢書・地理志》弘農郡盧氏縣：「熊耳山在東。伊水出，東北入雒，過郡一，行四百五十里。」《水經・伊水注》：「伊水出南陽魯縣西蔓渠山。《山海經》曰：蔓渠之山，伊水出焉。《淮南子》曰：伊水出上魏山。《地理志》曰：出熊耳山。即麓大同，陵巒互別耳。」〔註61〕從《漢書・地理志》與《水經注》引《山海經》、《淮南子》的文字記載看來，伊水發源地似乎別有異說，酈注云「即麓大同，陵巒互別耳」提供了珍貴的線索，顯然各書的異名皆出自一樣的山麓，不過峰巒名稱有別，楊守敬疏云：

守敬按：閻若璩曰，伊水出盧氏縣東巒山，一名悶頓嶺，〔錢坫曰：

〔註61〕楊守敬，熊會貞《水經注疏》卷十五，頁 1334～1335。

蔓渠即悶頓，聲相近。〕在今縣東南百六十里，非今縣西五十里之
熊耳山也。又曰：《盧氏縣志》云，熊耳雖稱有伊源之名，而無流衍
之跡。閻氏蓋專主《括地志》，不知古熊耳盤基甚廣，即悶頓亦熊耳，
胡東樵之言〔註62〕與《注》合，不可易也。〔註63〕

伊水源出河南盧氏縣熊耳山東麓應是無疑。據《水經・伊水注》記載伊水出熊
耳山後，「東北過郭落山，又東北過陸渾縣南，又東北過新城縣南，又東北過伊
闕中，又東北至洛陽縣南，北入于洛」，〔註64〕伊水源流，大概如此。

〔11〕班

【出處】

敔簋*04323：「王令敔追鄱于上洛炅谷。至于伊、班、長榜，蔽首百，執訊
冊」〔圖二十〕

【考證】

班，〔註65〕學者咸釋爲班字，金文所見的班字从玨从刀，與《說文》無別，
敔簋此字中間所从似與刀字不類，不過由於敔簋僅存摹本，難保摹描失眞，姑
從前賢隸定。吳東發《商周文拾遺》（卷中・頁二十一）謂即《左傳》昭公二十
六年的「萑谷」，其地在今河南偃師一帶，〔註66〕從南淮夷的活動地域及敔追擊
南淮夷的情形研判，再加上萑谷在離成周以東不遠之處，班地指萑谷的可能性

〔註62〕胡渭（東樵）《禹貢錐指》（上海：上海古籍出版社，1996）：「按蔓渠山在今南陽
　　　　府盧氏縣東南，蓋即熊耳山之支峰也。《括地志》云：伊水出盧氏縣東巒山，一名
　　　　悶頓嶺，今在縣東南百六十里。《元和志》云：伊水出鷰掌山。疑即是巒山。參考
　　　　諸書伊水出盧氏縣熊耳山審矣。《縣志》云：熊耳雖有伊源之名，而無流衍之跡，
　　　　其實出於悶頓嶺之陽。豈知熊耳山盤基甚廣，即悶頓亦熊耳乎。酈氏云『即麓大
　　　　同，陵巒互別』。兩言盡之矣。」頁243。
〔註63〕楊守敬，熊會貞《水經注疏》卷十五，頁1334。
〔註64〕伊水源流詳參楊守敬，熊會貞《水經注疏》卷十五，頁1333～1355。
〔註65〕此段斷句討論請參看本章「伊」條目下。
〔註66〕詳參程發軔《春秋左氏傳地名圖攷》（臺北：廣文書局，1969）第二篇「春秋地名
　　　　今釋」昭公二十六年，頁241。

恐怕不大。班可能如徐中舒所言，〔註67〕是位於伊水上游的地名，不過其地望如今已不可考。

〔12〕長槳

【出處】

敔簋*04323：「王令敔追𢓊于上洛㤅谷。至于伊、班、長槳，馘首百，執訊冊」〔圖二十〕

【考證】

長槳，兩周都有「長某」一類的地名，如「長葛」、「長平」、「長子」、「長丘」、「長岸」、「長沙」等，因此徐中舒以「長槳」爲一地名，應該不是沒有可能的，徐氏認爲長槳是伊水上游的地名，〔註68〕其地望不可詳考。

〔13〕矕（柬）

【出處】

新邑鼎 02682：「癸卯，王來奠新邑，□旬又四日丁卯，□自新邑于柬。王易（錫）貝十朋，用作寶彝。」〔圖二十二〕

利簋 04131：「辛未，王在矕𠂤，賜又事利金，用作旜公寶尊彝。」〔圖二十三〕

--------------爲便於討論，以下特別列出有關的三件商器。--------------------

戍瞏鼎 02708：「丙午，王商（賞）戍瞏貝廿朋，才（在）矕宰。……隹（唯）王饗矕大室，才（在）九月。」〔圖二十四〕

作父己簋 03861：「己亥，王易（錫）貝，在矕，用作父己尊彝。」〔圖二十五〕

宰㭪角 09105：「庚申，王才（在）矕，王各，宰㭪从，易（錫）貝五朋，用乍（作）父丁隩彝，才（在）六月，隹（唯）王廿祀羽（昱）又五。」〔圖二十六〕

〔註67〕徐中舒《先秦史論稿》（頁169）釋「伊班」爲一地。

〔註68〕此處從徐中舒《先秦史論稿》（頁169）斷讀。

【考證】

武王時期的利簋有「鬻白」一地，作爲地名的鬻字有幾種不同的寫法：鬻
（宰椃角）、鬻（戍嗣鼎）、鬻（作父己簋）、柬（新邑鼎），于省吾云：

> 鬻白爲地名。鬻字不見後世字書。鬻乃鼎字的繁構，商器鼎卣作鬻，宰
> 椃角的「王才鬻」（鬻从柬乃柬之省體），以鬻爲地名。闌監弘鼎作鬻，
> 上从閒作鬻，宗周鐘有鬻字，猶存初文。閒字象月光照于門上，故《説
> 文》訓閒爲隙。至于月在門中，是後來偏旁的變易。閒本爲會意字，
> 孳乳爲鬻，加柬爲音符，則成爲會意兼聲字。鬻鬻鬻後來又省化爲柬，
> 成王時器新邑鼎的「〔王〕自新邑于（訓往）柬」，是其證。〔註69〕

上述諸字只出現在商末周初的銘文中，商末金文的寫法比較繁複，到了周初，
則簡省如利簋的「鬻」字，甚至只有新邑鼎的「柬」字，于氏對於字形源流的
論述綦詳。從周初的兩件銘文來看，于氏謂鬻或柬字从柬得聲，應是可信的。
以下爲敘述方便，除了引文之外，凡討論此地名處，一律書之以利簋的「鬻」
字。

鬻地地望，目前爲止，學者間大致有幾種看法：〔註70〕

一、澗水說——主張此說者如陳邦懷，他說：

> 柬爲地名無疑，疑即《尚書・召誥》所云之澗水。柬、澗古韻同在
> 寒部，故得通假。……澗水南近洛，而新邑在洛，鼎銘「某自新邑
> 于柬」，言某自新邑往澗，於地理事理均可通。〔註71〕

二、管地說——主張此說者如于省吾，他說：

> 鬻鬻鬻或柬均應讀爲管蔡之管。古文無管字，管爲後起的借字。从閒

〔註69〕于省吾〈利簋銘文考釋〉，《考古》1977 年 8 期，頁 12。除了于氏所談到的幾個字
　　　　形外，戍嗣鼎與作父己簋的「鬻」、「鬻」字也應是一字的異體。

〔註70〕田宜超認爲利簋與戍嗣鼎的鬻白與宰均指宮室名，並將白字釋爲屯，其說顯然有誤，
　　　　故拙文不將田說列入討論。見田宜超〈虛白齋金文玫釋〉，《中華文史論叢》1980
　　　　年 4 期，頁 8～9。

〔註71〕陳邦懷〈金文叢考三則〉，《文物》1964 年 2 期，頁 49；又見陳邦懷《嗣樸齋金文
　　　　跋》，頁 24。美蘭案：陳氏是針對新邑鼎的「柬」地立說，拙文採于省吾之說，以
　　　　爲周初的新邑鼎與利簋及其他三件商器的地名極可能是一地，故暫將陳氏說法也
　　　　列入其中。

從柬古字通，《荀子‧修身》的「柬，理也」，楊注謂「柬與簡同」。
《詩‧溱洧》的「士與女方秉蕑兮」，毛傳謂「蕑，蘭也」。按齊詩
蕑作菅。玄應《一切經音義》十二，引《聲類》訓菺爲蘭，並謂「菺
又作菅蕑二形」。按從柬從閒從官之字同屬見紐，又係疊韻，故知
𥲤蕑𥲤或柬爲管之初文。後世管字通行而古文遂廢而不用。管之稱管
𠂤，猶「成周」金文也稱「成𠂤」。管爲管叔所封地，《括地志》謂在
「鄭州管縣」。《周書‧大匡》和《文政》，在武王克殷以後，均言「王
在管」，可以參證。〔註72〕

三、洹說——主張此說者如黃盛璋，他說：

> 我以爲「𥲤」即「洹」，其地長期爲殷都所在，都城雖遷，但宗廟宮
> 室尚存，又距朝歌不太遠，所以帝辛等還常來此，武王克商第八天
> 也來到這裏，說明其地位僅次於紂都朝歌，如此非安陽殷墟莫屬。
>
> 〔註73〕

四、偃師說——主張此說者如蔡運章，他結合幾件相關銘文及考古文獻
資料，提出利簋「𥲤𠂤」即典籍「偃師」的五點證明，大意如下：一‧偃師爲
湯都西亳所在，也是盤庚所遷之殷；二‧商都西亳有殷王室的宗廟；三‧𥲤音
近可通讀柬聲，與偃字古音相近，可通假；四‧武王克商回師途中在偃師停
留，古史有證；五‧「𥲤𠂤」即偃師，與武王營洛及伐紂的往返日程相合。最
後並總結：

> 利簋銘中的「𥲤師」應即偃師。偃師本名爲殷，甲骨文作官，金文
> 作𥲤、𥲤、𥲤、柬，古史或作郼，皆因音近可通所致。因武王克回師
> 途中在此停留，故稱𥲤師，或書作偃師。後世偃師行，其餘諸名遂
> 廢。〔註74〕

五、淇水說——主張此說者如馬承源，他說：（《銘文選（三）》22 號）

> 據戍𠭯鼎銘，𥲤地有宗廟大室，是商王的活動之地。因此，𥲤地是不

〔註72〕于省吾〈利簋銘文考釋〉，頁 12。此外，如李民也贊成此說，見〈釋𥲤〉，《中原文
物》1994 年 4 期，頁 44～46。

〔註73〕黃盛璋〈利殷的作者身分、地理與歷史問題〉，《歷史地理與考古論叢》，頁 263。

〔註74〕蔡運章《𥲤師》新解〉，《中原文物》1988 年 4 期，頁 56～58，100。

應離商都太遠的別都，若依聲韻求之，當是淇水之淇。淇、柬聲紐旁轉。淇即朝歌故地，爲帝辛的別都。

䜌地僅見於商末周初的青銅器銘文中，此地名出現在銘文中的相關現象，黃盛璋歸納了以下四點：〔註75〕

一、此地有商的宗廟與大室，見戍䜌鼎。〔註76〕

二、王常在此地對臣下進行賞賜，見戍䜌鼎、作父己簋、宰㭪角。

三、武王克商後第八天就到此地進行賞賜，見利簋。

四、在成王初年，此地仍是重地，見新邑鼎。

由於新邑鼎、利簋的䜌地也見於前引商末三器，因此在考證䜌地地望時，也應該考慮殷末時商王的主要活動範疇。

上列諸說，牽涉到考釋古文字地名的一個關鍵：文字通假的運用可以適用到什麼範疇？我們先從聲韻關係來檢視上列諸說，以柬爲聲的䜌字應屬見紐元部字（參上引于省吾之說），上列五說可以分爲三種情況：一是聲韻並同，如讀爲澗水與管地者；一是韻同聲異，如讀爲洹與偃師者，匣（洹）、影（偃）二紐並屬喉音，見紐屬牙音，二者聲母相近；三是聲韻並異，如讀爲淇者，淇屬群紐之部，雖然見、群二紐並屬牙音，但是之、元二部則相去稍遠。〔註77〕顯然第三種讀爲淇者，在聲韻關係上是距離比較遠的，因此在考慮地望正確性的同時，此說恐怕是較難說服人的。

其次，主張洹水之洹者，似乎也有不妥之處，雖然洹與䜌字韻同聲近，但是卜辭就有「洹」字，不假外求，陳夢家云：

洹泉與洹即洹水，又名安陽河，詳〈洹水注〉。《太平御覽》八十三

〔註75〕鍾鳳年等〈關于利簋銘文考釋的討論〉，《文物》1977年6期，頁83。又見於黃盛璋〈利毀的作者身分、地理與歷史問題〉一文。

〔註76〕黃氏以爲此地有宗廟，當是以鼎銘「在䜌宰」爲據，然而「宰」字是否爲可釋爲宗字，恐怕有待商榷。宰字西周金文未見，學者對於鼎銘的宰字斷讀未定，如郭沫若將宰字單獨斷爲一句，並釋云「以下文『大室』例之，當是廟宇之義，疑是宗字異文。」見〈安陽圓坑墓中鼎銘考釋〉，《考古學報》1960年1期，頁2；唐蘭則將宰字釋爲宰，視爲作器者之名，見《史徵》頁9（注9）。

〔註77〕二部主要元音相去稍遠，之部屬央元音，元部屬前低元音。業師陳新雄先生在《古音學發微》「歌之旁轉」一條有說（歌元二部主要元相同，故參此條即可），頁1047～1048。

引《竹書紀年》文丁『三年洹水一日三絕』。洹水在殷都之旁，對於農業收成有極大的關係……。」（《綜述》頁 265）

所以此說成立的可能性似乎也不大。

主張澗水說者，〔註78〕雖然澗與𡕥字聲韻並同，但是結合商末諸器銘文，可知商晚期的𡕥地猶有大室（見戍𤰲鼎），大室也見於卜辭，是商王祭祀與治事之所，〔註79〕顯然𡕥地縱使不是商都，於理也應是商王室的重要據點。然而從目前所知的商代遺址看來，澗水一帶尚未發現與商代都城相當或規模相距不會太遠的遺址；〔註80〕再者，雖然專有名詞（如國、族、人、地等名）多假借，但是卜辭與西周金文裏所見的水文名稱，往往不是加以水字偏旁，就是在專名後加上水或泉等與水文相關的通名，卜辭如河、洹、𤃛、來泉、奉泉等，西周金文如河、洛、涇、淅/水、玄水等，雖然我們不能排除銘文省略水字的可能，但是這五件殷末到周初有關𡕥地的銘文，也找不出省略水旁或水字的現象。因此，結合上述兩點意見，𡕥即澗水的說法恐怕是有待商榷的。

此外，尚有于省吾的管地說（即今河南鄭州）與蔡運章的偃師說，這兩種說法在聲韻方面都有成立的可能，二地均有商城遺址的發現，自然都值得考慮。不過蔡氏文中提到，偃師本名為「殷」，甲骨文中作「官」，這主要都是從音理上推斷，但是蔡氏也提到偃師得名之由，蔡氏贊成杜佑《通典》及李吉甫《元和郡縣圖志·河南道》對偃師的解釋，認為武王乃是因為伐紂之後，回師息戎，在此築城，因「息偃戎師」故稱「偃師」，「偃師」之名後起，

〔註78〕澗水源流，據《讀史方輿紀要》載：「澗水，在府西（美蘭案：指河南府），源出澠池縣之白石山，東流經新安縣東，而合穀水；穀水出澠池縣南山中穀陽谷，東北流經新安縣南，又東而與澗水會，自是遂兼穀水之稱。又東歷故洛陽城廣莫門北，又東南出上東門外石橋下，而會於洛水。……周時澗水本在王城西入洛，故〈洛誥〉云『澗水東，瀍水西』。」卷四十八，頁 2048～2049。

〔註79〕陳夢家歸納辭例，認為卜辭與西周金文的大室略有區別，卜辭的「大室」既是祭祀之所，也是商王治事所在，而西周金文所見的太室則是治事冊命之所，見陳夢家《綜述》，頁 479～480。，從《書·洛誥》「王入太室，祼」的記載看來，西周「大室」其實也兼具祭祀的作用，與卜辭所見應是大致相同的。

〔註80〕可參見國家文物局主編《中國文物地圖集——河南分冊》（北京：中國地圖出版社，1991）一書，有關澠池縣（頁 371～372）、新安縣（頁 110）、洛陽市（頁 102～103）等分布在澗水流域一帶的遺址。

而利簋的「闌𠂤」之名是否果如後世所云，並無塙證，這是此說需要再三思量之處。至於于省吾釋爲管蔡之管，雖於史有徵，聲韻亦合，且配合上文引述黃盛璋歸納闌地出現在銘文中的四點現象，也沒有明顯不合之處，是疑慮比較少的說法。不過，此處要考慮一點，利簋記載武王克商之日是甲子，而在闌𠂤賞賜利之日是在辛未，也就是在克商後的第八日，而根據《書・牧誓》、《逸周書・世俘解》、《史記・殷本紀》、〈周本紀〉等記載，周武王在十一年二月「甲子昧爽」伐紂克商，這點與利簋合；甲子夕紂王自焚（〈世俘解〉）；次日乙丑「除道修社，及商紂宮」（〈周本紀〉）；第四日丁卯則太公望至，「告以馘俘」（〈世俘解〉）；第五日戊辰「王遂禋，循自祀文王，時日，王立政」（同前）。倘若史籍所載無誤，那麼至少武王自克商以後的五日內，都還留在紂都處理戰後事務，也就是說，而牧野到闌𠂤的距離就不宜多於三日的路程了，前引黃盛璋、馬承源認爲闌𠂤應距殷都不遠（唐蘭《史徵》〔頁9〕亦主此說），並不是沒有道理的。而于氏所考的管地在河南鄭州，若以直線距離計算，距牧野將近百公里，以當時的交通條件，如果武王一行要在三日內到達百公里之遙的管地，恐怕是十分倉促的。只是在眾說紛陳中，于氏的管地說仍是疑慮較少的說法。

〔14〕牧𠂤

【出處】

　小臣謎簋 04238-04239：「叡，東尸（夷）大反，白懋父㠯殷八𠂤征東尸（夷）。唯十又一月，遣自䣅𠂤，述東，陝伐海眉。雩厥復歸在牧𠂤。伯懋父承王令易（錫）𠂤達（率）征自五䍐貝，小臣謎蔑曆，罘易（錫）貝，用作寶隣彝。」〔圖二十七〕

【考證】

　牧𠂤，自來學者討論本簋銘文，大致都主張簋銘的牧即武王伐紂的牧野。最早提出的應是郭沫若，他說：

　　牧、牧野，字一作坶，《說文》云：「坶，朝歌南七十里，《周書》
　　武王與紂戰于坶野，从土母聲。」《史記・周本紀・正義》引《括

地志》云:「衛州城,故老云周武王伐紂至于商郊牧野,乃築此城。」
又云:「紂都朝歌,在衛州東北七十三里朝歌故城是也。」《書‧牧
誓》偽孔傳:「紂近郊三十里地名牧」,不識何所據。上言「呂殷八
𠂤征東夷」,此言「復歸在牧𠂤,伯懋父承王命易𠂤」,前後正相呼
應,故知牧必係殷郊牧野。〔註81〕

郭氏結合銘文「殷八𠂤」、「復歸在牧𠂤」的語意及文獻考證,所釋應是可信。
牧野應即牧地之野,《詩‧閟宮》:「於牧之野」可證。牧野的地望,《水經‧
清水注》:「自朝歌以南,南暨清水,土地平衍,據皋跨澤,悉坶野矣。《郡國
志》曰:『朝歌縣南有牧野』」〔註82〕,朝歌,顧祖禹《讀史方輿紀要》衛輝
府淇縣東北有朝歌城,其地大致在今河南淇縣,而牧野故地當在今河南省淇
縣以南一帶。

〔15〕上侯

【出處】

師艅鼎*02723:「王女(如)上侯,〔註83〕師艅從,王夜功,易(錫)師艅
　　　金。艅則對揚氒德,用乍(作)文考寶鼎,孫子子寶用。」〔圖二十八〕

不栺方鼎 02735-6:「隹(唯)八月既望戊辰,王在上侯𡑞,華鄲不栺,易(錫)
　　　貝十朋,不栺拜頴首,敢揚王休,用乍(作)寶䵼彝。」〔圖二十九〕

啟卣 05410:「王出獸南山,𤞷𠦪山谷,至于上侯滰川上,啟從征,堇不㥄
　　　(擾)。乍(作)且(祖)丁寶旅𤩁彝,用匃魯福,用夙夜事。」
　　　〔圖三十〕

師艅尊*05995:「王女(如)上侯,師艅從,王夜功,賜師艅金。」

〔註81〕郭沫若《金文叢攷》,頁 236。

〔註82〕楊守敬,熊會貞《水經注疏》,頁 815。

〔註83〕舊或隸定為「工侯」,阮元《積古齋鐘鼎彝器款識》卷四「師艅鼎」跋引錢獻之(錢
　　　坫)、吳侃叔(吳東發)所釋,釋「女工侯」為「女工于射侯」之義(頁十九);又
　　　吳闓生《吉金文錄》師艅鼎下注云:「侯上一字當是國名,字有闕損,考《復齋》拓
　　　本此字已磨泐不明,後人釋上釋二,皆誤也。」(卷一,頁十四)不過,比對啟卣、
　　　不栺方鼎的銘文,當以宋人隸定為「上侯」是正確的。

【考證】

　　孫詒讓《古籀拾遺》（卷上頁二十二）師兪尊釋云：「上侯，地名。……昭二十二年《左傳》『荀躒軍于侯氏』，杜注『周地』，此上侯當亦畿內地名。」後來啓卣、不栺方鼎出土後，學者結合師兪尊、鼎銘文，咸以為四器所見的上侯為一地，並與孫氏主張相同，如唐蘭《史徵》（頁 264～265）。《左傳》侯氏一地，又作緱氏，李吉甫《元和郡縣圖志》卷五「河南道」下云：

> 緱氏縣，本漢舊縣，古滑國也，《左傳》曰「秦師滅滑」。其後屬晉。
> 至秦、漢為縣，因山為名。……緱氏山，在縣東南二十九里。

顧祖禹《讀史方輿紀要》卷四十八河南河南府偃師縣緱氏城下也說：

> 緱氏城，縣南二十里，古滑國，《春秋》僖二十年「鄭人入滑」，亦曰費滑，費即滑都也。僖三十三年「秦人滅滑，晉呂相絕秦曰：殄滅我費滑」，後為緱氏。昭二十二年子朝之亂，晉師軍於侯氏，即緱氏矣。

今人何琳儀、黃錫全結合銘文與文獻，對上侯一地也有所論述：

> 上侯是周王的經常駐蹕處。按古地名中「上某」之「上」多表示地理方位，如「上洛」、「上棘」等。考嵩山西北古有緱氏城，緱亦寫作侯（《左傳・昭公廿二年》）。這與曾（曾侯乙鎛）亦寫作繒（《國語・鄭語》），盧（《書・牧誓》）亦寫作纑（《書古文訓》）是同類現象。因此，金文中的「上侯」應即後世文獻中的「緱氏」或「侯氏」。至于古地名後加「氏」字，如「盧氏」、「綸氏」、「高氏」、「雍氏」等，乃是氏族社會的遺風。緱氏，在今河南省偃師縣東南伊洛平原東嵩山口，歷代為軍事要地，周時屬滑國。〔註84〕

何、黃二氏論述詳盡，應是合理的。

　　不過上文也提到，古地名中的「上某」之上多與地理方位有關，如敔簋的「上洛」就是因為該地位於洛水上游而得名，但是何、黃並未解釋「上侯」之「上」的含意。緱氏是洛陽盆地南下的重要關塞，《戰國策・秦策一》「司馬錯與張爭論於秦惠王前」一節提到張儀說秦伐韓之利：「親魏善楚，下兵三

〔註84〕何琳儀，黃錫全〈啓卣啓尊銘文考釋〉，《古文字研究》第九輯，頁379。

川，塞轘轅、緱氏之口，當屯留之道」，《史記・曹相國世家》：「從攻陽武，下轘轅、緱氏，絕河津」，張守節《正義》引《括地志》云：「轘轅故關，在洛州緱氏縣東南四十里」，又引《十三州志》云「轘轅道，凡十二曲，是險道」，從〈秦策〉、〈曹相國世家〉兩段文字來看，總是先言「轘轅」，再說「緱氏」，後人以轘轅道屬緱氏縣解之，似與原文不合，竊疑這兩處的「緱氏」均是指緱氏山，上引李吉甫《元和郡縣圖志》云秦漢的緱縣乃是「因山爲名」，顧祖禹《讀史方輿紀要》在緱氏縣下別錄「緱氏山」，山在縣南四十里，又名覆釜堆，此又名可能是因山形如覆釜而得名，從「覆釜堆」之名看，山勢應是不如太室山（即嵩山）的險峻（參本章「南山」條目下所引），因此多有軍隊駐紮。再從啓卣「至于上侯𣶒川上」一句來看，啓從王出獸南山，沿著山谷一路到了𣶒川上游，河川上游往往發源於山區，「上侯」極可能因爲位於侯（緱）氏山上而得名，如此釋讀啓卣銘文，應無大礙。再看其他幾件出現「上侯」一地的銘文，「上侯」建有周王的行宮，同時也是周王也在此行賞臣下或作其他活動，這些對於「上侯」這個軍事重地亦無不合之處。結合前賢對「上侯」的考釋，再加上拙文對「上侯」得名之由略作解釋，此地考證成立的可能性應是很高的。

〔16〕南山

【出處】

啓卣 05410：「王出獸<u>南山</u>，寏遚山谷，至于上侯滰川上，啓從征，堇不夒（擾）。乍（作）且（祖）丁寶旅障彝，用匄魯福，用夙夜事。」

〔圖三十〕

【考證】

啓卣記載周王「出獸南山」，啓隨行在側，〔註 85〕唐蘭認爲，「出獸南山」實際上就是「南征」，此說從卣銘後云「啓從征」及啓尊銘「啓從王南征」可以得到印證，若周王只是單純的狩獵行動，銘文沒有理由記載啓「從征」或「從王南征」。

〔註 85〕見唐蘭〈論周昭王時代的青銅器銘刻〉，《古文字研究》第二輯，頁 67。

南山，唐蘭早先認爲南山是陝西東南一帶的山區，即終南山，[註86] 後來在《史徵》（頁264）又一改前說，認爲：

> 南山當是成周南山，《左傳・昭公二十六年》「守闕塞」，服虔注：「南山伊闕是也」。

唐氏所說的即是伊闕山，其地在成周之南不遠。[註87] 何琳儀、黃錫全則認爲南山應是指嵩山，二氏云：

> 所謂「南」，是就當時以成周伊洛一帶爲中心而言。在這一帶北方的邙山（亦寫作芒山）古亦稱「北山」，《左傳・昭公廿二年》「王田北山」，注「北山，洛北芒也」。這與終南山亦稱南山，是以宗周渭一帶爲中心而言的道理相同。……總之，嵩山和邙山基本是以成周爲對稱中心的「南山」和「北山」。更重的是下文將將要涉及的地望均在嵩山四周，這也是我們將本銘的「南山」定爲嵩山的基點。[註88]

「南山」是方位名加通名的地名結構，光是《詩經》就有齊南山、曹南山、終南山等的「南山」，諸「南山」分處各地：齊南山見於〈齊風・南山〉「南山崔進，雄狐綏綏」，毛《傳》：「南山，齊南山也」；曹南山見於〈曹風・候人〉「薈兮蔚兮，南山朝隮」，毛《傳》：「南山，曹南山也」；終南山又名中南山，見於〈秦風・終南〉「終南何有，有條有梅」，毛《傳》：「終南，周之名山中南也」；〈小雅〉更有許多記載「南山」的詩篇。[註89] 從啓卣「王出獸南山」來看，顯然周王不是從西都出，[註90] 就是自東都成周出，因此二都之南的「南山」

〔註86〕 唐氏云：「昭王這次南征是以出狩南山開始的，走的都是山路，那末，他是出武關，由陝西東南部直接經過河南西南部而入湖北境內的」，同上，頁112。

〔註87〕 顧祖禹《讀史方輿紀要》河南府洛陽縣闕塞山條下云：「在府西南三十里，亦曰龍門山，亦曰伊闕山，一名闕口山……宋祁曰：伊闕，洛陽南面之險也，自汝穎北出，必道伊闕，其間山谷相連，阻阨可恃」，頁2046。

〔註88〕 何琳儀、黃錫全〈啓卣啓尊銘文考釋〉，《古文字研究》第九輯，頁378～379。

〔註89〕 如〈節南山〉「節彼南山，維石巖巖」、「節彼南山，有實其狩」，〈斯干〉「秩秩斯干，幽幽南山」，〈蓼莪〉「南山烈烈，飄風發發」、「南山律律，飄風弗弗」，〈信南山〉「信彼南山，維禹甸之」等。

〔註90〕 西都應不單指宗周，葊京、豐、鎬、岐周等都城都有可能是周王出發之地，此以宗

應是我們考量的對象，唐蘭及何琳儀、黃錫全所考證的「南山」雖不盡相同，但是他們都主張啓卣的「南山」應是以成周爲相對中心的南山，主要的關鍵就在於，啓卣、啓尊所見的其他地名都在成周一帶，如「上侯」、「洀／水」等地，均在成周一帶（參拙文該地名條下的考證），何、黃在上文中已提及。

唐氏的伊闕山及何、黃二氏的嵩山，基本上都符合了「南山」之南的方位條件，不過對成周而言，前者就在南方，而後者則在東南方。我們再看看二山的地勢。伊闕山，顧祖禹《讀史方輿紀要》卷四十八河南府洛陽縣闕塞山條下云：（頁 2046）

> 在府西南三十里，亦曰龍門山，亦曰伊闕山，一名闕口山……宋祁曰：伊闕，洛陽南面之險也，自汝穎北出，必道伊闕，其間山谷相連，阻阨可恃。元末，土民桀黠者往往立寨於此，西連商洛，東出汝穎，……。

嵩山，顧祖禹《讀史方輿紀要》卷四十六河南名山嵩高條下云：（頁 1919～1920）

> 嵩高即嵩山，在河南登封縣北十里，……一名太室山，《左傳》昭四年：「晉司馬侯曰：太室，九州之險也。」……夫嵩高在汝、洛間，雖逼近都會，而道里少爲避遠，故由戰勝攻取者或缺焉。宋嘉定八年，蒙古攻金，潼關不能下，乃由嵩山小路趨汝州，遇山澗，輒以鐵槍相連鎖接爲橋以渡，遂趨汴京，金人大震。蓋嵩高峻拔，望爲表極，故能越險而前也。

以上不憚其煩地引述前人對伊闕、嵩高二山的記載，先說嵩山，以蒙古人的驍勇善戰，路經嵩山山澗時，還得「以鐵槍相連銷接爲橋以渡」，嵩山之險由此可見，周王「出獸南山」、「宨沚山谷」、「垈山谷」的地點果眞在嵩山，那周王一行的安危似乎堪憂；相形之下，伊闕山「山谷相連」，從歷史對伊闕山的重視與利用來看，伊闕山作爲周王「出獸」、「南征」的行經之地，似乎是比較合宜的。此外，本章「上侯」條目下曾討論，「上侯」可能得名於「侯（緱）氏山」，如果此說可以成立的話，那麼啓卣的「南山」或許就是指緱氏山。當然，啓卣的「南山」，也有可能只是泛指成周以南的山地，而無論嵩山、伊闕

周爲代表。

山、緱氏山等都符合這個地理方位。目前，我們只能確定，啓卣的「南山」應是在成周以南的山地。

〔17〕洀/水（洀/）

【出處】

中甗*00949：「中省自方、鄧、洀/、〔註91〕𠂤、邦」〔圖三十一〕

啓尊 05983：「啓從王南征，珪山谷，在洀/水上，啓乍（作）且（祖）丁旅寶彝。」〔圖三十二〕

【考證】

　　洀/水之洀/，與保員簋「逆洀」的寫法相同，舟側都有一小豎劃，姑且寫作「洀/」，以與从水从舟的洀字區別。從啓尊銘文看來，「洀/水」釋爲水名應是不錯的，何琳儀、黃錫全逕隸釋爲「洀水」，並採于省吾《甲骨文字釋林》（頁 93）的看法，讀「洀」爲「汎」，認爲汎水即文獻所見的氾水，在河南襄城縣南，南流入汝水，又名南氾水。〔註92〕倘如啓尊的「洀/水」之「洀/」果眞能夠讀爲「汎」，那麼何、黃二氏所考證的氾水地望，無疑地如該文所說，十分合於銘文「啓從王南征」的記載，但是換句話說，如果「洀/」字不得釋汎，那麼氾水說就有待商榷了。「洀/」字，歷來有不少學者討論（見本章「復」條目下），從西周金文習見的「逆洀/」一詞來說，學者以《周禮》「復逆」釋之，顯然是比較合理的，然而將「逆洀/」釋爲「逆覆」，並不表示「洀/」必定就是「覆」（或復）的本字，我們不能排除其通假的可能性，目前學者對「洀/」字形義及其文字源流的討論，尚無定論，而啓尊的「洀/水」字又屬專名，如果啓尊的「南征」與啓卣的「出獸南山」爲一事，那麼只能確定，「洀/水」應是位於成周之南，至於上引何、黃二氏的氾水說，可能要等「洀/」字形音

〔註91〕黃錫全在《湖北出土商周文字輯證》（頁 26）考證中甗的「洀/」，認爲啓尊的「洀/水」與中甗的「洀/」應是一地，從中甗銘文看來，「洀/」乃中先行巡省南國的地方之一，再加上啓尊、卣銘也是提到啓隨周王南征，姑且不論地望考證是否正確，黃氏將二器之「洀/」視爲同一地名，應是合理可從的。

〔註92〕何琳儀、黃錫全〈啓卣啓尊銘文考釋〉，《古文字研究》第九輯，頁 380～381。

義有更明朗的答案之後，才能進一步檢驗。

〔18〕巟川

【出處】

啓卣 05410：「王出獸南山，宲泚山谷，至于上侯<u>巟川</u>上，啓從征，堇不
　　　　　　　　嬰（擾）。乍（作）且（祖）丁寶旅隌彝，用包魯福，用夙夜事。」
　　　　　〔圖三十〕

【考證】

巟川，巟字从川从竟，齊文濤〈概述近年來山東出土的商周青銅器〉〔註93〕
（以下簡稱〈概述〉）逕釋為巟川，並指巟川為地名；何琳儀、黃錫全〈啓卣啓
尊銘文考釋〉（以下簡稱〈考釋〉）則以川、水二字在古文字偏旁中每每無別的
現象，也贊同〈概述〉之釋。〔註94〕林澐則認為巟字不得釋為巟，他說：「字从
川，應是順字或體。啓卣『至于上侯，巟川上』，當指沿川而上」，〔註95〕西周
早期的何尊有「順我不敏」一句，字形从見从川，學者咸以為順應讀為訓，小
徐本《說文》順字「从頁川聲」，順字可以讀為訓，正是因為二字並从川聲之故，
林氏以為巟是順字或體，二字除了皆从川字之外，另一個偏旁一从竟一从頁，
竟、頁二字似乎未見形旁相通例，而且啓卣的巟字也未必是从川得聲，故林氏
之說恐怕猶待商榷。以〈概述〉、〈考釋〉二文的地（水）名說來解釋啓卣的巟川，
文從意順，加上啓尊有「在泭水上」一句，泭水也是水名，與啓卣「至于上侯、
巟川上」意思正是相近的，因此釋巟川為水名應是可信的。

在討論巟川地望之前，要先對啓卣「王出獸南山。宲泚山谷，至于上侯巟川
上，啓從征，堇不嬰」的文意略作疏通說明，因為學者對這段文字的理解有頗
大的差異，也會進而影響地望的考證。學者對銘文理解的歧異，主要在於「宲泚
山谷，至于上侯巟川上」二句主語的對象不同，唐蘭認為「宲泚山谷，至于上
侯巟川上」二句的主語，是首句「王出獸南山」的周王，他並未解釋泚字，只

〔註93〕見《文物》1972年8期，頁5。

〔註94〕見《古文字研究》第九輯，頁380。

〔註95〕林澐〈新版《金文編》正文部份釋字商榷〉〔171〕，頁9。

將前後文語譯爲：

> 王出去在南山狩獵，去迺山谷到了上侯澅川。啓跟隨出征，勤勞不
> 亂。

〈考釋〉釋宑爲寇，讀迺爲述，意猶循也，〈考釋〉對啓卣同一段文字的翻譯如下：

> （周）王往南山出狩（征伐）。「寇」沿著山谷，到達緱氏、京水的
> 上游。啓隨從（周王出狩征伐），謹愼小心，沒有錯亂。

〈考釋〉認爲結合啓卣、啓尊來說，卣銘「迺山谷至于上侯巕川上」是「寇」行軍的路線，尊銘「埅山谷在洀水上」則是周王行軍的路線。

　　上述二說的差異有一個主要的關鍵：「宑迺山谷」的「宑」字意義究竟爲何。宑字，从宀从卜从廾，唐蘭《史徵》（頁 264）以爲即「搜」，在銘文中是「搜索鳥獸」的意思；何琳儀、黃錫全〈考釋〉（頁375）則認爲宑爲寇字初文，在銘文中解釋爲名詞──寇賊之義。前者以爲動詞，後者則釋爲名詞，釋讀差異懸遠。

　　唐蘭讀爲搜字，釋爲動詞，在解讀文意上的確比較通順，而且與「出獸南山」的獸字緊扣，參酌啓尊有「啓從王南征，埅山谷，在洀水上」之文，如〈考釋〉所云，「迺山谷」與「埅山谷」的語例可能是相同的，那麼宑字就有可能是與狩獵或軍事有關的行動，〔註96〕如此啓卣銘也許可以斷讀爲「王出獸南山，宑，迺山谷，至于上侯巕川上，啓從征」，宑也可能與迺字意義相近，「宑迺」形成同義複詞，依唐蘭的解讀，從「出獸南山」、「宑迺山谷」到「至于上侯巕川上」這一連串的行動，主語都是周王，而接下來「啓從征」的對象正是前面的主語──周王，就語法來說是合理的。〈考釋〉釋爲「寇」，解爲名詞「寇賊」之義，從該文釋地來看（可參該文後附圖），〈考釋〉認爲「寇」是「沿著京水上游至上侯──嵩山北麓的『山谷』之地活動」，但是銘文的敘述是「至于上侯、巕川上」，顯然是先到上侯，再到巕川上游，與〈考釋〉所說的活動方向恰好相

〔註96〕《集成》02575 事▢鼎有形似之字，前段銘文殘泐不明，只能識讀出「唯伯殷（？）▢八（北）𠂤𩂋年，事▢在井，作▢寶尊彝」，前段似以事紀年法，若「八𠂤」果眞不誤，那麼可能是與小臣䛸簋「伯懋父以殷八𠂤征東夷」的事類相近，𩂋字極有可能是與軍事有關的行動，由於辭殘，姑記以備參。

反，倘如〈考釋〉所云，則銘文應記成「遡山谷，至于巘川上、上侯」才是；而且如〈考釋〉之說，周王此番「出獸南山」的目的，似乎是在征「寇」，〈考釋〉又根據啓從征，並且「謹不擾」而做「寶彝」推測，周王此番與寇的軍事衝突應是勝利的，這樣的解釋似乎有些推求過甚了，拙文以爲將啓卣銘文釋爲寇入侵，證據不是十分充足，恐怕有待商榷。不過，如果不將寇字釋爲寇賊，而解爲動詞，那可能又另當別論了。

　　冠字字形可以追溯到甲骨文，諸家對於該字的考釋，莫衷一是，業師鍾柏生先生對於諸家說法，有詳盡的討論，鍾先生云：

> 唐氏釋「□」爲「墜」欠缺字形上的承襲關係；若將此字釋爲「寇」，亦可通讀啓卣銘文。其理由如下：查周法高先生《上古音韻表稿》擬音，「寇」與「彄」聲同韻同皆爲去聲。滱水《漢書注》「滱音彄」。《列子黃帝篇》：「以瓦摳者巧」《釋文》云：「摳，探也。以手藏物探而取之曰摳，亦曰藏彄。」「□」若釋爲「寇」，「寇」與「摳」音近，假爲摳，其義爲「探」，以此讀啓卣銘文亦可通暢無礙。從卜辭「□」演進爲金文「□」（啓卣）「□」（舀鼎）「□」（虞司寇壺）「□」（司寇良父壺）最後爲小篆「□」，其組成寇字的「宀」「元」「攴」偏旁在文字演化每一階段都完全具備。唯一的差別是「攴」形，甲骨文置於人形之前而金文爲人形之後。這種變化亦見於其他古文字，如：偶字，卜辭可寫爲「□」（《菁》一）「□」（《前》五‧二三‧二）；金文可寫作「□」（偶缶簋）「□」（父癸爵）「□」（父己爵），人形在「□」之前，亦可在「□」之後。〔註97〕

鍾先生的說法解決了唐蘭釋字及〈考釋〉釋意的不妥之處，卜辭自有從宀從又持火把的「墜」字，顯見篆文「□」形其來有自（參鍾先生文中所引），而啓卣所見的「□」則是象人以手持「卜」之形，釋爲墜的確缺乏字形上的關聯。若釋爲「寇」字，鍾先生將啓卣的寇字讀爲摳，釋義爲探，〔註98〕與唐蘭讀爲

〔註97〕 鍾柏生先生〈卜辭中所見的殷代軍政之一──戰爭啓動的過程及其準備工作〉，《中國文字》新十四期（1991），頁 128。

〔註98〕 鍾先生近日又根據小盂鼎「曰區入，凡區三品」的區字補充上文，謂鼎銘的區字可讀爲寇，即寇俘之義，寇、區二字在通假方面不成問題，由此看來，啓卣的寇字或亦可

「搜」一樣，取其為動詞之義，除了在釋讀銘文可通之外，更符合寇字發展的軌跡，此說應是可從的。

　　隕川，〈考釋〉云：

> 本銘「澆川」應是古京水。竟、京均古見紐陽部字，聲韻可通。《詩・
> 大雅・抑》「無競維人」、《桑柔》「秉心無競」，張參《五經文字》人
> 部「競」均作「倞」。《釋名・釋天》「景，竟也」、《釋首飾》「鏡，
> 景也」。馬王堆帛書《戰國縱橫家書》「而競逐之」，其「竟」書作「涼」。
> 朱駿聲謂：「勍，經傳多以競為之」。凡此均澆可讀京之佐證。《讀史
> 方輿紀要》河南滎陽縣條下云：「京水，源出嵩渚山，經鄭州西南十
> 五里，東北入鄭水……，《水經注》黃水發源京縣之黃堆東南流，俗
> 名祝龍泉，謂之京水也。」……

準之音理，釋「隕川」為「京水」並無不合理之處，不過〈考釋〉所釋的京水在成周之東，這與周王「南征」方向似乎不是十分相合，不過銘文敘述簡要，其間究竟省略了哪些事情，已經不得而知了，古緱氏地有緱氏山（參本章「上侯」條目下），也許「隕川」是源於緱氏山的一條河川，史料不足徵，姑存以備考。

〔19〕𡋡（坏）

【出處】

競卣 05425：「隹（唯）白屖父以成𠂤即東，命戍南尸（夷），正月既生霸辛丑，才（在）𡋡。白屖父皇競，各于官。競蔑曆，賞競章（璋）。對揚白（伯）休，用乍（作）父乙寶障彝。子孫永寶。」〔圖三十三〕

讀為「驅」。《說文》「驅，馬馳也」，驅字古文从攴區聲，屢見於先秦典籍，如《詩・載馳》「載馳載驅，歸唁衛侯。驅馬悠悠，言至于漕」、〈齊風・還〉「子之還兮，遭我乎猺之閒兮。並驅從兩肩兮……並驅從兩牡兮……並驅從兩狼兮」、〈唐風・山有樞〉「子有車馬，弗馳弗驅」、《易・比卦》「王用三驅」（「三驅」之禮參見《左傳》桓公四年疏）、《孟子・盡心下》「驅騁田獵」等，驅字用法配合啟卣記載周王出狩南山之事，亦無不合，或可備一說。

【考證】

 　，吳其昌《金文厤朔疏證》（卷五頁二）釋競卣云：

> 　地不可知，惟鄂侯馭方鼎云⋯⋯，又秦公敦云⋯⋯，其字從土從
> 丕，與此　字蓋即一字，因此字從章從丕，而古金文中從章之字與
> 從土之字，皆互可通用，如城堵埤三字，在銅器中作　散盤、虢遣生
> 敦、居簋、作　邿鐘、作　史頌敦（美蘭案：埤字當改釋塎字，史頌簋該字从
> 禹不从卑），皆可爲證。

吳氏析形釋地，與王國維跋噩侯馭方鼎（見本章「　」地條目下引）的意見
相同，雖然噩侯方鼎的　與競卣的　未必爲一地，但由於二器所述活動範圍
不盡相同，因此並不影響我們參考吳氏的說法，吳氏對於　地地望有進一步
的考釋：

> 今以準望及聲類求之，其地蓋即今之成皋也。〈禹貢〉「導河，東過
> 洛汭，至於大伾」，《史記》作「陫」，《釋文》作「岯」，《說文》作
> 「坯」，《正義》引鄭君注曰：「然則大伾在河內修武、武德之界，濟
> 沇之水與滎播水，出入自此。」又《水經注・河水篇》曰：「又東過
> 成皋縣北」，酈注：「河水，又東逕成皋大伾山下，⋯⋯成皋縣之故
> 城在伾上」⋯⋯。張揖《廣雅》亦云：「伾，成皋縣山也」，小顏《漢
> 書注》：「大伾山，在成皋」，皆其證也。⋯⋯今成皋適爲由洛至徐必
> 經之道，相去亦當十一二日之程，而稍在洛之東南。則大坯山成皋
> 故城之爲「　」之故墟也，無可疑矣。〔註99〕

吳氏引據詳盡，我們試以吳氏釋地來檢驗競卣銘，卣銘中的「成　」，于省吾
認爲是「成周八　」的簡稱，〔註100〕「成　」又見於小臣單觶，陳夢家〈斷代
（一）〉釋小臣單觶，兼論競卣「成　」，他認爲「成　」地望可能在魯地濮陽
縣一帶，雖然陳氏考成　地望，與「南尸（夷）」所在不甚相符，但是于氏將
「成　」視爲「成周八　」之省的說法也缺乏有力的證據。「命戌南尸（夷）」
之「戌」，郭沫若《大系》（頁66）釋爲「伐」字，後來學者討論銘文多用郭

〔註99〕　見吳其昌《金文厤朔疏證》，卷五頁二至三。

〔註100〕于省吾〈略論西周金文中的"六　"和"八　"及其屯田制〉，《考古》1964 年 3 期，
　　　　頁 152。

說，陳夢家〈斷代（五）〉61 器釋競卣，則以爲戍守義解之即可，無需將戍字讀爲伐字。從銘文看來，陳夢家謂「坏是師旅所經之所」，極有可能，而銘後又云「伯屖父皇競，各于官（館）」，顯然在軝地至少有軍隊駐紮的行館。吳其昌考據軝地在成皋，成皋在成周之東的氾水縣南，古來爲固守洛陽的重要關塞之一，徐堅《初學記》卷七引陸機《洛陽記》云：「漢洛陽四關，東成皋關，南伊闕關，北孟津關，西函谷關」〔註101〕，顧祖禹《讀史方輿紀要》也提到：

> 《輿地廣紀》：氾水縣有故虎牢城，有氾水關，東南有成皋故關，西南有旋門故關。《通釋》：成皋關在氾水縣南二里，近志謂今城即故關城之界也。今虎牢關故關。……虎牢、成皋，最爲險要之地，自古嚴戍守也。〔註102〕

從成皋在軍事上的重要性來看，兼以銘文又有「即東」的記載，吳氏釋地不無成立的可能。

〔20〕炎（炎𠂤）

【出處】〔註103〕

作冊夨令簋 04300-04301：「隹（唯）王于伐楚伯，才（在）炎。隹（唯）九月既生死霸丁丑，乍（作）冊夨令障宜于王姜，姜商（賞）令貝十朋、臣十家、鬲百人。」〔註104〕

〔註101〕徐堅等《初學記》（北京：中華書局，1980），頁 159。

〔註102〕參顧祖禹《讀史方輿紀要》卷四十七河南府鄭州氾水縣「成皋城」、「虎牢城」二條，頁 2029～2030。

〔註103〕《集成》6005 號「黿方尊」，李學勤釋云：「唯九月既生霸□□，公令黿從弟（？）友□炎□。……」李氏認爲銘中的「炎」爲地名，見李學勤〈黿尊考釋〉，《新出青銅器研究》，頁 295。由於所見拓片部分文字不易辨明，不敢遽定「炎」字是否作爲地名，故記此以存參。

〔註104〕此句郭沫若《大系》（頁 4）、羅振玉《貞松堂集古遺文》六‧十一斷讀爲「唯王于伐楚，伯在炎」，唐蘭《史徵》（頁 275）也主張如此斷句，唐氏並舉證云「舊讀『唯王于伐楚伯』，是錯的。首先，金文有楚公、楚子和楚王，從未有稱楚伯的。其次，伐楚何必稱伐楚伯。其三，……此伐楚必昭爲昭王的伐楚，據過伯簋既云伐反荊，此何

召卣 05416：「唯九月，才（在）炎𠂤，白（伯）懋父賜召白馬。每黃猶𢼸，用𣏩不（丕）杯。召多用追于炎不𢼜伯懋父友，召萬年永光，用作團宮旅彝。」（召尊 06004 同）

【考證】

炎，或以為古郯國，或以為近南國的地名。

大部分學者都主張炎即古郯國，不過地望則有異說：一是在今山東南部接近江蘇的郯城縣，如郭沫若《大系》（頁 3）謂：「炎當即春秋時郯國之故稱，漢屬東海郡，今為山東〔濟寧道〕郯城縣，縣西南百里許有故郯城云。」陳槃先生《譔異（貳）》（頁381）、唐蘭《史徵》（頁275）亦主此說。一是在今山東歷城，如陳夢家〈斷代（二）〉15 器雖然也贊成炎即郯，但是他主張西周初的郯國與春秋郯國所在不同，陳氏認為西周郯國即〈齊世家〉「郯子奔莒」之郯，《集解》引徐廣云「一作譚」，亦即《春秋》莊公十年「齊師滅譚」之譚，其地在今山東歷城縣東之龍山鎮。此外，馬承源《銘文選（三）》94 號則認為，炎是周王伐楚途中之屯兵地，乃近南國之地。

判斷炎地所在之前，可能要先考量一個問題：作冊矢令簋「唯王于伐楚伯，在炎」一事究竟如何解釋，從簋銘看來，該事與簋銘後段內容的關係不易判讀，而學者在考證炎地時，往往又援以為據，因此有必要先予以釐清。如郭沫若認為簋銘是「成王東伐淮夷踐奄時器，楚即淮夷，淮、徐初本在淮水下遊……」，依郭說則伐楚伯與炎地可以聯繫，故他考證炎地在郯城縣，似乎也是文從理順，但是郭氏謂楚即淮夷，恐怕不甚妥貼，無論在西周金文或文獻裏，楚自楚，淮夷自淮夷，兩者不相雜廁，故云伐楚伯為成王東征淮夷踐奄之事，較難令人信服。唐蘭則以為簋銘乃記昭王伐楚之事，他說「昭王出征，王姜似留守，伯懋父又因征伐東夷而在炎𠂤，作冊矢可能作為伯懋父的

以稱為楚伯，俱可證知楚下不當有伯字。」唐氏認為從召卣、召尊可知，伯即是伯懋父。雖然唐氏舉證綦詳，但是猶有一點疑問，除了「王」之外，這類人名的省稱通常要在本銘中先出現不省之名，其後方省稱之，如唐蘭在文中所舉的小臣宅簋，也是先有伯懋父（「命宅使伯懋父」），接著才省為伯（「伯賜小臣宅……」），況且依唐氏所斷，則作冊矢令簋所省稱的伯，其不省之名卻出現在他器，此現象總是令人有未安之處。故此處姑從舊說。

使者而來見，所以王姜爲他尊俎，而伯丁父也要給他道禮」，也就是伐楚與炎
𪚢之間並無直接關係，銘文只是交代周王伐楚時，伯懋父一行在炎𪚢之事。唐
蘭繫簋銘爲昭王器，不少學者從之。〔註105〕但是唐氏解釋銘文的疑竇仍在，
如依唐說，簋銘起始便交代周王伐楚，伯懋父在炎，二者之間似乎沒有什麼
關連，作器者記事用意不知何在，又唐氏以爲矢令乃是代伯懋父出使晉見王
姜，因矢令與王姜同宗，故而賞賜特厚，這似乎又有增字解經之虞。銘文內
容簡約，判讀不易，可見一斑。

　　拙文以爲，「唯王于伐楚伯，在炎」未必與下文有關，因爲從下一句「唯九
月既死霸乙丑」起，即如一般銘文常例，先記事件發生時間，再記以事件內容，
而我們細讀前後文，似乎看不出「唯王……」一段與後文的關係，是否有可能
只作器者用來交代當時大事之語，略同於以事紀年的筆法。再者，銘文紀事簡
略，從內容也無法得知周王往伐楚伯的出發地，因此該事與炎地之間的關係爲
何不敢遽定，馬承源認爲炎是周王南征屯兵之地，也只能暫時存參。若結合召
𪚢、尊銘，則學者考證炎地在東土，應是值得參考的，銘文提到伯懋父在炎𪚢進
行賞賜，而從小臣謎簋可知，伯懋父是周王室東征大將，炎（炎𪚢）自然有可
能是在東征的路上。不過上文已經指出，主張炎爲郯國者又有兩說，其中陳夢
家謂西周之郯異於春秋之郯，金文所見之郯應即文獻之譚國，說略嫌迂曲。拙
文暫從郭沫若所釋，炎即古郯國，其地在今山東省郯城縣。

〔21〕𤔌𪚢

【出處】

小臣謎簋 04238-04239：「唯十又一月，遣自𤔌𪚢，述東，陕伐海眉。」（**參本
　　章「牧𪚢」條目下**）〔圖二十七〕

【考證】

　　𤔌，自從郭沫若《大系》（頁23）隸定作譎字後，不少學者從之。〔註106〕

〔註105〕如馬承源《銘文選（三）》94號；徐少華《周代南土歷史地理與文化》，頁238；尹盛
　　　　平〈金文昭王南征考略〉，頁112～113。

〔註106〕如楊樹達《積微居金文說》頁122、吳闓生《吉金文錄》三·二、于省吾《雙劍誃吉

細察䍀字,可以分析爲殹、⿱兮兩個偏旁,其中⿱兮旁與金文所見的克字實不相類,

〔註107〕因此釋從克旁並不可信。比較令人注意的是兩種說法:一是陳夢家〈斷代(一)〉所隸定的䍀字;一是唐蘭《史徵》(頁 238)隸定的䍀字。陳氏對於字形並無說解,唐蘭則說「䍀字疑從殹象聲」,陳、唐二氏顯然已經注意到傳統析形的問題所在。

䍀字從殹、⿱兮二偏旁。殹旁又見於䍀(毛公鼎)、䍀(克鼎)、䍀(不㸝簋)等字,于省吾認爲:

> 殹即《說文》䍀字所從的𨳌。……䍀字應從斗𨳌聲,𨳌字的初文本作殹,猶《說文》從𢆶的字習見,據金文則均應作䍀或䍀,隸定作燚。……
> 西周金文從殹的字,如䍀、䍀、䍀、䍀等,舊說糾結莫辨。現在雖然不能得到解決,但其上部均係從殹,可以爲將來作進一步研究提供有利條件。〔註108〕

參照榮字的演變,將䍀旁隸定爲燚,應是可從,但是,于氏謂殹爲䍀字的聲符𨳌,卻是令人難解。甲骨文有䍀形,羅振玉認爲「今卜辭䍀字從䍀,上象柱,下象足,似爵而腹加碩,其得䍀狀,知許書從𨳌作者,乃由䍀而譌。」〔註109〕至於䍀字從斗,李孝定先生認爲:「䍀爲酒器,斗爲量器,物類相近,故又增斗以爲偏旁,此亦文字孳乳衍變之通例也。」〔註110〕篆文䍀旁爲象形的訛變應是可信的。至於金文幾個從殹字偏旁,目前恐怕也只能暫依形隸定爲從殹,其形義則待考。

䍀字的另一偏旁——⿱兮,陳夢家隸定爲兔,〔註111〕唐蘭則以爲象。劉釗曾

金文選》上三·三、馬承源《銘文選》71 號。郭氏在西元 1931 年初版的《大系》隸定作䍀;而郭氏在《大系》姊妹作《金文叢攷》釋簋銘時(《金文叢攷·跋尾》:「此與《大系》固姊妹行也」),則描摹原形,未作隸定;之後三年增訂的《大系》又略改隸定爲䍀。而上述幾位學者均將字形寫作䍀,與郭氏增訂版《大系》略異,但是下半釋爲從克卻是一致的。

〔註107〕請參見《金文編》1155 號字頭下所收諸形。

〔註108〕于省吾《甲骨文字釋林·釋殹》(北京:中華書局,1993),頁 421～422。

〔註109〕羅振玉《增訂殷虛書契考釋》中·三十七。

〔註110〕李孝定先生《甲骨文字集釋》,頁 4108。

〔註111〕金文有幾個以⿱兮或䍀爲偏旁的字形,吳匡先生、蔡哲茂先生曾作過全面的探討,兩位

經對象、兔二字有所分辨，他說：

> 象、兔二字早期形體差別較大，但發展到西周金文時，有些形體已
> 寫得很接近，使一些研究者難于分辨。其實只要抓住關鍵，區別也
> 極為容易。規律是象從不帶有上翹的尾形，而兔字則一律帶有短
> 尾。……〔註112〕

簋銘的 $\Large\text{字}$ 形並無上翹的尾形，若依劉說，則 $\Large\text{字}$ 可能以唐蘭釋為从象之字為是，但是細核金文的象字，如為（《金文編》0440 號）、嫣（《金文編》1953 號）等字所从，絕大多數的象字下端都有三筆歧出的尾形，故若要將簋銘的 $\Large\text{字}$ 形釋為象字，除非如劉氏所云，該字乃是省去尾形，否則恐怕有待商榷；而且若果真是省去尾形，$\Large\text{字}$ 字可以省去象之尾形，自然也有可能是省去兔字的短尾形，簋銘此處作為專名，又難以據文例定是非。故从兔、从象皆有可能成立，兩說宜並存，拙文姑且依形隸定。

　　至於 $\Large\text{字}$ 白的地望，由於唐蘭認為象是聲符，故以為 $\Large\text{字}$ 白可能是《書序》「河亶甲居相」的相地，地望在今河南省內黃縣境。由於 $\Large\text{字}$ 字的形義尚不能確定，其地望暫且待考。

〔22〕五齵

【出處】

小臣謎簋 04238-04239：「雩厥復歸才（在）牧𠂤。白（伯）懋父承王令易（錫）𠂤達（率）征自<u>五齵</u>貝。」〔圖二十七〕

先生以為該偏旁即兔之象形，可以參看，見〈釋金文「字」「字」「字」「字」等字　兼解《左傳》的「讒鼎」〉，《中央研究院歷史語言研究所集刊》五十九本四分（1988），頁 927～955。

〔註112〕劉釗〈《金文編》附錄存疑字考釋（十篇）〉，《人文雜志》1995 年 2 期，頁 108。劉文雖然認為象、兔二字區別規律極易分辨，不過有一點令人不解之處，我們觀察金文的象字（含以象字為偏旁者，如為、嫣等字），其尾形並不特別（馬字的尾形也與象字有類似的簡省現象），辨認象字的主要特徵應在象鼻，參考象字的各種寫法，劉文釋為「象」字的例證應是可從。

【考證】

在討論本條目之前，必須先處理「白（伯）懋父承王令易（錫）自達（率）征自五䰻貝」的釋讀。由於各家釋讀大異，以下先簡列諸說，以便討論：

一、以「五䰻貝」為國名：如郭沫若《金文叢攷》（頁236）斷讀為「伯懋父承王令命易自師，達征自五䰻貝」。〔註113〕

二、以「䰻」為地名，「五貝」為量詞加單位詞：如吳闓生《吉金文錄》三・二。

三、以「五䰻」為地名：此說可分兩種，一是以「五䰻」為貝之所出地，如于省吾《雙劍誃吉金文選》上三・三：「五䰻當係地名，言伯懋父奉王命以䰻征五䰻之貝錫師也」；又楊樹達《積微居金文說》（頁122）也以「五䰻」為地名，但其斷讀為「白懋父承王令命，易錫自師達征自五䰻貝」，以「自達」為師旅的將帥，而伯懋父賞賜貝的對象只有軍帥，未及於全軍隊，與于氏略異。一是以「五䰻」為周所征討之地，如陳夢家〈斷代（一）〉云：「……是說白懋父奉成王之命錫貝於凡從征於五䰻之殷八師。」陳氏之意，則白懋父「易（錫）貝」於殷八師，乃是為了殷八師「達征五䰻」一事，陳氏認為「五䰻，即指海眉之諸隅，字所以從鹵，正指其地之產鹽鹵。」唐蘭《史徵》（頁239、241）大致與陳說同。

郭氏以「五䰻貝」為國名者，則不見動詞「易（錫／賜）」字的內容，再加上後面有「易貝」之語，因此郭說恐怕較不可信。而吳闓生以「五貝」為一詞亦見不妥，西周金文習見的記貝單位是「朋」，而且數字均是加在貝字之後，如「貝五朋」，因此吳說恐怕是無法成立的。從句例來看，顯然以「五䰻」為地名的說法較為合理，不過「五䰻」究竟只是貝之所出地，或與周軍所征伐的地點，則學者各有見解。如吳闓生云「此征其地之貝以錫師」，吳氏雖未解釋「征」的字義，但文義看來，吳氏應是以「征」字為征收義，馬承源《銘文選》71號也主此義，並引《周禮・地官司徒・閭師》「以時征其賦」為證，不過在目前所見的西周金文裏，「征」字似乎未見作為征收義的句例，簋銘前面曾經提到「伯懋父以殷八自征東夷」，此句「征」字是金文習見的征伐義，

〔註113〕增訂版《大系》（頁23）亦不改此說。

後面的「征」字若果眞釋爲征稅之征，則將「五鏞」視爲貝之所出地的可能性自然就大爲提高了。〔註114〕

「五鏞」所在，陳夢家〈斷代（一）〉認爲與銘文的「海眉」關係相當密切：

> 海眉之眉與湄、微皆指水邊的通谷或崖岸。海眉即海隅……。今山東半島沿掖、黃、福山、榮成等縣之地，在勞山以北，當是齊之「海隅」。……《孟子・滕文公》下說周公「伐奄三年討其君，驅飛廉於海隅而戮之，滅國者五十」。此記周公東征至於海隅和此器可相印證。……此五鏞即五隅或五崮，乃指海眉之諸崮（大約掖縣以東海岸上）。

陳氏即謂「五鏞」爲山東半島海岸的諸崮，配合中國古代沿海產貝的狀況，〔註115〕陳氏的說法是相當值得參考的。

〔23〕成皀

【出處】

小臣單觶 06512：「王後炎克商，才（在）成皀，周公易（錫）小臣單貝十朋，用乍（作）寶障彞。」〔圖五十一〕

【考證】

成皀，也見於競卣，學者討論小臣單觶時，均結合二器的「成皀」討論，于省吾認爲：

〔註114〕如果「征」字不作征稅義解，而與「征東夷」的征字義並同，則以唐蘭所釋的文意比較通順，唐氏譯云：「在牧師那裡，伯懋父奉了王命賞賜師裡面帶兵出征從五鏞的人貝」，也就是說，銘文的「易（錫）」與「貝」字之間文字，說明了伯懋父奉命賞賜的對象及事由，也許這正可以說明，作器者「小臣謎」不見於之前的銘文，而是在這段賞賜銘文之後出現的緣故。

〔註115〕業師鍾柏生先生曾經探討中央研究院歷史語言研究所藏的殷墟海貝及其相關問題，並從各方面材料判斷，「殷墟寶螺來源地可能不只一處，不能排除山東與江蘇，也就是黃海與東海沿岸爲其來源之一」，因此，鍾先生也贊成陳夢家的說法，以爲「五鏞貝」應是指「五鏞」地所產的貝。見鍾先生〈史語所藏殷墟海貝及其相關問題〉，《中央研究院歷史語言研究所集刊》第六十四本第三分（1993），頁702～707。

其言「以成㠯即東」（美蘭案：指競卣），足徵「成㠯」爲「成周八㠯」
的省稱。但由於當時相習沿用，則「成㠯」也可成爲地名。如小臣
單觶的「王後婉克商，才成㠯」，是其例。〔註116〕

陳夢家〈斷代（一）〉釋小臣單觶云：

> 卜辭金文某㠯之某乃是師戍所在，此銘「才成㠯」而競卣曰「唯白懋
> 父以成㠯即東命伐南尸」，是以成地的㠯旅東伐南夷。

倘依于氏所云，「成周八㠯」可以省稱爲「成㠯」，這也代表「成周」可以省稱
爲「成」，馬承源《銘文選（三）》25 號釋小臣單觶，也主張「成當是成周」。
由於目前西周金文的「成㠯」僅此二見，成能否指成周，恐怕有待更進一步的
印證。拙文以爲，結合甲金文習見「某㠯」之某爲地名的現象看，陳氏以成㠯乃
成守在成地的師旅，應是比較持平的看法。

　　成地，郭沫若《大系》（頁 2）云：「成乃成皋（一名虎牢），在古乃軍事重
地，與孟津相近」。陳夢家〈斷代（一）〉認爲文獻有三個名「成」之地，皆在
魯境：一在今濮縣東南（《史記・管蔡世家》「封武叔于成」）；一在今安丘北（《春
秋》隱公五年「衛師入郕」）；一在今寧陽東北九十里，地在曲阜之北（《左傳》
桓公三年「公會杞侯於郕」），陳氏參酌競卣「以成㠯即東」之文判斷：

> 成地應不甚東，似以濮縣之成較爲合適。此成介於東西朝歌與曲阜
> 之間，乃是克商以後、踐奄途中的中點。

其實競卣還有一個可資參考的線索：鄭地，卣銘云：「唯伯屖父以成㠯即東命戍
南尸（夷）。正月既生霸辛丑，在鄭，伯屖父皇競，各于官（館）」，吳其昌《金
文麻朔疏證》卷五考證競卣的「鄭」地即成皋大伾山故城，以成皋在歷來軍事
地位的重要性來看（詳參拙文「鄭」地條目下），此說不無可能。而郭氏認爲「成」
地即成皋，大伾山正是在古成皋縣境，這對於同時出現在競卣的成、鄭二地，
實在是極爲巧合。不過，成皋到了漢代才置縣，屬河南郡，《漢書・地理志》云
「成皋，故虎牢，或曰制」，是否成皋之名是沿襲西周故地名「成」而起，已是
不得而知。陳氏考證濮縣之成，用以解釋小臣單觶未必不能成立，若驗之競卣，
陳說與競卣「即東」的方向適反，由濮縣到大伾山是自東往西，而郭氏的成皋

〔註116〕于省吾〈略論西周金文中的「六㠯」和「八㠯」及其屯田制度〉，頁152。

說似乎更爲合宜〔註117〕。不過，若二器之「成」爲同名異地，那麼陳氏之說又不在此限了，故此姑並存二說。

〔24〕阢

【出處】

辛簋〔註118〕：「唯王十又一月，王才（在）阢，王子（巳？）至于……。」

〔圖五十二〕

【考證】

阢，左从𨸏無疑，右偏旁上半从目可見，然而目下之形略有未明，李步青、王錫平釋爲阢，李、王二氏云：

> 「阢」讀現，今福山縣有古現地名，在城西北海岸。這裏曾出土過西周時期銅器，有古城址。……看來周王曾親自到過這裏，巡視東夷，當地名「辛」者曾經隨從，並受到周王的接見與賞賜，因而作器紀念。〔註119〕

由於銘文內容尙不十分清楚，而且阢字筆劃略有殘泐，故此地暫且存疑，隸定則先依二氏所釋。

〔25〕長必

【出處】

〔註117〕如卣銘初起先云「唯白屖父以成𠂤東命戍南夷」，是總括全文，交代伯屖父此行乃率領成地（成皋，其範圍可能較爲廣泛）的軍隊赴命。就在「正月既生霸辛丑」這一天，在𩁹地的行館（大伾山故城，可能只是在成皋之下的一個小地名），競受到了伯屖父的讚揚與賞賜。

〔註118〕著錄於李步青，王錫平〈建國來煙臺地區出土商周銘文青銅器概述〉，《古文字研究》第十九輯，頁70（釋文）、80（銘文拓片）。該簋銘有部分文字不易識讀，影響作器者的辨識，李、王二氏謂「此銘辛字四見，應係作者人名」，姑從其說。

〔註119〕同上，頁70～71。

史密簋〔註 120〕：「隹（唯）十又二月，王令師俗、史密曰：東征。敆南夷
盧、虎會杞夷、舟夷，雚（觀）不阝斤，廣伐東國。齊𠂤、族土（徒）、
述（遂）人乃執鄙寬亞。師俗達（率）齊𠂤、述（遂）人右□（周？）
伐長必；史密右達（率）族人、釐伯、僰、眉周伐<u>長必</u>，隻（獲）
百人。對揚天子休，用作朕文考乙伯隥簋，子子孫孫其永寶用。」

〔圖五十三〕

【考證】

史密簋在西元 1986 年出土於陝南安康縣。據李啓良表示，史密簋出土
後，挖掘者曾以砂紙打磨，以致部分字形遭到磨損，〔註 121〕自然對銘文考釋
造成一定的影響。不過目前爲止，學者大致同意簋銘主要是敘述周王派師俗、
史密阻止南夷廣伐東國。而在討論史密簋「長必」一地之前，有必要先瞭解
簋銘的內容大略。

史密簋銘字數不及百，但是從目前已發表的十幾篇討論專文看來，〔註 122〕
學者對於銘文的斷讀卻莫衷一是，其中以「東征」到「執鄙寬亞」之間的釋讀

〔註 120〕簋銘首次著錄於李啓良〈陝西安康市出土西周史密簋〉，《文物》1989 年 3 期。

〔註 121〕李啓良〈陝西安康市出土西周史密簋〉，頁 7。

〔註 122〕以下引述各篇文章，爲避免複沓，權以簡稱代替——作者加上文章發表的年代。至於
詳細資料，請參見本注。各家討論的專著，除了上述李啓良的文章之外，他如：吳鎮
烽〈史密簋銘文考釋〉（《考古與文物》1989 年 3 期）、張懋鎔〈史密簋發現始末〉（《文
物天地》1989 年 5 期）、張懋鎔、趙榮、鄒東濤〈安康出土的史密簋及其意義〉（《文
物》1989 年 7 期）、李學勤〈史密簋所記西周重要史實考〉（《中國社會科學院研究生
院學報》1991 年 2 期）、李仲操〈史密𣪘銘文補釋〉（《西北大學學報》1990 年 1 期）、
張懋鎔〈史密簋與西周鄉遂制度〉（《文物》1991 年 1 期）、王輝〈史密簋釋文考地〉
（《人文雜志》1991 年 4 期）、李仲操〈再論史密簋所記作戰地點〉（《人文雜志》1992
年 2 期）、陳全方，尚志儒〈史密簋銘文的幾個問題〉（《考古與文物》1993 年 3 期）、
沈長雲〈由史密簋銘文論及西周時期的華夷之辨〉（《河北師院學報》1994 年 3 期）、
劉釗〈談史密簋銘文中的「眉」字〉（《考古》1995 年 5 期）、張永山〈史密簋銘與周
史研究〉（《盡心集　張政烺先生八十壽慶論文集》，1996）、王雷生〈由史密簋銘看姜
姓萊、𦎍族的東遷〉，（《考古與文物》1997 年 6 期）、方述鑫〈《史密簋》銘文中的六師、
族徒、遂人——兼論西周時代鄉遂制度與兵制關係〉（《四川大學學報》1998 年 1 期）
等。

歧異最大。簋銘記載「東征」事宜，這是毋庸置疑的，然而「東征」的事由及對象就有許多不同的說法了，茲舉數例說明：

一、李啓良（1989）認爲此次東征的對象是齊國，而且是由周天子命師俗、史密聯合南夷中的盧、虎、會、杞夷、舟夷中的藿、不、阼等，廣伐東國；

二、吳鎮烽（1989）認爲由於南夷首領膚虎糾結杞夷、舟夷等滋事叛亂，侵伐周室東土的齊自、族土、遂國等地，故周王興師禦敵；

三、張懋鎔等（1989）認爲簋銘乃記周王命師俗、史密東征，合擊南夷，而南夷陣容是由盧、虎兩國會合杞夷、舟夷，進攻周王朝的東土，李學勤（1991）的看法略近，只是部分字詞解釋略異；

四、陳全方、尙志儒（1993）則認爲盧、虎爲此次周室東征的從征部隊，而東征原因乃是由於杞、舟等國肆意踏踐邊境，廣伐國土東方的齊自，故周室欲伐之。

以上只是條舉說法差異較大者，其實在各種說法當中，各家對於個別字詞的解釋也有不少歧異，以「藿不阼」三字爲例，或以「藿」（鸛）字爲軍陣之名，而「不阼」意謂「不墜」，如張懋鎔等（1989）；或以「藿」（讙）字乃讙譁之意，「不阼」則爲不敬之意，如李學勤（1991）；或以「藿」（觀）、「不」（邳）爲國名，「阼」釋爲陟，讀爲躓，意爲踐踏，如陳全方、尙志儒（1993）；或以「藿」（觀）乃觀兵之意，「不阼」則謂邳之高地，即謂南夷等觀兵於邳之高地，欲伐東國，如張永山（1996）。僅是三字的解釋，說法至少有四種以上，目前還不能證哪種說法是正確的。揆諸銘文，暫不論個別字詞解釋，其內容大意可能以上列第三種說法比較正確，姑以其說爲主要參考。

「長必」是簋銘記述此番戰役的主要戰場，除了從「東征」可以推知其地應處周王朝東方之外，再加上銘文提到「齊自、述（遂）人、族土（徒）乃執鄙寬亞」，〔註123〕顯然在長必之役展開之前，齊國軍隊已經有守護邊鄙

〔註123〕此句解釋，諸家也不盡相同，如李學勤（1991）引用文獻說明「齊自」、「述（遂）人」、「族土（徒）」乃齊國部隊，「執鄙寬亞」則是固守邊鄙以避禍害之意；張永山（1996）則以爲金文習見「國族地名＋人」的文例，故此遂字應釋爲遂國較妥，而「執鄙寬亞」則是固守寬、亞二鄙邑。此二說皆各執其理，「述（遂）人」一詞，李氏以爲與《周禮》鄉遂制度有關，李氏引楊筠如《尚書覈詁》云：「《周禮‧小司徒》天子六軍，出于六鄉，

的行動，故略可推知其地至少距齊魯不遠，又從師俗、史密率領的軍隊陣容來看，參與周室殲敵的行列有「齊𠂤」、「述（遂）人」、「族人」、「釐伯」、「僰」，〔註124〕其中齊、釐、僰三國都在今山東地區。〔註125〕從以上線索可知，長必應是位於齊魯一帶。目前學者對長必地望有幾種說法：李學勤（1991）認為長必之必疑讀為柲，乃以器物為名，與魯地名長勺相似，不知確實所在，只能從銘文推斷該地為夷兵聚集之處，可能在山東南部；李仲操（1991）以為即地望在長勺及其附近，長必即長尾，是文獻所見長勺、尾勺二氏的合稱，以必（幫母）、尾（明母）二字乃旁紐雙聲，故可通，此說證據恐怕不夠堅強；王輝（1991）認為長必可能是從密水得名，應是位於密水流域，與周室、南夷在此役中各自結合東方國家所及的範疇相合；張永山（1996）則認為，結合參加國地理方位及南夷行軍路線看來，長必應位於沂水流域。〔註126〕由於長必一地尚無法徵實於文獻，目前只能從簋銘提到的與戰國家地理位置略為推測，其地在山東的可能性應是毋庸置疑，至於確定的地望，恐怕有待更多

六遂副焉；大國三軍，出于三鄉，三遂副焉。《釋地》『邑外謂之郊』，則郊即鄉，遂在鄉之外也」，「遂人」即「遂」所出士卒，此說應是合理的，而張氏以金文習見的文例來證明遂為國名，則不盡然，金文有「邑人」一詞，楊寬〈論西周金文中「六𠂤」、「八𠂤」和鄉遂制度的關係〉（《考古》1964年8期）認為「邑人」乃鄉邑的長官（頁416），而邑、遂並屬區域名，其用法與「遂人」相似，「遂人」未必要釋為國名方可。至於「執鄙寬亞」一句，李、張二氏均釋「執鄙」為守邊鄙之意，唯李氏以「寬亞」為遠離惡害（即敵國入侵之事），張氏則釋為寬、亞二邑，二說都有可能成立。

〔註124〕簋銘的「眉」字，歷來都以為應是夷國，劉釗（1995）結合眉字源流演變及銘文中的用法，認為「眉」字應讀為「殿」，銘文「眉周伐長必」乃謂史密率軍作為「後軍」，跟在周朝軍隊之後攻打長必，劉氏將「周」字釋為周朝軍隊雖未必可信，但是從銘文內容看來，將眉字釋為殿後之意，不論在文字形義及銘文通讀上，都極有可能成立，拙文姑從其說。

〔註125〕釐伯即萊伯，萊國在今山東萊縣；僰讀為偪，即妘姓偪陽，在今山東棗莊舊嶧縣南，詳見李學勤（1991）所考。

〔註126〕張說有一個關鍵，即簋銘「萑不阸」的解釋，張氏謂萑即觀兵之意，不即位於山東沂水流域（在今棗莊市）的古邳國，阸字，張氏則以為當是左從阜右似從人，應釋為阺，阺為居西方者對陵阪的稱呼，故有高地之義，故「萑不阸」乃謂南夷觀兵於邳的高地。此說於釋字方面有待商榷，尤其是「阸」字，吳鎮烽（1989）曾清除銅器鏽土，得到較清楚的拓片，吳氏將該字釋為從阜從斤的阸字，應是可信的，張氏釋字恐怕不足採信。

的證明。

〔26〕蒦

【出處】

晉侯穌編鐘〔註 127〕：「正月既生霸戊午，王步自宗周。二月既望癸卯，王入各成周。二月既死霸壬寅，王償往東。三月方死霸，王至于蒦，分行。王窺（親）令晉侯穌：率乃𠂤（師）左洀濩、北洀□，伐夙（宿）夷。晉侯穌折首百又廿，執訊廿又三夫。王至于匔（鄆）𨸏（城），王窺（親）遠省𠂤（師），王至晉侯穌𠂤（師），王降自車，立，南卿（嚮），窺（親）令晉侯穌自西北遇（隅）𦎫（敦）伐匔（鄆）𨸏（城）。晉侯達（率）氒（厥）亞旅、小子、或人先陷入，折首百，執訊十又一夫。」〔圖五十四〕

【考證】

「蒦」，西周金文獨見，馬承源釋云：

> 蒦，地名，地望未詳。从𠂤从丱，𠂤當爲《說文》東字所从東的簡省，則蒦也可能就是𣐺字。〔註 128〕

李學勤以爲「蒦从㔾聲，即菡字，古音在談部」。〔註 129〕

釋讀「蒦」字的關鍵在於丱字中所从的「𠂤」形。馬氏認爲「𠂤」即《說文》東字的簡省，實際上歷來注家對於《說文》東篆的形體是略有爭議的，主要的問題在於：木中所从的字形究竟是从㔾或从𢎘，由於《說文》東字篆體對於解讀鐘銘的「蒦」字有相當的關係，故先略論歷來學者對《說文》東篆的處理問題。茲先列出大徐本與段本《說文》卷七東篆的內容，以便說明：

> 大徐本：「𣐺，木垂華實也。从木㔾，㔾亦聲。」〔註 130〕

〔註 127〕著錄參第二章「宗周」條目下【出處】。

〔註 128〕馬承源〈晉侯穌編鐘〉，頁 14。

〔註 129〕李學勤〈晉侯蘇編鐘的時、地、人〉，《中國文物報》1996 年 12 月 1 日。

〔註 130〕許慎注・徐鉉校《說文解字》（北京：中華書局，1990），頁 142；徐鍇《說文解字繫

段注本：「〓，艸木垂華實也。艸字依《玉篇》補。从木马小徐本及
大徐宋本皆同，惟趙鈔宋本作『从木马，马亦聲』，《五音韻譜》有同
之者，殊誤。蓋篆體一〓在木中，寫者屈曲反覆，似从二〓，因改此
解。又於前部末增马篆耳，马音胡先切，則用爲聲之篆不當胡感切也。
马亦聲。」〔註131〕

二本在釋形義方面大同小異，篆文形體則明顯有別，大徐本釋形爲「从木马」，
但是篆體木字中間所从卻不與釋形同，段氏則逕改篆體爲从木马的字形，不過
段氏的注文提到或本作「从木马，马亦聲」，這對於大徐本篆體是否應該如段
氏所改，提供了另一個不同的思考方向。其實段玉裁在《汲古閣說文訂》柬篆
下也提到：

柬　从木马马亦聲

宋本、葉本《類篇》《集韻》如是。趙本作「从木尸，尸亦聲」，明刻
《五音韻譜》同，宋刻《五音韻譜》二字俱作马。按上文云「马，嘾
也」，又云「马，艸木马盛也」，柬篆正从马而非从马，趙本爲是，毛
本同，宋本作「从木马」，非也。柬讀「胡感切」，則马讀「胡先切」
非也。〔註132〕

由此看來，段注《說文》逕改的篆文，未必是當時的原貌，篆文柬字究竟从马或
从马，光從傳鈔千年的文獻來看，似乎還無法定論。不過，地下出土的古文字
材料，或許可以有助於進一步解決這個問題。裘錫圭先生曾經從古文字及《說
文》相關字形檢討柬篆字義，他說：

甲骨文〓字象木上有物纏束之形。《說文》从马聲之字如「函」、「范」
（即鑄銅器的「范」的本字）等，都有包含之意，也與纏束之義相
近。所以「柬」字的本義應該是纏束包裹一類意思，而不是《說文》
所說的「木垂華實也」。正因爲如此，訓爲「束」的「橐」字才會把
它用作形旁。〔註133〕

傳·通釋第二十三》（北京：中華書局，1987）亦同，頁139。

〔註131〕許慎注·段玉裁注《說文解字注》（臺北：黎明文化事業有限公司，1989），頁320。

〔註132〕段玉裁《汲本閣說文訂》，收入《段玉裁遺書》（大化書局，1977），頁836。

〔註133〕裘錫圭〈說「〓〓白大師武」〉，《古文字論集》，頁358。

也就是說，《說文》「橐」字可以溯源到甲骨文的 字，但是從殷商時期的 字
演變到小篆的橐字，其間的流變是不容忽略的，兩周金文似乎正好填補了這
段空白。馬氏在上文已經提出，晉侯穌鐘蘯字所从的「串」旁，極可能是「橐」
字之省；此外，《集成》10327嗣料盆蓋銘文爲「嗣料 盆」四字，其中「」
《金文編》收在 1140 號橐字頭下，雖然該字爲人名，但是從字形特徵看來，
容庚將該字釋爲橐是不錯的。倘如馬氏所云，串爲橐字之省，那麼就目前所
見的材料來看，《說文》橐字的演變極有可能是：

商‧《京津》520 → 串 〔蘯字所从〕　西周‧晉侯穌編鐘→

東周‧嗣料盆蓋 → 東漢‧《說文》小篆

也就是說，在西周晚期的晉侯穌鐘時，木中所从之形已經訛變爲「串」形了，
因此後來才會有東周及東漢所見的橐字出現，除了還保留甲骨文的木形之外，
中間的「串」形到了小篆時已經聲化了。〔註134〕不過，由於目前所見的西周金
文尚未發現其他與串字（蘯字所从）相關的字形，因此串字究竟是从木省抑或
是獨立成文的文字，無法遽定。原則上，學者大致贊成蘯字中間所从的「串」
旁是聲符，而「串」也就是《說文》橐字之省。蘯字的源流缺乏其他更有力的
佐證，從《說文》這條線索出發，將蘯字視爲从舛串聲的形聲字，在目前是比
較可信的說法。

　　「蘯」地，在西周金文中獨見於晉侯穌編鐘，鐘銘記載了周王命晉侯穌東
征夙夷的經過。晉侯穌，學者均以爲即晉獻侯籍，《史記‧晉世家》：「釐侯十四
年，周宣王初立，十八年，釐侯卒，子獻侯籍立。」《索隱》：「《系本》及譙周
皆作蘇。」從銘文看來，此次戰役應是發生在周王三十三年時，〔註135〕不過究
竟是哪位周王時期，學者之間猶有爭訟，〔註136〕尚無定論。蘯地所在與下文伐

〔註134〕甲骨文的四方風名中也有一個 字（《乙》6533），我們也不好完全排除串字是從它演
　　　　變而來的可能。

〔註135〕馮時認爲晉侯穌鐘所記內容非同年之事，鐘銘二月有兩見，馮氏云：「首見之二月及其
　　　　以前所記之事定爲周王三十三年，而將次見之二月及其以後所記之事定在周王三十五
　　　　年」，見馮時〈晉侯穌鐘與西周曆法〉，《考古學報》1997 年 2 期，頁 435。

〔註136〕馬承源（〈晉侯穌編鐘〉）、李學勤（〈晉侯蘇編鐘的時、地、人〉）等主張屬王說；王恩
　　　　田（〈晉侯穌鐘與周宣王東征魯─兼說周、晉紀年〉，《中國文物報》1996 年 9 月 8 日、
　　　　李伯謙（〈晉侯蘇鐘的年代問題〉，《中國文物報》，1997 年 3 月 9 日）、劉啓益（〈晉侯

「夙（宿）夷」、「薰讚」的位置關係密切，周王一路從宗周到成周，再由成周東行到萊地，在萊地，周王命晉侯穌帶領軍隊征伐夙夷，晉侯穌旨告捷之後，周王又到薰讚，又命晉侯穌從薰讚西北隅入伐薰讚，晉侯穌旨在此役又立下軍功。「夙夷」即文獻所見的宿國，馬承源云：

> 夙夷，古夙、宿二字通假，故宿應該就是銘文之夙，此夙夷即宿夷。
> 文獻中載宿爲古國，《左傳》僖公二十一年：「任、宿、須句、顓臾，
> 風姓也，實司大皞與有濟之祀。」銘文之夙即《左傳》之宿，此四
> 國相近，即東夷的風姓之國。宿的地望在山東東平縣境。〔註137〕

馬氏所考可信，「薰讚」地望則在今山東鄆城一帶（參見「薰讚」條目下）。在大致瞭解「夙夷」及「薰讚」所在位置之後，再來看學者對上文「萊」的看法，李學勤讀爲「闞」，他認爲：

> 以音近求之，應即《春秋》桓公十一年的闞，在今山東汶上西。以
> 三地互相鄰近。王在萊分兵，命晉侯蘇伐宿，行軍方向是往北。隨
> 後，王至鄆城，命晉侯蘇攻城，王的行程是自東而西，晉侯蘇的路
> 線則是由北而南，故從城西北隅陷入。這一系列軍事行動場在古大
> 野澤，梁山一帶。〔註138〕

裘錫圭在馬氏釋讀的基礎上，提出「萊」應讀爲「范」：

> 《說文》認爲「東」和「氾」（「范」字聲旁）等字都从「弓」聲。
> 我曾據此認爲師𫆣鼎「𣏟𦱝」二字應釋「𣏟𦱝」，讀爲「范（繁體字
> 乍「範」）圍」（拙著《古文字論集》第358頁）。所以我懷疑鐘銘此
> 地名當爲「范」，即《孟子・盡心上》「孟子自范之齊」之「范」。漢
> 代于此置范縣，故址在今山東范縣東南。其位置在鄆城西北面，在
> 宿夷所居的東平的西面。周王在此地「分行」，北路伐宿夷，南路伐

蘇編鐘是宣王時銅器〉，《中國文物報》，1997 年 3 月 9 日）、馮時〈晉侯穌鐘與西周曆
法〉（《考古學報》1997 年 4 期）等主張宣王說，張聞玉《晉侯蘇鐘》之我見〉（《貴
州大學學報》1997 年 3 期）主張穆王說。

〔註137〕馬承源〈晉侯穌編鐘〉，頁 14。

〔註138〕李學勤〈晉侯蘇編鐘的時、地、人〉。

鄆城，是很合理的。〔註 139〕

以「晉侯穌𠂤」伐夙夷的方位看來，李氏所考的闞地在夙夷之南，裘氏所考的范地則在夙夷之西，再考慮鐘銘𩰫𩰫所在，顯然肅清𩰫𩰫也是周王此番東行的目的之一。若依李氏所釋，𩰫𩰫在古大野澤西面，𦵯在大野澤東面，則周王一行得先經過𩰫𩰫，繞經大野澤，到達𦵯地，始令晉侯穌出擊；若依裘氏所釋，則周王先到達𦵯地在前，周王在此下達攻擊夙夷的命令，並與晉侯穌各自率𠂤分行，往東則伐夙夷，往南則可到𩰫𩰫。雖然李氏所考亦不無可能，但是裘氏以范地釋之，范字正是从艸氾聲，氾字又从㔾聲，與𦵯字關係十分密切，而且就路線而言，裘說似乎比較合理，姑從其說。

〔27〕□

【出處】

晉侯穌編鐘：「三月方生霸，王至于𦵯，分行。王寴（親）令晉侯穌逹（率）乃𠂤左洀濩、北洀□，伐夙夷。」〔圖五十四〕

【考證】

晉侯穌鐘「北洀□」的洀後一字，拓片不清楚，馬承源謂該地名待剔清。〔註 140〕黃錫全認爲該地可能是指范城西南一帶的「庛」，字又作「𠀤」，黃氏云：「庛本商都之一，春秋屬魯，在今山東鄆城縣北」，〔註 141〕從上下文來判斷，該字必定是一個地名，不過由於字形不清楚，所以大多數學者都沒有進一步的討論，因爲黃氏別有見解，故先存目待考。

〔28〕𩰫𩰫（鄆城）

【出處】

晉侯穌編鐘：「王至于𩰫𩰫，王寴（親）遠省𠂤。」〔圖五十四〕

〔註 139〕裘錫圭等〈晉侯蘇鐘筆談〉，《文物》1997 年第 3 期，頁 65～66。

〔註 140〕馬承源〈晉侯穌編鐘〉，頁 16。

〔註 141〕黃錫全〈晉侯蘇編鐘幾處地名試探〉，頁 65。

「王至晉侯穌師，王降自車，立，南鄉（嚮）。親（親）命晉侯穌：自西北遇（隅）臺（敦）伐鄆鍼。」

【考證】

鄆鍼，西周金文首見，馬承源以爲即史書上的鄆地，他說：

> 鄆，从勹从熏，《說文》所無⋯⋯。以夙夷的地望看，當是鄆字。鄆从熏得聲，熏、鄆古韻爲文部，熏爲曉紐，鄆爲匣紐，是同部旁紐，可以通假。地望在今鄆城之東，合於銘文中所載進軍對象。〔註142〕

馬氏將鄆鍼讀爲「鄆城」，學者並無異議。〔註143〕

在先秦文獻中，只有「鄆」的記載，不見「鄆城」。「鄆」分別有河南之鄆與山東之鄆，《說文》六篇下邑部：「鄆，河內沁水鄉」，段注：「今河南懷慶府濟源縣東北有故沁水城是也。沁水縣有鄆鄉」，銘文提到周王從宗周到了成周之後，又一路東行，再加上伐夙夷的地緣關係，《說文》河南之鄆恐怕與鐘銘的「鄆城」無涉，鐘銘的「鄆鍼（鄆城）」應屬山東之鄆，不過從文獻看來，山東之鄆又有東、西二鄆之分，因此有進一步說明的必要。

春秋時期的鄆有東西二處，高士奇《春秋地名攷略》二鄆：

> 文十二年：季孫行父帥師城諸及鄆。《公羊》作運。杜注：鄆，莒、魯所爭者。城陽姑幕縣南有員亭，員即鄆也。⋯⋯臣謹案：闞駰《十三州志》曰：魯有東西二鄆，西鄆在東平，昭公所居。東鄆即莒、魯所爭也。季孫城鄆時，鄆屬魯；後入于莒。成九年，楚子重伐莒，莒潰，楚人入鄆。襄十二年，莒人圍台，季孫宿帥師救台，遂入鄆。昭元年，季孫宿伐莒取鄆，自此鄆又屬魯。杜氏「楚人入鄆」注曰：鄆，莒別邑。或者遂疑莒別有鄆。然虢之會，莒人以取鄆愬諸侯，楚欲執魯使，趙孟曰：莒、魯爭鄆，爲日久矣。可證莒鄆即魯鄆也。

〔註142〕馬承源〈晉侯穌編鐘〉，頁14。

〔註143〕《集成》10828 號收錄一件戰國晚期的戈，銘文僅有「鄆」字，字正从軍从邑，與文獻作「鄆」同。鄆戈出土於山東歷城附近，雖與鄆城地望相去有一段距離，但是在征戰頻繁的戰國時期，高使用率的兵器因爲戰爭的因素而流至他處的情形，十分可能。就目前所見的出土文字資料，僅此戈銘的文字與出土地與鐘銘的鄆城最爲接近，因此姑且先紀錄於此，作爲參考之用。

姑幕，漢縣，屬瑯琊郡。……太康十年，改屬東莞郡……隋廢郡而改縣曰東安，後又改爲沂水，至今仍之。有古郹城，在縣治東北四十里。古姑幕城，在諸城西四十里。〔註144〕

以上主要說明東郹及其城址所在。高氏又云：

再按成公四年城鄆，《公羊》亦作運。杜注：公欲叛晉，故城之以爲備。此西鄆見經之始也。昭公孫于齊，二十五年，齊侯圍鄆。杜注：欲取以居公；二十六年，齊取鄆；公至自齊，居于鄆；二十七年，鄆潰；定三年，齊取鄆，以爲陽虎邑；六年，季孫、仲孫圍鄆。杜注：鄆貳于齊，故帥師圍之；十年，齊人歸鄆田。皆此也。……開皇十年，置鄆州，治此；十八年，改縣曰鄆城。……金大定六年，河決，徙縣治于盤溝，即今縣治，屬濟寧州。鄆城舊縣，在縣東十六里。廩丘城在今范縣東，與鄆城西界相接，即杜氏所云也。京相璠曰；廩丘縣東八十里有故鄆城。〔註145〕

以上則是說明西鄆及其城址所在。東郹是魯、莒時爭之地，陳槃先生以爲，郹當是魯、莒二國之間的附庸小國，哪一國得之，則爲該國之附庸，並不專屬任何一國。〔註146〕而郹國之都城有東西二地，陳槃先生考訂：「東郹在今山東沂水縣東北四十里；西郹在今鄆城縣東十六里。蓋舊居西郹，東郹其遷地。」〔註147〕又云：「東西兩郹，相去四百數十里。疑西郹是其舊居，後乃東遷耳」，由於目前文獻所記載的郹地最早止於春秋，單從文獻上來看，似乎還不大容易釐清東西郹的關係。然而晉侯穌編鐘卻提供了另一條線索，使郹的記載可以再上溯到西周時期，目前至少可以推斷，與春秋西郹地理位置相當的郹城，在西周晚期（無論是厲王或宣王說，並屬西周晚期）就已經存在了。從銘文內容來看，前有伐夙夷，後有伐𩵦𩵦，西周王此番征戰的戰場大約在古大野澤附近，那麼鐘銘的郹城極有可能是春秋時的西郹所在。至於西

〔註144〕高士奇《春秋地名攷略》卷二「鄆」地條目下，見臺灣商務印館景印文淵閣欽定四庫全書本第一七六冊，頁 506～507

〔註145〕同上，頁 507。

〔註146〕陳槃《不見于春秋大事表之春秋方國稿》（臺北：中央研究院歷史語言研究所，1982），頁 192。

〔註147〕同前，頁 193。

郚是否後來遷到東郚，抑或二郚同時並存，這可能需要更確鑿的證據來說明了。

　　從鐘銘看來，周王不惜勞師動眾，親自遠征，想必是邊夷作亂已經嚴重威脅到周王室存亡了。周王首先命令晉侯穌率領軍隊伐夙夷，文獻紀載宿爲太皞之後，風姓之國，地望在山東東平縣境，〔註148〕遠在周王室東陲的封國作亂，自然是不可不平的；周王次命晉侯征伐郚城，由於郚國始封的時代不明，鐘銘的「鼏戲」可能指郚國都城，也可能是隸屬周王室東陲的都邑，無法遽定。這是在考證郚城地望時，值得再深究的問題。

〔29〕瀤

【出處】

　　晉侯穌編鐘：「三月方生霸，王至于菓，分行。王親（親）令晉侯穌：達（率）乃𠂤左洀瀤、北洀□，伐夙夷。」〔圖五十四〕

【考證】

　　瀤，西周金文獨見，學者大多無考，惟黃錫全對瀤地有具體的看法，黃氏云：

> 第二鐘「左洀」後一字，從尚從水從雈，我們以爲即「瀤」字異體。……根據銘文所記方位，此地瀤即顧。瀤從雈聲，古屬影母鐸部。顧從雇聲，古屬見母魚部。二字聲母喉牙通轉，韻部陰入對轉，古音十分相近。中山鼎的「雈其汋於人也寧汋于淵」之雈即假爲「與」。與屬喻母魚部。顧在夏代爲國名，商至戰國爲邑名。《詩・商頌・長發》「韋、顧既伐，昆吾、夏桀。」……《漢書・古今人表》「韋、顧」作「韋、鼓。」師古曰：鼓「即顧國。」是顧又可作鼓。顧在春秋已入齊，見《左傳・哀公二十一年》：「公及齊侯、邾子盟于顧。」

<hr>

〔註148〕鐘銘的「夙夷」，馬承源〈晉侯穌編鐘〉有考：「夙夷，古夙、宿二字通假，故宿應該就是銘文之夙，此夙夷即宿夷。文獻中載宿爲古國，《左傳》僖公二十一年：『任、宿、須句、顓臾，風姓也，實司大皞與有濟之祀。』銘文之夙即《左傳》之宿，此四國相近，即東夷的風姓之國。宿的地望在山東東平縣境。」頁14。

杜注：「齊地。」其地在今山東鄄城縣東北。舊治范縣東南五十里有

顧城。〔註149〕

黃說從方位上看來，似無不合理之處，不過要討論灤地所在，仍得全盤考量。
從鐘銘來看，周王親自下令晉侯穌「左洀灤、北洀□，伐夙夷」，可知晉侯穌率
自征伐夙夷之前，必須先「洀」灤及另一個尚不知名的地點，而周王下令的軍
事行動──「洀」字，顯然對於考釋這兩個地點有密切的關係，「洀」字屢見於
西周金文，歷來學者有不同的解釋，以下茲以晉侯穌鐘的「洀」字為主，兼談
歷來各家對「洀」字的見解。

馬承源首先對晉侯穌鐘的「洀」字提出解釋，馬氏說：

> 洀，象舟在水中，第二個洀字反書，為同一字，在此為軍事用語，
> 字也常見於金文，但字形或有變化。……「洀」釋覆，形義皆合。
> 文獻用為復，覆、復同音，晉侯穌鐘銘文用其本義。《左傳》成公十
> 三年：「傾覆我國家」，鐘銘「左洀灤、北洀□」的詞例相似，即從
> 左方進攻，傾覆灤地；從北方進攻，傾覆□。《國語·晉語》：「且夫
> 欒氏之誣晉國久也，欒書實覆宗」，杜注：「覆，敗也」。蓋王師需首
> 先覆滅兩地，方能進至蒯城。〔註150〕

黃錫全考釋鐘銘的幾個地名時，也採用馬說；〔註151〕而李學勤則將洀字讀為
「周」。〔註152〕這兩種釋讀的歧分，在學者討論西周金文的「逆洀」一詞時已
然可見。「洀」字在西周金文中的用法不只一種，形體也有多種寫法，歷來有不
少學者都有專文討論，〔註153〕目前為止，至少就西周金文中的「逆洀」一詞而

〔註149〕黃錫全〈晉侯蘇編鐘幾處地名試探〉，《江漢考古》1997年4期，頁64。

〔註150〕馬承源〈晉侯穌編鐘〉，頁14～15。馬氏對金文所見的「洀」字早有解釋，參馬氏〈新
　　　　獲西周青銅器研究二則〉，《上海博物館集刊》第六集，頁152～153。

〔註151〕黃錫全〈晉侯蘇編鐘幾處地名試探〉，頁64～65。

〔註152〕李學勤〈晉侯蘇編鐘的時、地、人〉。

〔註153〕吳匡先生、蔡哲茂先生〈釋金文徬、タ、冎、剝諸字〉、何琳儀〈釋洀〉二文同時發
　　　　表於1990年中國古文字研究會第八次年會，吳、蔡二位先生主張洀字釋為「覆」，後
　　　　來又刊載於《張政烺先生八十壽慶論文集》（北京：中國社會科學出版社，1996），頁
　　　　137～145；後者則以為从水从舟的會意字，讀為「盤」。湯餘惠〈洀字別議〉一文（紀
　　　　念容庚先生百年誕辰暨中國古文字學國際學術研討會論文，1994，廣州東莞）則釋為

言，學界大抵同意即《周禮‧夏官‧太僕》的「復逆」，或分言「逆」、「復」。〔註 154〕從文意來看，將「逆洀」解釋爲《周禮》所見的「復逆」，固然文從理順，然而諸家在解釋「洀」字形義時卻略有未安之處，以金文幾組有「逆洀」文例的字形爲例，洀字形體有幾種組合方式：

從舟、舟旁加撇劃：「丿舟」（伯⿱冖⿰各各父鼎）、「夕」（⿰口出簋）

從辵從舟、舟旁加撇劃：「得」（令簋）、「得」（伯者父簋）

從水從舟、舟旁加撇劃：「洀」（保員簋）

從宀從水從舟：「⿱宀洀」（弔趲父卣）

洀字益增從宀或從辵的形旁，古文字習見，毋庸贅述。令人費解的是舟字旁邊往往多了一小撇劃（爲行文之便，拙文一律書以「洀丿」），也有不加撇劃者，張持平認爲舟字旁的撇劃可能是指事符號，表示舟在水上翻覆，古人以翻船爲覆，而洀則是覆舟之覆的會意字，〔註 155〕雖然這個解釋能與「逆覆（復）」之意銜接，但是如果舟旁的撇劃果眞是指事覆舟之意，那麼此撇劃在字形中應是不可或缺的部件，而弔趲父卣器蓋所見的兩個字形卻又同時沒有撇劃，也許說者會認爲這是省形之故，不過要確定該筆撇劃乃「指事」覆舟之意，可能還需要更多的佐證才是。晉侯穌鐘的字形從水從舟，我們可以先依形隸定爲「洀」，如果依馬承源所釋，以覆滅之義來解釋文意，那麼鐘銘「左洀潢、北洀□，伐夙夷」就是說晉侯穌要先覆滅兩地，再進而征伐夙夷，似乎無不合之處。不過換個角度來看，鐘銘的「洀」字也未必與上文述敘的「逆洀（覆）」字爲一字，因爲在西周金文有關征伐的銘文中，表示攻擊敵軍的動詞往往是「征」、「伐」二字，也有具體交代與敵軍交鋒的動詞——搏（如多友鼎），唯獨馬氏釋爲覆滅的「洀」字例尚未發現。如果裘氏釋「⿱㶛」爲古范縣不誤的話，那麼故址在東平的夙夷是位於范縣的東面，范縣與東平之間隔了不少水道，如濮水，晉侯穌一行勢必

「氾」，古書或作「汎」今通作「泛」。此外，馬承源〈新獲西周青銅器研究二則〉（頁152～153）一文也大抵同意釋爲「覆」字的說法。在這幾位學者之前，其實已有不少古文字學家提出見解，可參見上列諸文所引，拙文不俱舉。

〔註 154〕詳見吳匡先生、蔡哲茂先生〈釋金文得、夕、⿰口舟、洀諸字〉一文。

〔註 155〕見吳匡先生、蔡哲茂先生〈釋金文得、夕、⿰口舟、洀諸字〉一文所引，頁 140。

經這些水道方能進攻夙夷，因此，拙文以爲湯餘惠將「浮」字釋爲「氾舟於河」的氾字，是相當具有啓發性的，湯氏云：

> 從浮字的早期寫法……看，正是舟船浮行水上的形象，應該是表意字，我疑心它就是「氾舟於河」（《國語‧晉語》）的「氾」，古書或作「汎」，今通作「泛」。〔註156〕

上文提到，「逆浮」的浮字多半在舟旁加一撇劃，湯氏認爲這些筆劃都是水字的省形，此說自然是未必，因爲保員簋的「逆浮」之字從水從舟、舟旁加一小撇劃，該撇劃顯然不宜視爲水形之省，湯說在解釋歷來所見的「浮」字時雖然還有些問題，但是如果用以詮釋晉侯穌鐘的「浮」字，卻顯得文從意順。晉侯穌鐘的「浮」字正是從水從舟，此「浮」字與上述保員簋益加撇劃的「浮/」字未必是一字，眾所周知的，古文字往往差一點筆劃，字義就迥然有別，〔註157〕晉侯穌鐘的「浮」字與舟旁加一撇劃的「浮/」字也有可能是類似的情形。竊疑鐘銘的「浮」字可能就是《說文》「汎」的本字，〔註158〕不過與上引湯說略有區別。湯氏以爲「浮」爲舟行水上的會意字，此義可能與晉侯穌的「浮」字相符，而湯氏以爲文獻作汎、泛、氾，是文獻後起的用法，拙文則以爲，「汎」字有可能是從「浮」字訛變而來，如此也許能夠解釋「浮」字古音的來源，試說如下。

先說汎與泛、氾三字在《說文》的音義：「汎，浮皃」、「泛，浮也」、「氾，濫也」。大徐本三字讀音均作「孚梵切」，古聲皆爲滂紐，古韻則汎屬侵部（〔əm〕）、泛屬怗部（〔əp〕）、氾屬添部（〔em〕），〔註159〕韻部相近，三字在傳

〔註156〕湯餘惠〈浮字別議〉，頁1。

〔註157〕如絲與絲，古文字中有一些從絲的字形，歷來學者往往逕隸定爲絲，如金文習見的繼字（參見《金文編》0355號繼字頭下），許慎析形爲「從言絲」，裘錫圭先生結合古印、金文等相關字形指出，許多舊時釋爲從絲之字，皆應改釋爲從絲，上述的繼字就是其中之一，裘氏認爲「『絲』字象兩『系』相連，因此它的字義應該跟『聯』、『系』等字相同或相近」。裘說詳參〈戰國璽印文字考釋三篇〉，《古文字論集》，頁473～479。

〔註158〕《甲骨文字詁林》3133號浮字按語云：「『汎』、『泛』、『渢』之初形實當作『浮』，象汎舟於水之形。」

〔註159〕此爲業師陳新雄先生古韻三十二部諧聲系統，參《訓詁學（上）》（臺北：臺灣學生書

世文獻中互相通用的現象習見，但是實際上三字的本義是有差別的，朱駿聲《說文通訓定聲》汎字下注云：「汎，……與泛略同，與氾迥別，字亦作溯」，與《說文》釋義正合，如果今見《說文》版本不誤的話，那麼汎字的本義是指舟浮行水上的樣子，先秦古籍還保留這種用法，如：

《詩·邶風·柏舟》：「汎彼柏舟，亦汎其流。」

毛《傳》：「汎，流貌」

《詩·邶風·二子乘舟》：「二子乘舟，汎汎其景。」

「二子乘舟，汎汎其逝。」

《詩·小雅·菁菁者莪》：「汎汎楊舟，載沈載浮。」

《詩·小雅·采菽》：「汎汎楊舟，紼纚維之。」

鄭《箋》：「楊木之舟浮於水上，汎汎然東西無所定。」

《左傳》僖公十三年：「冬，晉荐饑，使乞糴于秦。……秦於是乎輸粟于晉，自雍及絳相繼。命之曰汎舟之役。」

杜預《集解》：「從渭水運入河、汾。」

《國語·晉語三》：「晉饑，乞糴於秦。……是故汎舟於河，歸糴於晉。」〔註160〕

韋《解》：「汎，浮也。」

從上列資料看來，「汎」字在文獻上的用法，莫不與舟行水上有關，《詩經》所見的「汎彼」、「汎汎」均是描述舟行水上貌，屬狀詞〔註161〕；《左傳》與〈晉

局，1996 增訂版）附錄二。近來學者習用的郭錫良《漢字古音手冊》（北京：北京大學，1986）則列汎字為侵部，泛、氾二字為談部（〔am〕）；該書主要是建立在王力《漢語史稿》的基礎，對於部分韻部作若干調整，因此可以視為王力的上古音系統。

〔註160〕坊間所見的各式《國語》版本，汎舟之汎或作氾、泛，不一而足，拙文採清人董增齡《國語正義》本（巴蜀書社，1985），該書為光緒庚辰會稽章氏式訓堂精刻本，據董氏自序可知，其祖本為作者兼收北宋宋公序補音本及天聖本兩家之長者，據出版社說明，此本乃據王利器珍藏原版影印。

〔註161〕〈柏舟〉出現兩個汎字，段玉裁在《說文解字注》泛篆下云：「〈邶風〉曰『汎彼柏舟，亦汎其流』，上汎謂汎汎，浮貌也；下汎當作泛，浮也。汎泛古同音而字有區別如此，

語〉所記爲一事，韋昭釋汎爲「浮也」，正是舟浮行於水上之意，屬動詞。而
晉侯穌鐘的「左洀薎、北洀□」，可能就是說周王命晉侯穌率啚分爲兩隊，一
支「左洀薎」，另一支「北洀□」，目前鐘銘只見其中的薎字，該字从水从尙省
从蔑，用以指稱水名是相當合理的。至於「洀」字的音讀，若依湯氏所釋，「洀」
只是一個純粹的會意字，無法分析其得聲的由來，但是從「舟」、「凡」二字
在古文字中演變有互訛的現象來看，如「般」、「朕」二字，在甲骨文中，般字
从凡〔註162〕、朕字从舟，判然分明，偶爾有一、二字因形近而訛，在所難免；
〔註163〕可是到了周代金文，除了少數字形之外，大部分金文所見的般字都訛
作从舟之形，而朕字也有訛作从凡之形者；〔註164〕到了秦漢之際，般、朕所从
更是無別，大半都寫作从舟之形了，〔註165〕不過，從朕得聲的「勝」字，在
西漢馬王堆帛書《春秋事語》倒是保留了一個舟訛作凡的字形，〔註166〕這顯
示出舟、凡二字歷來一直有著互訛的現象產生，因此，晉侯穌鐘的「洀」字
的確有可能是「汎」字的初形，凡字乃是從舟字訛變而來的，到了東漢的小
篆，可能不僅已經形訛，而且還聲化爲從凡得聲的「汎」字，但是在字義上
還保留了「浮舟」之意。從文字演變源流史看來，這個可能性應該是存在的。
〔註167〕

《左傳》僖十三年『汎舟之役』亦當作泛」，段氏分別汎、泛二字用法，固然精審，
　　然而他又在汎篆下引《廣雅》曰：「汎汎、氾氾，浮也」，並謂大徐本「浮皃」應改爲
　　「浮也」，顯然段氏也認爲「洀」字可以作爲動詞使用，因此「汎舟之役」未必如段
　　氏所言，當作「泛」字。王筠《說文句讀》謂「經無泛字，至漢始見。如『汎彼柏舟，
　　亦汎其流』，與泛字義不異」，王說不盡然，睡虎地秦簡有泛字，文例爲「虎未越泛薜」，
　　不知何解，參陳振裕、劉信芳《睡虎秦簡文字編》頁100。

〔註162〕凡即《說文》槃之初形，而歷來學者考釋甚多，茲舉陳夢家《綜述》（頁432）所釋爲
　　例：「凡字象側立之盤形，凡、皿古是一字，即盤」，其他諸說請參見《甲骨文字詁林》
　　2845號凡字頭下所引。以甲骨文所見的「風」字佐證，許愼析風字之形爲「从鳥凡聲」，
　　甲骨文的風字正是从鳳鳥之形从凡聲，該「凡」字正是與陳夢家所說的「側立之盤形」，
　　也與甲骨文習見的「般」字所从相同，今寫作从舟从殳，是後來訛變的結果。

〔註163〕參孫海波《甲骨文編》1052朕字、1053般字所引。

〔註164〕參容庚《金文編》1426朕字、1427般字所引。

〔註165〕參《秦漢魏晉篆隸字形表》頁612。

〔註166〕參《秦漢魏晉篆隸字形表》頁989。

〔註167〕李學勤在〈晉侯蘇編鐘的時、地、人〉中將「洀」字讀爲「周」，不過並沒有進一步

在略爲疏通鐘銘「洀」字的意義之後，再來看鐘銘有關的解釋及濩地所在。上段已經提到，如果鐘銘的「洀」字可以釋爲「汎舟」之汎，從字義與文意都可以有合理的解釋。鐘銘云：「王窺（親）晉侯穌：達（率）乃自左洀濩、北洀□，伐夙夷」，這裏有兩種可能：一是與班簋、史密簋類似，晉侯穌自兵分兩路，同時從不同的方位進攻夙夷；一是晉侯穌率自先「左洀濩」，再「北洀□」，然後「伐夙夷」。以下先臚列班簋、史密簋相關的銘文：

> 班簋：「王令毛公以邦冢君、土（徒）馭、戜[註168]人，伐東或痡戎，咸。王令吳伯曰：『以乃自左比（從？）毛父』；王令呂伯曰：『以乃自右比（從？）毛父』；趞令曰：『以乃族從父征，祐鬷（城），衛父身，三年靜東或，亡不成，……』」〔圖五十五〕

> 史密簋：「唯十又一月，王命師俗、史密曰：『東征，……』，……師俗率齊自、述人左□伐長必；史密右率族人、釐伯、僰、眉，周伐長必。」〔圖五十三〕

班簋、史密簋都是記載周王派員東征的事蹟，班簋提到周王命吳伯、毛伯各帶領一支軍隊作爲毛父的左右翼，跟隨毛父征東國；史密簋則更具體交代師俗與史密各自領軍左右包抄，攻打長必。不同的是，鐘銘的方位是一左一北，[註169] 而前兩器則是一左一右，其中又以史密簋與鐘銘的記述較爲相近，不過若晉侯穌果眞是分兩支軍隊圍攻夙夷的話，那麼鐘銘提到的「左」、「北」兩個方位又略顯不類，西周金文習見「北鄉（嚮）」一詞，即面朝北方之意，此處應該也不例外，而「左」字就比較費解了，假設以面向北方爲基準，則「左洀濩」的方向變成了往西方而行，這對於伐東面的夙夷似乎有所牴牾；

的說明。唐蘭〈論周昭王時代的青銅器銘刻〉（《古文字研究》第二輯，頁62～63）認爲「逆洀」之洀與《說文》匎字同，讀如周，並謂匎字从勹乃由宀形訛變而來。後來《史徵》（頁 254）一仍前說，未作更動。李氏讀鐘銘的「洀」字爲「周」，不知是否緣於唐氏及史密簋的啓示，姑記於此。

〔註168〕 戜，林澐〈新版《金文編》正文部份釋字商榷〉以爲當釋「戠」，待考，姑依形隸定。

〔註169〕 各家在考釋鐘銘時多半只就字面上語譯，並未特別說明。「左」、「北」兩個方位同時出現，在古文字及文獻材料裏實屬罕見，如果這裏是指絕對方位，那麼就是一從西（即左）、一從北進攻夙夷，但是鐘銘何以要記爲一左一北，其間是否有誤刻的可能，或者是有其他原因，目前尚不可知。

若以面向東面的敵軍——夙夷爲基準，「左洀」的方向則是北方，也許這就是
爲什麼鐘銘出現一「左」一「北」的緣故——爲了避免重複出現北字，這僅
是就可能的情況略爲推測，恐怕還有待更多的證明才是。然而，若鐘銘的
「左」、「北」方向沒有誤刻的話，以上的推測又可能成立，那麼上述兩種伐
夙夷的可能路線，似乎以後者成立的可能性較大。可惜的是，鐘銘還有一個
字尙未完全剔清，目前只能就「瀵」字進行討論。

　　瀵，黃錫全釋爲從水、從尙省口（以下逕寫作尙）、從蒦[註170]。瀵字西周
金文首見，其偏旁可分析爲：從尙、從萑、從又、從水，其中萑、又兩偏旁應
即蒦字（見中山王𢒉鼎），從水則爲形符，唯獨從尙不易理解。若尙爲聲符，尙
字上古音屬定紐陽部，蒦字爲影紐鐸部，[註171]二字屬陽入對轉，但是聲母似
乎不甚相近，是否能視爲迭加聲符，有待證明；若尙字不是聲符，那麼瀵字是
否能釋爲「尙（上）瀵」（此或爲合文、或爲地名專字）？凡此目前均沒有確鑿
的證據，只能姑且推論至此。不過，瀵字從水是毋庸置疑的，由於晉侯穌率自征
伐夙夷，勢必行經一些河道，上文提到鐘銘的「洀」字若眞是「汎」的本字，
那麼從水得形的瀵字，極有可能是水澤之名，竊疑瀵可能是《水經·瓠子河注》
的瓠子河故瀆或將渠，酈道元《水經注》卷二十四〈瓠子河注〉：

　　瓠子河出東郡濮陽縣北河。

　　……瓠河又東逕鄆城南。……

　　又北過東郡范縣東北，爲濟渠，與將渠合。

　　瓠河自運城東北，逕范縣與濟、濮枝渠合。故渠上承濟瀆于乘氏縣，北逕范縣，
　　左納瓠瀆，故《經》有濟渠之稱。又北與將渠合。渠受河于范縣西北，東南逕秦
　　亭南。杜預《釋地》曰：東平范縣西北有秦亭者也。又東南逕范縣故城南，王莽
　　更名建睦也。……將渠又東會濟渠，自下通謂之將渠，北逕范城東，俗又謂之趙
　　溝，非也。

　　又東北過東阿縣東

　　瓠河故瀆又東北，左合將渠枝瀆，枝瀆上承將渠于范縣，東北逕范縣北，又東北

〔註170〕此蒦字從萑從又，隹上作兩小半圓筆，也有可能是雚字，不能遽定，不過無論釋爲蒦
　　　　或雚，二字古音均屬鐸部，對於字形的釋讀影響不大。

〔註171〕從蒦得聲之字，如穫、鑊、護等字古音屬匣紐鐸部，參郭錫良《漢字古今音手冊》頁29。

逕東阿城南，而東入瓠河故瀆……。

范城故地在范縣東南，從酈注可知，當時的將渠是先流經范城南，再從城東面北流，而將渠的枝瀆又與瓠河合流而北流，也就是說，晉侯穌從范地「左洀濩」而伐夙夷（東平），必須浮舟將渠或合流後的瓠河，據酈注引述，瓠河之名起於西漢武帝時，〔註172〕如果瓠河之名有保留古音的可能，那麼匣紐魚部的瓠字與影紐鐸部的濩字，聲母並屬喉音，韻部則屬陰入對轉，古音可通。而濩也可能是指與瓠河合流的將渠，將字古音精紐陽部，與濩字陽入對轉，聲母一為齒音一為喉音，相去較遠；若濩字所從的尚字為聲符，尚字古音屬定母陽部，與將字同部，聲母則一為舌音一為齒音，就有通假的可能了。

　　總上所述，結合鐘銘及地理形勢，濩極可能是位於葊（范）地與夙夷之間的一條水名，至於濩（濩水）是否如上文所論，可能是瓠河或將渠的古水名，或者有其他的可能。可以確定的是，「濩」地應該不出「葊」地（范縣）與「夙夷」（東平）之間。

〔30〕朽𠂤

【出處】

作冊𣧤鼎 02504：「康侯在朽𠂤，賜作冊𣧤貝，用作寶彝。」〔圖三十六〕

【考證】

　　𣏗，從木从丂，唐蘭認為鼎銘的「朽𠂤」應讀為「柯𠂤」（《史徵》頁35），可从丂聲，唐說可從。

　　朽𠂤是康侯賞賜作冊𣧤之地，唐蘭說：（《史徵》頁35）

　　〈雒誥〉稱洛邑為洛師，此云柯師，當是殷八師之一，為柯邑之師。按《左傳》襄公十九年，「叔孫豹會晉士匄於柯」，杜預注：「魏郡內黃縣東北有柯城。」《續漢書·郡國志》在內黃縣下，劉昭注：「東北有柯城。」在今河南省內黃縣境，西距安陽殷墟甚近，康侯防守衛地是可以巡行此地的。

〔註172〕楊守敬，熊會貞《水經注疏》，頁2029～2030。

康侯，又見於康侯丰鼎、濬嗣徒送簋等，〔註173〕即文獻所記受封於衛地的康叔封。衛封地，文獻多以爲即殷故都朝歌，《史記・衛世家》：「以武庚餘民封康叔爲衛君，居河淇間商虛。」《漢書・地理志》：「朝歌，紂所都，周武王弟康叔所封，更名衛。」《史記・周本紀・正義》：「武庚作亂，周公滅之，徙三監之民于成周，頗收其餘眾，以封康叔衛侯，即今衛州也。」朝歌在今河南淇縣東北。〔註174〕唐氏考證朽臼即《左傳》襄公十九年的柯地，在今河南內黃縣一帶，地近康侯所封的衛地，如唐氏所云，康侯巡行至此，應是可從。

〔註173〕另有只鑄康侯二字之器，如康侯刀、斤、矛、觶、罍，《史徵》云：「所有祇有康侯二字諸器（美蘭案：指康侯刀以下諸器）則大約在一九三一年於浚縣出土。」（頁34）

〔註174〕顧祖禹《讀史方輿紀要》卷四十九，頁2117。